KB114910

봉명도
鳳鳴刀

FANTASTIC ORIENTAL HEROES

송진용 新무협 판타지 소설

봉명도 8

송진용 新무협 판타지 소설

초판 1쇄 찍은 날 § 2009년 7월 29일
초판 1쇄 펴낸 날 § 2009년 8월 10일

지은이 § 송진용
펴낸이 § 서경석

편집장 § 문혜영
편집 § 문정흠

펴낸곳 § 도서출판 청어람
등록번호 § 제1081-1-89호
등록일자 § 1999. 5. 31
어람번호 § 제2-1791호

주소 § 경기도 부천시 원미구 심곡 2동 163-2 서경B/D 3F (우) 420-822
전화 § 032-656-4452 팩스 § 032-656-4453
http://www.chungeoram.com
E-mail § eoram99@chollian.net

© 송진용, 2008

ISBN 978-89-251-1888-8 04810
ISBN 978-89-251-1517-7 (세트)

내공 없이도 잘 싸운다. 그러나 내공이 있으면 더 잘 싸운다.

봉명도(鳳鳴刀)를 찾아 종황정호하는 중에 드러나는 어둠의 실체.

대체 누가 적이고 누가 동지인 것이냐?

신화(神話)가 되다.

8

[완결]

FANTASTIC ORIENTAL HEROES

송진용 新무협 판타지 소설

봉명도 鳳鳴刀

난세를 종식시킬 봉명도의 비밀은 하늘에 있으니, 봉황이 날아오르는 날

운명은 그를 영원히 잊혀지지 않을 전설로 만들어주리라.

청어람

目次

제1장 불타는 현수교   7

제2장 신화(神話)가 시작되다   33

제3장 능파경(陵巴炅)이라는 존재   59

제4장 삼절도법의 비밀   83

제5장 사랑을 얻는 방법   109

제6장 요녀의 유혹   133

제7장 장팔봉이 돌아왔다   159

제8장 구천수라신교(九天修羅神敎)의 부활   189

제9장 나 홀로 길을 간다   211

제10장 무너진 두 개의 하늘   237

제11장 안타까운 만남   261

제12장 그렇게 사는 거지   285

마치면서   318

第一章
불타는 현수교

鳳鳴刀
봉명도

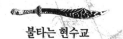

불타는 현수교

"그들이 왔다."

"정말 괜찮을지 몰라."

"제기랄, 죽기 아니면 살기지."

왕소걸의 걱정 어린 말에 이가춘이 발아래로 침을 뱉었다.

'조장……'

그런 이가춘의 건들거리는 모습에서 왕소걸은 장팔봉을 다시 떠올리지 않을 수 없었다.

그와 함께했던 수많은 매복과 기습의 일들이 하나하나 떠오른다.

그때의 건들거리던 장팔봉의 모습이 그대로 이가춘에게 옮겨온 것 같아서 왕소걸은 저도 모르게 피식 웃었다.

그 이가춘이 제 검을 두드리며 말했다.

"이런 기회가 오기를 얼마나 기다렸냐? 안 그래?"

"하긴, 그렇지."

"우리가 고작 산적질이나 해 처먹으면서 구차하게 살려고 태어난 몸이냐?"

"천만에, 절대로 그런 건 아니지."

"맞아. 우리가 태어난 목적은 딱 하나라 이거야. 뭐냐?"

이가춘의 물음에 왕소걸이 결연한 얼굴이 되어 주먹을 불끈 쥐고 소리쳐 대답했다.

"패천마련의 마졸 놈들을 박살 내고 무림의 정기를 다시 세우는 것이다!"

"그렇지!"

이가춘도 마주 소리쳤다.

"이제 바로 그 일을 시작할 때가 되었단 말이다! 나는 흥분과 기쁨으로 온몸이 떨린다!"

"나도!"

그들이 발을 구르며 소리쳐 대는 곳은 검봉의 꼭대기, 적성채의 망루 역할을 하는 누각 위였다.

적성채의 광장에는 벌써 이백여 명의 산적들이 모두 나와 있었다.

얼마 전에 낭왕곤패 여청한과 그가 데리고 나온 호송단의 무사들을 상대로 한 싸움을 치르고 난 뒤건만, 그들의 사기는 그 어느 때보다 높았다.

호송단으로 나선 나찰방의 고수 오십여 명을 몰살시키고 화물을 약탈하는 전과를 올린 뒤이니 더욱 그렇다.

그때의 싸움에서 산적들도 일백여 명이 죽었으나 남은 자들에게는 그 일마저 전의를 불태우는 자극이 되었다.

그러나 마황보에서 황천광도 양원생이 직접 왔다는 소식을 들었을 때는 다들 긴장할 수밖에 없었다. 그가 얼마나 무서운 고수인지 모르는 사람이 없기 때문이다.

그런 산적의 무리에게 전의를 불러일으켜 준 사람은 비호검 마득량이었다.

부두령인 그가 몸소 검을 뽑아 들고 앞에 나서서 내공을 가득 실은 괴성을 질렀다.

"우와아—"

그 음성이 사자후처럼 검봉을 뒤흔들고 하늘 높이 솟구쳤다. 산적들이 모두 제 귀를 틀어막고 괴로워한다.

"우리가 누구냐?"

"……"

"우리는 적성채의 산왕이다! 아직까지 싸워서 한 번도 패해본 적이 없고, 노려서 한 번도 얻지 못한 적이 없다!"

산적들이 술렁이기 시작했다.

마득량이 더욱 음성에 내공을 실어 소리쳤다. 그 소리가 마치 무거운 구름이 되어 내려온 것처럼 모두의 머리를 짓눌렀다.

"얼마 전에 우리는 힘을 합쳐 성도제일방이라고 으스대던 나찰방의 방주, 낭아곤패 여청한과 그의 수하 고수 오십오 명을 몰살시켰다."

"와아—"

그 말에 비로소 산적들이 함성을 질러 화답한다.

마득량이 허공에 한차례 검을 휘둘렀다.

공기를 찢는 날카로운 소리와 으르렁거리는 검의 울음소리가 모두의 가슴을 서늘하게 한다.

그가 다시 소리쳤다.

"지금 우리를 치기 위해 달려오고 있는 양원생이 비록 고수 중의 고수로 꼽히는 자이지만 두려워할 것 없다! 그를 따르는 자들은 머릿수가 적고 우리는 많다! 그들에게는 준비가 되어 있지 않지만 우리는 충분히 준비를 하고 있다!"

"와아—"

"무엇보다도 우리에게는 하늘이 주신 이 검봉이 있다. 누가 우리의 허락 없이 감히 이곳에 한 발짝이라도 들여놓을 수 있을 것이냐?"

"그렇다! 이곳은 난공불락의 요새다!"

"양원생이 아니라 그보다 더한 자가 온다고 해도 우리가 이곳에 있는 한 두려울 것 없다!"

"싸우자! 그들을 검봉 아래의 저 깊은 골짜기로 모조리 밀어 떨어뜨려 버리자!"

"승리는 우리의 것이다!"

"와아—"

함성과 아우성이 한껏 고조되었다.

그들의 사기가 다시 살아난 걸 본 마득량이 망루 위의 이가춘과 왕소걸을 향해 소리쳤다.

"이 게으른 놈들! 아직도 거기에서 꾸물거리고 있는 거냐? 어서 달려나가지 않으면 내가 네놈들의 엉덩짝을 걷어차 줄 테다!"

그 말에 이가춘이 피식 웃었다.

왕소걸도 활짝 웃는다.

이건 마치 풍운조에 몸담고 있을 때와 같지 않은가 하는 생각을 동시에 한 것이다.

그때도 풍운당의 당주였던 마득량은 항상 저렇게 소리치곤 했다.

그래도 장팔봉은 결코 서두르지 않았다. 뉘 집 개가 짖느냐는 듯 저 할 일을 다하면서 꾸물거렸던 것이다.

마득량이 잡아먹을 듯이 눈을 부릅뜨고 달려와야 비로소 게으른 소가 어슬렁거리며 밭으로 나가듯 매복지를 향해 떠났다.

그때의 일을 떠올리고 잠시 장팔봉을 추억한 두 사람이 훌쩍 망루에서 뛰어내렸다. 그 높은 곳에서 아무 두려움 없이 뛰어내리는 그들의 경공신법에 모여 있던 산적들이 갈채를 보낸다.

"매복은 내가 하지."

왕소걸이 열 명의 수하를 뽑아내더니 마치 장팔봉이 되기라도 한 것처럼 한껏 어슬렁거리며 떠나간다.

"저 썩을 놈."

그것을 본 마득량이 피식 웃었다. 그 또한 장팔봉을 떠올리지 않을 수 없었던 것이다.

"너는?"

그의 말에 이가춘이 심드렁한 얼굴로 대꾸한다.

역시 장팔봉을 떠올리게 하는 그런 표정이고 말투였다.

"놀고먹지 않을 테니 그렇게 보채지 마쇼. 그나저나 길이 끊어지면 나중에 다시 파야 할 텐데, 많이 힘들걸?"

"이놈이?"

"아무튼 길 파는 일은 마 두령이 알아서 하쇼. 나는 손가락 하나 까딱하지 않을 테니까."

마득량을 흘겨보더니 턱짓으로 수하들 중 한 놈을 가리켰다.

"가자."

마득량이 잔뜩 인상을 쓴다.

"뭐야, 고작 한 놈만 데려가겠다는 거냐?"

"그럼 마 두령이 가던가."

"뭐, 뭐야!"

"싫으면 그만두던가."

제 발아래 침을 탁 뱉더니 달랑 한 명의 수하만 대동한 채 마치 소풍이라도 가는 것처럼 어슬렁거리며 떠나갔다.

그 뒤에서 마득량의 한숨 쉬는 소리가 진동을 했다.

왕소걸은 검봉을 내려가 현수교를 건너 숲 속으로 사라졌고, 이가춘은 수하와 함께 검봉 중간의 외길을 가로막아 섰다.

수하가 사방을 두리번거리더니 투덜거렸다.

"아니, 정말 우리 둘이서 하겠다는 거요?"

"이 길 좀 봐. 사람이 많으면 많을수록 오히려 불리한 거다. 우리 둘이면 딱 좋아."

하긴 그렇다.

검봉의 천 길 벼랑을 파고 만든 길이 비좁으니 많은 사람이 있으면 더 위험하다.

"화섭자를 다시 한 번 확인해 봐! 만에 하나 일이 잘못되기라도 하면 모두 네놈 책임이다!"

그놈이 머뭇거린다.

"두령, 그럼 우리는 여기서 뒈지는 거요?"

"썩을 놈. 두려우냐?"

"제기랄, 뒈진다는데 두렵지 않을 놈이 어디 있수?"

"걱정 마라. 너는 화섭자에 불을 붙인 즉시 산채로 달려 올라가. 젖 먹던 힘까지 다해야 할걸?"

"그럼 두령은?"

"삼줄 있잖아! 그건 괜히 매달아놓은 거냐? 보기 좋으라고?"

이가춘이 씩 웃었다.

모퉁이에 바위 깊숙이 철심을 박고 그것에 긴 삼줄 한 가닥을 묶어놓았던 것이다.

이가춘은 그것을 붙잡고 뛰어내려 절벽에 대롱대롱 매달려 있을 작정이었다. 상황이 끝난 다음에 수하들이 끌어올려 주면 된다.

"폭발에 만약 삼줄이 끊어져 버리기라도 하면 어쩔 거요?"

"왜? 내가 죽을까 봐 걱정되는 거냐?"

"저 까마득한 골짜기로 떨어져 뒈지면 재수없을 거 아뇨. 시체도 못 찾을 텐데."

"에이그, 이놈아. 걱정 붙들어매고 너나 잘해라. 제발."

"그래도……."

놈이 여전히 불안하고 걱정스런 얼굴로 이가춘을 바라보며 무어라고 중얼거린다.

이가춘이 피식 웃었다.

제가 장팔봉을 닮아 이렇게 변해 있듯이, 그를 따르는 수하들 또한 어느덧 저를 닮아가고 있다는 게 우스웠던 것이다.

그들이 그처럼 만반의 준비를 하고 있을 때 황천광도 양원생은 그를 따르는 오십여 명의 수하들마저 멀찍이 떼어놓은 채 흰 수염을 휘날리며 미친 듯 적성산 기슭을 달려가고 있었다.

그의 경공신법은 바람과 같아서 쏴아아, 하고 나뭇가지가 흔들리는 순간에 벌써 이십여 장 밖을 달려가고 있었다.

그가 지나간 곳에서는 한동안 윙윙거리는 소리와 공기의 파동이 그치지 않았다.

"보내줘."

왕소걸의 낮은 속삭임에 잔뜩 긴장하고 있던 자들이 다시 가슴을 땅바닥에 밀착시키고 머리를 파묻었다.

그들이 엎드려 있는 낮은 둔덕 아래를 막 양원생이 질풍처럼 스쳐 지나갔고, 잠시 후 오십여 명의 마졸들이 노도의 기세로 다가오는 기척이 느껴졌다.

슬며시 고개를 내밀고 그쪽을 바라보던 왕소걸이 한 손을 번쩍 들었다가 내렸다.

건너편에 매복해 있는 자들에게 신호를 보낸 것이다.

마졸들 중 경공신법이 뛰어난 선두 몇 명이 지나가고, 곧이어 나머지 무리가 한 덩어리가 되어 다가왔다.

그들이 아무런 경계도 하지 않고 성난 소 떼처럼 마구 달려오기만 하는 걸 바라보면서 왕소걸은 또 한 차례의 승리를 예감했다.

마졸들이 둔덕 아래에 이르렀을 때다.

왕소걸이 불쑥 몸을 일으켰다.

"우와아!"

무섭게 고함을 지르며 구르듯 쳐내려간다.

그 뒤를 다섯 명의 수하가 마구 함성을 지르며 따랐고, 갑작스런 기습에 마졸들이 어리둥절하여 주춤거릴 때 왕소걸은 그들 복판으로 뚝 떨어져 내리고 있었다.

피웃—

소매 속에 감추어두고 있던 수전이 거푸 발사되었다. 석 대가 세 놈의 가슴을 꿰뚫고 박혀 버린다.

"이야아—"

그리고 왕소걸의 미친 것 같은 괴성이 터져 나왔다. 그것을 따르듯 번쩍이는 검광이 광란한다.

그를 뒤따라 뛰어든 다섯 놈도 모두 그와 같았다. 일제히 수전을 발사해 마졸들을 경악하게 하고, 광란하듯 칼질을 해댄다.

"당황하지 마라!"

마졸들 중 누군가가 소리쳤다.

"몇 놈 되지 않는다! 흩어지지 마!"

하지만 그 말이 채 끝나지도 않아서 이번에는 맞은편의 둔덕이 무너졌다.

우르릉거리며 돌덩이가 굴러 내리고, 그것을 뒤따라 다시 다섯 명의 산적이 괴성을 지르며 뛰어들었다.

두 번씩이나 의외의 기습을 당한 마졸들은 정신을 차릴 수가 없었다. 그것도 강력하기 짝이 없는 기습이 아닌가. 게다가 얼떨떨한 상태에서 수전에 의해 죽어 넘어진 자가 이십여 명이다.

남은 자들이 정신을 차리고 반격에 나섰을 때는 이미 전력이 반이나 줄어버린 뒤였다. 그리고 왕소걸은 한쪽을 뚫고 미꾸라지처럼 빠져나갔다.

그의 수하들도 뿔뿔이 흩어져 달아나는데, 고작 세 명을 잃었을 뿐이다.

허탈해진 마졸들은 도대체 믿을 수가 없었다.

마황보의 무사들로서 고작 산적 몇 놈에게 이처럼 처참하게 당했다는 걸 인정하고 싶지 않다.

남은 삼십여 명의 마졸들은 이를 박박 갈며 원한을 더욱 키웠다. 이제는 저희들의 손으로 적성채를 뭉개 버리지 않고서는 분이 풀리지 않을 것이다.

그들이 비로소 사방을 경계하며 전진했지만 더 이상의 매복은 없었다. 그리고 협곡의 이쪽과 저쪽을 잇는 외줄의 현수교에 무사히 이르렀다.

황천광도 양원생은 보이지 않았다. 그는 벌써 현수교를 건너 검봉으로 치달려 올라간 것인지도 모른다.

그들이 조급해하며 현수교를 건너기 시작했다. 그때, 이쪽에서는 보이지 않는 곳, 검봉의 뒤쪽 어딘가에서 양원생의 커다란 웃음소리가 들려왔다.

"우하하하— 이 쥐새끼 같은 놈들!"

마졸들은 자신들의 보주이자 총감인 양원생이 벌써 적성채에 도달하여 산적들과 싸우고 있다는 걸 알았다.

더 늦어지면 나중에 큰 문책을 당하게 될 것이다.

그들이 더욱 서둘러서 출렁거리는 현수교를 건너기 시작했다.

그리고 반쯤 건넜을 때다.

"불을 붙여."

숲 속에서 불쑥 왕소걸의 냉혹한 음성이 들려왔다.

그 즉시 그들을 기습했던 산적들이 튀어나왔다.

화섭자를 당기더니 망설임없이 현수교의 나무 발판에 던진다.

나무 발판에는 수시로 흑유(黑油)라고 하는, 땅에서 샘솟는 기름을 잔뜩 먹여놓고 있었으므로 기름에 절어 있다고 해도 과언이 아니었다.

그렇게 함으로써 썩는 걸 방지할 수 있을뿐더러, 지금처럼 위급한 상황에서는 불을 질러 태우기 위함이기도 했다.

화섭자의 불길이 닿자 이내 나무 발판에 불이 붙었다. 검은 연기를 토해내며 무섭게 번져 나간다.

왕소걸의 냉혹한 명령이 다시 들려왔다.

"잘라."

검봉과 적성산을 이어주는 한 가닥 현수교는 곧 자신들의 생명줄이나 같은 것이다.

그것을 자르면 자신들은 검봉의 산채로 돌아갈 수 없고, 산채에 남아 있는 동료들은 검봉 밖으로 나올 수가 없다.

하지만 산적들은 망설이지 않고 칼을 휘둘렀다.

퍽!

힘껏 찍자 한쪽의 줄이 툭 끊어지며 현수교가 기울었다.

"으엇!"

절반쯤 건너가고 있던 서른 명의 마졸들이 중심을 잃고 비틀거렸다. 뒤돌아본 그들이 당황하여 마구 소리쳤다.

"저놈들이 다리에 불을 질렀다!"

"다리를 끊는다!"

"빨리 건너!"

그들은 산적들이 설마 자신들의 생명줄이나 다름없는 이 현수교마저 잘라 버릴 줄은 몰랐던 것이다.

서두르지만 출렁거리는 다리를 빨리 건너기는 원래 힘들다. 게다가 지금은 한쪽 줄이 잘려 기울어져 버렸으니 더욱 힘들 수밖에 없었다.

픽!

다른 쪽 줄마저 기어이 끊어져 버리고 말았다.

콰드드드—

지탱하던 두 줄이 모두 끊어져 버린 현수교가 그네처럼 아래로 떨어져 내렸고, 미처 중심을 잡지 못한 마졸들이 우수수 저 아래의 까마득한 골짜기로 추락했다.

"으아악!"

그들의 처참한 비명 소리가 골짜기에 메아리가 되어 울린다.

몸놀림이 재빠른 자들은 무엇이든 손에 잡고 간신히 매달려 있었다. 비록 떨어지는 것은 면했지만 사정이 더 나아진 것도 아니었다.

쾅!

크게 반원을 그리며 떨어진 현수교가 검봉에 부딪쳤고, 그 충격으로 다시 몇 놈이 비명을 지르며 떨어졌다.

남은 자들은 이제 십여 명이었다. 필사적으로 현수교를 붙잡고 매달려 있다.

"올라가라! 어서! 어서!"

서로 소리 지르고 악을 쓰며 한 걸음이라도 더 그것을 붙잡고 올라가기 위해 전력을 다한다.

하지만 밑에서 쫓아 올라오고 있는 불길이 더 빨랐다.

나무 발판들이 매개체가 되어서 던져 올리듯이 위로 불길을 밀어내고 있었다.

남아 있는 자들이 고작 일 장여쯤 올라갔을 때 불길은 이미 그들의 발목에 휘감기고 있었다.

"으아악!"

기어이 온몸이 불길에 휩싸인 자들이 뚝, 뚝, 떨어지기 시작했다.

마졸들을 그렇게 떨어뜨리고도 불길은 만족하지 못하고 현수교를 끝까지 태워 버렸다.

콰드드드—

불길에 휩싸인 현수교의 잔해가 어두컴컴한 저 아래의 골짜기로 떨어지고, 비명성이 비로소 멎었다.

그 불길을 피해 재빨리 올라가 목숨을 건진 놈은 겨우 세 놈에 불과했다.

오십 명이 쳐들어왔으나 모두 죽고 세 명만 살아서 검봉으로 올라갔으니 왕소걸의 대승이었다.

하지만 검봉을 바라보는 왕소걸의 얼굴은 밝지 못했다.

그 위에 남아 있는 자들에 대한 걱정 때문이다. 아직 거기에 마득량이 있고 이가춘이 있지 않던가.

　수하들의 비명 소리를 들었다.

　온 골짜기가 쩌렁쩌렁 울릴 만큼 처절한 비명이었으니 그 형편이 어떨지 보지 않아도 짐작이 간다.

　그래서 황천광도 양원생은 화가 치솟아 미칠 지경이 되었다.

　제 마음대로 되지 않으니 더욱 그렇다.

　"이놈!"

　사자후 같은 노성을 터뜨리며 급히 몸을 날려 쳐들어간다.

　그 앞에 이가춘이 버티고 서 있었다. 조금도 겁먹지 않고 침착하게 수전을 장전한다.

　양원생의 옷자락에는 여기저기 대여섯 대의 수전이 박혀 있었는데, 모두 이가춘이 발사한 것들이었다.

　양원생이 지척에 달려들었을 때 이가춘이 다시 석 대의 수전을 한꺼번에 발사했다.

　피이잉—

　그것들이 무서운 기세로 양원생의 얼굴과 가슴을 노리고 날아든다.

　피할 곳이라고는 없다.

　겨우 두 사람이 나란히 서 있을 만큼밖에는 되지 않는 협로가 아닌가. 한 발 아래는 까마득한 절벽이다.

　양원생은 부득이 뒤로 물러설 수밖에 없었다.

달려들 때보다 더욱 빠르게 물러서며 강맹한 장력을 날려 수전들을 쳐낸다.

벌써 다섯 차례나 똑같은 일이 반복되고 있었다.

이가춘의 수전이 바닥나 버리거나 그를 죽이지 않고서는 결코 더 이상 전진할 수 없다.

그때, 겨우 불타는 현수교에서 살아나 검봉에 올라온 수하 세 명이 도착했다. 하지만 그들은 더 이상 한 걸음도 전진할 수가 없었다. 양원생이 앞을 가로막고 있으니 그렇다.

"어헝!"

노성을 터뜨린 양원생이 숨을 헐떡거리는 수하 중 한 놈을 꽉 움켜쥐었다.

"총감, 왜?"

그놈이 어리둥절해하는데 양원생이 움켜쥔 수하를 방패 삼아 돌진해 들어갔다.

작은 궁노에 재빨리 석 대의 수전을 먹인 이가춘이 즉각 그것을 발사했다.

"크아악!"

수전은 양원생의 방패가 된 놈의 가슴속 깊이 박혀 버렸고, 양원생은 제 수하의 단말마에도 아랑곳없이 밀고 들어왔다.

"제기랄, 정말 지독한 개자식이로구나!"

이가춘이 욕을 했다. 양원생이 그와 같이 잔인한 방법을 쓰리라고는 미처 생각하지 못했던 것이다.

저렇게 밀고 들어오는 데에는 방법이 없다.

이가춘은 양원생과 정면으로 부딪쳐서는 저에게 승산이 없다는 걸 잘 알고 있었다.

"물러간다!"

그가 버럭 소리치고 즉각 몸을 돌려 달아나기 시작했다.

양원생이 이미 숨이 끊어져 버린 수하를 절벽 아래로 던져 버리고 쏜살같이 뒤쫓는다.

"이놈, 어디로 달아날 테냐?"

이가춘에 대한 노여움이 지나쳐서 그를 잡기만 하면 갈가리 찢어 죽여 버릴 작정으로 맹렬하게 쫓아간다.

이가춘이 굽어진 곳으로 돌아 사라졌고, 양원생은 더욱 발에 힘을 주어 달려갔다. 그 뒤를 두 명의 마졸이 한껏 두려움에 질린 얼굴을 한 채 따르고 있다.

여기서는 달리 도망갈 데도 없을뿐더러, 그렇게 했다가는 나중에 양원생에게 잡혀 더욱 비참하게 죽을 테니 선택의 여지가 없는 것이다.

그렇게 그들이 한 덩어리가 되어서 모퉁이를 돌아갔을 때다.

"여기까지 오느라고 수고 많았다. 병신."

저 앞에 이가춘이 우뚝 버티고 서서 웃고 있는 것이 아닌가.

"이 죽일 놈! 내가 반드시 네놈을 붙잡아 사지를 찢어놓고 말 테다!"

이를 부드득 간 양원생이 손을 뒤로 뻗어 다시 한 놈의 수하를 붙잡아 제 앞으로 내세웠다.

그놈은 이미 살기를 포기한 듯 아예 눈을 꼭 감은 채 양원생의 손에 몸뚱이를 맡기고 있다.

　이가춘이 또 수전을 발사할까 봐 미리 방비한 양원생이 빠르게 밀고 들어간다.

　"우리 여기서 다 함께 죽는 거다. 아주 잘 왔어. 내가 네놈에게 지옥 구경을 제대로 시켜주마."

　이가춘이 야무지게 말하고 손을 번쩍 들었다.

　그 즉시 뒤쪽에서 픽! 하고 화섭자 당기는 소리가 들렸고, 이내 매캐한 유황 연기가 피어올랐다.

　"엇?"

　양원생은 이가춘이 무엇을 하려는 건지 알아챘다. 당황한 얼굴로 두리번거리자 머리 위에 숭숭 뚫려 있는 구멍들이 보였다. 그곳에 시커먼 화약이 가득 채워져 있지 않은가.

　그리고 한 줄기 도화선을 타고 불길이 빠르게 그것에 접근해 가고 있었다.

　"이놈! 정말 함께 죽을 작정이로구나!"

　화약이 터지기 전에 저놈을 해치우고 위로 달려 올라가야 살 수 있다는 생각에 마음이 급해졌다.

　양원생이 붙잡고 있던 수하를 이가춘에게 힘껏 던지며 몸을 날렸다.

　마졸이 이가춘에게 날아오며 칼을 뽑아 후려쳤다. 그놈도 어서 이곳을 벗어나야 살 수 있다는 생각에 필사적이다.

　"홍, 너를 먼저 지옥으로 보내주마."

이가춘이 여유있게 마졸의 칼을 쳐내더니 한 손을 불쑥 내뻗었다. 그와 동시에 한 대의 수전이 발사되어 지척에 쳐들어온 놈의 가슴 깊이 박혀 버린다.

"헉!"

놈이 바람 빠지는 소리를 내며 이가춘에게로 넘어졌다. 그리고 펑! 하는 소리가 놈의 등에서 터져 나왔다.

뒤쫓아온 양원생이 이가춘을 노리고 일장을 날렸던 것인데, 애꿎게도 수하의 등짝만 부수어놓은 꼴이 되었다.

놈은 수전에 맞고 장력에 으깨어져 그 즉시 절명하고 말았다.

그리고 그 장력의 충격파가 이가춘에게까지 전해졌다.

이가춘이 위태롭게 비틀거린다. 그 때문에 뒤로 몸을 빼서 박아놓은 삼줄을 잡고 매달릴 시간을 잃어버리고 말았다.

이제는 촌각의 시간밖에 없다. 눈앞에는 벌써 양원생이 닥쳐들고 있는 절박한 상황이었다.

질끈 입술을 깨문 이가춘은 그 눈 깜짝할 시간에 중대한 결정을 해야만 했다.

마음을 정한 이가춘이 아무 망설임 없이 절벽 아래로 몸을 던졌다.

"하하하— 지옥에서 다시 보자!"

"저놈이?"

양원생이 당황한 얼굴로 바라보는 허공에 이가춘이 둥실 떠있었다.

숨이 끊어진 마졸을 굳게 부둥켜안은 채 까마득한 저 아래의 골짜기로 떨어져 내린다.

그가 자살할 것이라고는 생각하지 못한 양원생은 어리둥절했다. 그리고 머리 위에서 쾅! 하는 엄청난 폭발음이 터졌다.

이가춘이 몸을 날린 것과 거의 동시의 일이다.

쿠르르르—

검봉 전체가 지진을 만난 것처럼 흔들릴 정도의 커다란 폭발이었다.

양원생이 그 즉시 몸을 날렸고, 아직 살아 있는 한 놈의 마졸도 그를 따라 몸을 날렸다. 폭발의 힘에 의해 떠밀린 것처럼 날아오르더니 이가춘의 뒤를 따라 까마득한 협곡으로 떨어진다.

콰드드드—

뒤늦게 검봉의 협로가 부서지며 수많은 바위 조각이 허공을 가득 뒤덮고 쏟아져 내렸다.

정신을 차릴 수 없을 만큼 빠르게 떨어지면서도 이가춘은 이미 숨이 끊어진 마졸을 꽉 움켜쥐고 있었다. 한 몸이 되어 떨어진다.

저 아래 시커먼 협곡의 바닥이 보이기 시작했다. 오십 장의 거리가 눈 깜짝할 사이에 사십 장으로 줄어들고, 다시 삼십 장으로 줄어든다. 숨조차 쉬기 힘든 맹렬한 낙하였다.

이가춘은 최대한 눈을 부릅뜨고 온 정신을 집중했다. 이대로 떨어진다면 몸뚱이가 산산이 부서져 어느 게 살이고 어느 게 뼈인지조차 알 수 없게 될 것이다.

기회는 단 한 번뿐이다. 그리고 그 한 번의 기회는 바로 굳게 움켜잡고 있는 마졸의 시체에 있었다.

"이얏!"

이가춘이 엄청난 기합성을 터뜨렸다.

마졸을 밀며 허공중에서 몸을 세우더니 떨어지는 마졸의 몸뚱이를 힘껏 걷어찬다.

그 탄력을 빌어 자신의 추락 속도를 늦춘 이가춘이 두 발에 전해진 반탄력을 극한으로 끌어올려 무당파의 상승 경공신법인 답운천종(踏雲天從)의 수법을 발휘했다.

그러자 그는 잠깐 동안이지만 낙하의 속도를 늦출 수 있게 되었다.

그 즉시 몸을 틀어 거울 같은 절벽 면에 달라붙은 이가춘이 검을 단단한 바위에 박아 넣을 듯 힘껏 쳐냈다.

땡강, 하는 소리와 함께 그것이 견디지 못하고 부러져 버렸다.

이가춘은 한 뼘 남짓 남은 부러진 검으로 절벽을 그어대며 두 발 끝에 힘을 실어 최대한 버텼다.

가가가각—

검이 바위를 그어대는 소리가 날카롭게 들려오고, 절벽 면에 찰싹 달라붙어 버린 두 발에서 가죽 타는 냄새가 확 퍼지기 시작했다.

이가춘은 창이 두터운 가죽신을 신고 있었는데, 그것이 절벽 면과의 마찰을 견디지 못하고 타들어갔던 것이다.

그 열기가 견디기 힘들지만 이가춘은 그 덕에 떨어지는 속도를 더욱 늦출 수 있게 되었다.

그리고 신발창이 다 타버렸을 때 그는 부러진 검을 던지고 훌쩍 뛰어 무사히 지면에 내려설 수 있었다.

우르르르—

머리 위로 폭발 때 부서진 바위 조각들이 우박처럼 쏟아져 내렸다.

이가춘이 즉시 몸을 굴려 절벽 아래 바짝 달라붙어 웅크렸을 때, 또 한 사람이 그 바위 조각들을 후려치고 걷어차며 절벽 아래로 내려섰다.

황천광도 양원생이다.

그의 경공신법은 고절하기 짝이 없어서 떨어져 내리는 바윗덩이들을 걷어차고 후려치면서 자신의 낙하 속도를 조절했던 것이다.

쾅!

그가 신경질적으로 주먹을 내뻗어 머리 위에 떨어지는 커다란 바위 조각 하나를 박살 냈다.

분노로 이글거리는 핏발 선 눈을 번쩍이며 사방을 두리번거린다.

그곳은 항상 짙은 그늘에 잠겨 있는 깊은 골짜기였다. 으르렁거리며 흘러가는 물소리가 메아리친다.

음지에서 자라는 키 작은 나무들과 이끼가 가득할 뿐, 사람은 물론 짐승의 자취조차 없었다.

한낮에도 햇빛이 들지 않는 음습한 곳. 그래서 마치 지옥의 한 부분인 것 같은 그 음침한 골짜기에 양원생의 씩씩거리는 숨소리가 울렸다.

터져 버릴 것 같은 분노가 그를 짐승으로 만든 건지도 모른다.

기어이 양원생이 절벽 아래 웅크리고 있는 이가춘을 발견했다.

"으흐흐흐—"

먹잇감을 본 야수가 으르렁거리듯 음침한 웃음을 흘리며 천천히 다가간다.

이가춘이 잔뜩 인상을 쓰고 천천히 몸을 일으켰다.

"흐흐흐, 죽일 놈. 드디어 내 손에 떨어졌구나. 갈가리 찢어 죽이고 말 테다."

양원생의 살기와 광기로 번들거리는 핏발 선 눈이 끔찍하기만 해서 이가춘은 저도 모르게 부르르 몸을 떨었다.

이제 저 마귀의 손에 떨어졌으니 모든 힘을 다 내쏟고 가진 재주를 다 발휘해서 겨우 살아난 일이 소용없게 되었다는 절망감이 엄습한다.

第二章

신화(神話)가 시작되다

鳳鳴刀
봉명도

신화(神話)가 시작되다

"흥."

낮고 서늘한 코웃음 소리.

막 이가춘을 노리고 뛰어들려던 양원생이 흠칫 놀라 몸을 웅크렸다.

"누구냐?"

이 음침한 골짜기에 다른 자가 또 있으리라고는 생각하지 못했기에 더 놀라게 된다.

재빨리 돌아선 양원생의 눈에 한 사람이 보였다.

어둠 속에서 뒷짐을 진 채 우뚝 서 있는 흰옷의 중년인.

무표정한 그 얼굴을 본 양원생이 '엇?' 하고 놀라 한 걸음 물러섰다.

"장 대인?"

"그렇다. 하지만 지금은 저승사자가 되었다고 해야겠지."

"당신이 어떻게?"

양원생이 여전히 영문을 모르겠다는 얼굴로 바라보는 곳.

거기 불쑥 나타난 사람은 바로 장구봉으로 행세하고 있는 장팔봉이었다.

구천상단의 총단주이면서 구천상가의 가주인 그가 이런 지옥 같은 곳에 와 있다는 게 놀랍고 의아하기만 하다.

장팔봉이 천천히 다가오며 말했다. 음험하고 끈적한 살기가 묻어나는 음성이다.

"흐흐흐, 네가 이리로 내려올 줄 알고 기다리고 있었다고 하면 믿겠느냐?"

"무엇이?"

양원생이 재빨리 뒤를 돌아보았다.

씩 웃고 있는 이가춘을 보고 장팔봉을 보더니 부드득 이를 간다.

"이제 보니 너희들이 모두 짜고 한 짓이었구나."

장팔봉이 입술만 씰룩여서 웃었다.

"그렇지. 바로 너를 잡기 위해서 꾸민 일이었다."

"무엇 때문이지? 나는 평소에 너와 아무런 원한도 없었다. 게다가 너는 패천마련의 힘을 필요로 하고 있지 않으냐?"

"너에게 원한은 없다. 하지만 패천마련을 끌어내 줄 역할을 하기에 너만큼 적합한 자가 없지. 그러니 너는 나를 위해서 죽어줘야겠다."

"처음부터 나를 속인 것이었구나!"

양원생이 버럭 노성을 터뜨렸다. 그러나 장팔봉은 여전히 무표정하고 여유로웠다.

"그렇다."

"대체 이유가 뭐지?"

"머리가 나쁜 놈이구나. 패천마련을 끌어내기 위해서라고 조금 전에 말해주었는데 그새 잊어버렸단 말이냐?"

장팔봉의 비웃음에 양원생이 부드득 이를 갈았다. 흉흉한 살기를 드러내며 내가공력을 끌어올린다.

"죽일 놈, 감히 네놈 따위가 입에 올릴 패천마련이 아니다. 그걸 똑똑히 알게 해주지."

"흥, 내 목적은 고작 패천마련 따위에 있지도 않아."

"그렇겠지. 염라대왕과 대면하는 게 소원일 테니까."

"그 말은 그대로 거령신마 무극전에게 돌려줘야 할 것이다."

"이놈!"

양원생이 벼락치듯 소리치며 그대로 몸을 날려 장팔봉에게 달려들었다.

자신이 하늘처럼 떠받들고 있는 거령신마를 함부로 부르는 데에 기어이 분노를 터뜨린 것이다.

그의 무시무시한 장력이 닥쳐들건만 장팔봉은 여전히 꿈쩍도 하지 않았다.

'어디, 나의 진면목을 한번 시험해 볼까?'

그는 산을 가르고 바다를 쪼갤 것 같은 황천광도 양원생의 천애혈장(天涯血掌) 앞에서 오히려 그런 생각을 하고 있었다.

황천광도 양원생 정도라면 제 무공의 진수를 시험해 보기에 적당하다고 생각한 것이다.

장팔봉은 아직까지 자신의 무공을 한껏 펼쳐서 싸울 만한 상대를 만나지 못했다. 그래서 제 무공이 대체 어느 정도인지 스스로도 알지 못하고 있다.

그가 '흡!' 하고 한껏 들이마셨던 숨을 멈추며 내부의 진원지기를 십성 끌어올렸다.

그리고 한 손을 천천히 내뻗는다.

우선 왜마왕 염철석의 화염마장 중 절초인 지옥염화의 장력을 시험해 보기로 한 것이다.

화염마장의 장력 구결을 떠올리며 진원지기를 집중하자 손바닥에 화끈한 열기가 느껴졌다.

이내 그의 손이 커다랗게 부풀고, 태양처럼 뜨거운 열기가 장심에 이글거린다.

"엇?"

장력을 쳐내던 중에 그것을 본 양원생이 놀란 외침을 터뜨렸다.

저와 같은 모습을 보이는 장력이 있다는 말을 어디선가 들었던 기억이 났는데, 그게 무엇인지 언뜻 떠오르지 않아 곤혹스럽다.

'애송이 놈.'

양원생이 어금니를 악물었다.

그게 무엇이 되었든 눈앞의 장팔봉이 결코 자신의 천애혈장을 당해낼 수 없을 것이라고 믿는다. 더욱이 내공을 십이성을 실었음에야……

으르렁거리며 밀려든 그의 장력이 드디어 장팔봉의 화염마장과 충돌했다.

쿠앙!

엄청난 굉음과 함께 지척에서 천 근의 화약이 터진 것 같은 열기가 확 퍼져 맹렬하게 주위를 휩쓸어갔다.

화르르르—

그것이 스쳐 간 마른 나뭇가지에 불이 붙더니 이내 활활 타오르는 불길에 휩싸여 버린다.

"으음—"

양원생은 자신의 기혈 속으로 파고든 그 엄청난 열기 때문에 저도 모르게 신음성을 흘리며 쿵쿵 물러섰다.

기파의 소용돌이가 가라앉았을 때, 그의 모습은 목불인견(目不忍見)이라는 말 그대로였다.

온몸이 불에 그슬리기라도 한 것처럼 새까맣게 변해 있었는데, 머리카락이며 수염이 재가 되어 부서지고, 입고 있던 옷마저 누렇게 변색해 버렸다.

바짝 말라서 움직이기만 하면 버석거리며 부서진다.

그건 마치 지독한 화염을 뚫고 구사일생으로 살아나온 것 같은 몰골이었다.

"화염마장!"

양원생이 비로소 장팔봉이 한번 쳐낸 그 장력의 정체를 기억해 냈다.

세상에서 가장 뜨겁다는 장력, 극양지력의 정화라고 꼽히는 마장 중의 마장.

그것이 바로 왜마왕 염철석의 화염마장이 아니었던가.

오래전에 사라져 버려서 이제는 전설이 되다시피 한 그 장력이 제 눈앞에 나타났다는 걸 양원석은 믿을 수 없었다.

그것도 구천상단의 총단주인 장구봉이라는 저자라니.

그가 일 장에 아미의 소화 사태는 물론 청성의 백미 도장까지 물리쳤다던 말이 비로소 실감이 되어 가슴에 와 닿는다.

왜마왕 염철석의 화염마장을 대성하고 있다면 이 무렵에 과연 그를 당할 자가 몇 명이나 될까 하는 의구심과 함께 와락 두려움이 밀려들었다.

"시시하군."

장팔봉이 불쑥 말했다.

"사천무림을 총괄하는 패천마련 사천 지부의 총감 나리라면 무언가 무시무시한 마공 한두 개쯤은 익히고 있을 줄 알았어."

"……."

"그런데 고작 이 정도일 뿐이라면 정말 실망이야."

양원생에게는 지독한 비웃음으로 들렸지만 그건 장팔봉의

진심이었다.

'나의 십성 진원지기를 실은 일 장을 받아내지 못할 정도라면 도대체 패천마련에 무슨 대단한 마두들이 있다고 할 것이냐?'

그런 생각이 들었던 것이다.

빠드득—

양원생의 이 가는 소리가 맷돌을 갈아대는 것처럼 들렸다.

그런 지독한 모욕 앞에서 양원생은 저의 죽음쯤은 아무것도 아니라고 생각했다.

아니, 차라리 통쾌하게 죽어버리는 게 대장부다운 일이라고 여긴다.

모욕을 당하는 것보다 수치스런 일은 없지 않은가.

"이놈! 너도 사내라면 주둥이만 나불거리지 말고 어서 손을 써라. 과연 구천상단의 총단주가 얼마나 뛰어난 무공을 가지고 있는지 내 눈으로 똑똑히 보아야겠다."

그의 결연한 말에 장팔봉이 여전히 무표정한 얼굴로 대꾸했다.

"너에게 다섯 초식을 양보하지. 그 안에 나를 한 걸음이라도 물러서게 한다면 너를 곱게 돌려보내 주겠다. 하지만 그렇지 못하면……."

"시끄러!"

장팔봉의 그 지독히 모욕적인 말에 양원생이 기어이 이성을 잃고 광분했다.

남은 기력은 물론 자신의 진원지기까지 아낌없이 끌어올려 그대로 들이치는데, 이번에는 장력을 쳐내는 어리석은 짓은 하지 않았다.

휘잉—

그의 주먹과 발이 스치고 지나가는 허공에서 요란한 휘파람 소리가 난다.

장팔봉에게는 이미 속셈이 서 있었다. 양원생을 살려 보낸다는 것이다. 하지만 한껏 그를 놀라게 할 작정이었다. 그래야 그가 한달음에 패천마련의 총단으로 달려가 보고할 것 아닌가.

장팔봉은 적어도 마련의 오대천주 급이 아니면 자신의 십초지적이 될 만한 자가 이 무림에는 없다는 걸 이제 확신했다.

그러니 더욱 느물거리는 여유를 갖게 된다.

이번에는 무영혈마 양괴철의 환영마보를 시험해 보기로 작정한 그가 뒷짐을 졌다.

그걸 본 양원석은 차라리 제 머리통을 깨뜨려 죽어버리고 싶을 만큼 모욕감을 느꼈다. 부르르 치를 떤다.

"이놈!"

분과 악에 치받친 양원석이 자신의 절학인 마왕권을 벼락처럼 쏟아냈다.

반드시 장팔봉의 근골을 박살 내고 온몸의 뼈마디를 죄다 꺾어서 잔인하게 죽여 버리겠다는 결의를 더욱 굳게 했다.

그렇게 하지 않고서는 자신의 분노와 모욕감을 풀 수 없을 것이다.

우르르르—

마치 수많은 바윗덩이가 산꼭대기에서 굴러 떨어지기라도 하는 것처럼 굉장한 파공성을 내며 그의 주먹과 발이 소나기처럼 퍼부어졌다.

그가 자랑하는 이십사수 마왕권은 상대를 숨 돌릴 틈 없이 몰아치는 쾌속한 권각법이었다. 연환권처럼 초식과 초식이 끊임없이 이어지고, 변식들이 한 줄로 꿴 듯이 줄줄이 쏟아져 나온다.

퍼버버벅—

그것이 장팔봉이 있는 허공을 때리고 부숴대는데, 도대체 어느 곳을 어떻게 차고 때리는지 종잡을 수 없이 어지러웠다.

누구든 한 번 걸리기만 하면 온몸이 너덜거릴 때까지 멈추지 않고 타격을 당하게 된다.

양원생은 그 마왕권으로 싸워서 아직 한 번도 져본 적이 없는 절정의 고수였다.

하지만 장팔봉의 몸놀림은 그의 권각법보다 언제나 한 뼘쯤 빨랐다. 그리고도 여유가 있다.

그가 제자리를 맴돌며 몸을 어지럽고 현란하게 움직이는데, 두 손은 여전히 뒷짐을 진 채였고 무표정한 얼굴에는 비웃음마저 떠올라 있었다.

양원생은 미쳐 죽을 것만 같았다. 매번 자신의 마왕권이 아슬아슬하게 장팔봉의 몸을 스쳐 가니 그렇다.

조금만 더 내뻗었더라면, 조금만 더 빨랐더라면 이놈을 박살 낼 수 있었을 텐데, 그렇지 못하다는 안타까움으로 더욱 서두른다.

그렇게 네 번째 초식이 물 흐르듯 흘러가고 마지막 다섯 번째 초식이 쏟아져 나왔다.

장팔봉이 여전히 무영혈마 양괴철의 환영마보를 밟아 몸을 비틀고 맴돌며 짐짓 어깨 한쪽을 삐죽 내밀었다.

누가 보든 장팔봉이 의도적으로 그렇게 했다고 짐작할 수 없을 만큼 교묘한 몸짓이었다.

미처 양원생의 그 악독한 속공을 다 피하지 못한 것처럼 보인다.

그리고 이때라는 듯이 양원생의 주먹이 그 어깨에 작렬했다.

쾅!

바윗돌 부딪치는 것 같은 굉음이 터져 나오고 장팔봉이 움찔하더니 한 걸음 비틀거리며 물러섰다.

다섯 초식을 약속했는데, 마지막 초식을 견디지 못하고 일격을 당했으며 한 걸음 물러섰으니 진 것이다.

"그만!"

장팔봉이 한 손을 불쑥 내밀어 양원생을 막았다.

그는 장팔봉이 약속한 것과는 상관없이 거듭 몰아치려고 했던 것이다.

하지만 불쑥 얼굴을 밀어오는 것 같은 장팔봉의 일 장에 저도 모르게 몸을 움츠리고 공세를 늦추어야만 했다.

그 일 장이 당장에라도 제 얼굴을 부수어놓을 것처럼 느껴졌던 것이다.

처음으로 왈칵 밀려드는 두려움을 맛본다.

"대단하군. 역시 다섯 초나 양보하는 건 무리였던가?"

장팔봉이 성큼 물러서며 빙긋 웃었다.

"약속대로 살려서 보내주지. 하지만 다시 내 손에 걸린다면 그때는 오늘과 같지 않을 것이다. 보는 즉시 이렇게 만들어 버릴 테야."

말을 하면서 슬쩍 손을 휘둘러 장력을 쏟아낸다.

역시 왜마왕 염철석의 화염마장인데, 초열지옥 같은 열기가 곧장 뻗어나갔다. 마치 불화살을 쏜 것처럼 이글거리는 화염 덩어리가 쏘아지는 그 모습에 양원석은 가슴이 철렁 내려앉았다.

쿠앙!

극양의 열기로 화한 장팔봉의 진기가 커다란 바위를 때렸고, 엄청난 굉음이 터져 나왔다.

그리고 양원생은 두 눈을 부릅뜨고 똑똑히 보았다.

그 바윗덩이가 불길에 휩싸이는 걸. 그리고 녹아내리더니 기어이 잿더미가 되어 무너지는 걸.

"으헉!"

그 믿지 못할 광경에 양원생은 비명을 터뜨리고 말았다.

제가 들었던 왜마왕 염철석의 화염마장도 저 정도는 되지 못했다고 기억한다.

화염마장이 장구봉이라는 정체를 알 수 없는 저자의 손에 의해서 배는 더 강력해졌다고밖에는 받아들일 수가 없었다.

'이건 괴물이야. 어떻게 저런 자가 강호에는 여태까지 알려지지도 않았단 말인가?'

양원생은 거령신마 무극전만이 저와 같은 위력의 화염마장을 상대할 수 있을 것이라고 생각했다.

그렇다면 정말 저자가 이 시대의 유일무이한 초인인 거령신마를 노리고 있단 말인가 하는 생각에 정신이 멍해진다.

'나는 몰라도 너무 모르고 있었구나.'

그런 후회 때문에 이제는 노여움이고 전의고 복수심이고 뭐고 죄다 사라져 버렸다.

저자의 정체를 한시라도 빨리 거령신마에게 보고해야 한다는 의무감을 새롭게 느낄 뿐이다.

그런 다음에 자결함으로써 자신의 이, 돌이킬 수 없는 실패에 대하여 스스로를 징벌할 결심을 한다.

*   *   *

―사천의 마황보가 문을 닫았다.

그 놀라운 소식은 빠르게 중원 전역으로 퍼져 나갔다.

사천무림을 감시하고 감독하던 패천마련의 지부.

위세 당당하던 그곳이 하루아침에 폐가처럼 변해 버린 걸 두고 사람들은 온갖 말들로 추측을 했다.

하지만 그것이 황천광도 양원생이 검봉에 있는 적성채의 산적들과의 싸움에서 패하여 그렇게 되었다는 사실 앞에서는 다들 머리를 절레절레 흔들 뿐이었다.

하늘이 두 쪽이 난다고 해도 절대로 그런 일은 없을 것이라는 생각 때문이다.

양원생이 어떤 인물이고, 강호에서의 그의 명성이 어느 정도인데 고작 적성채의 산적들에게 패배하는 수모를 당할 리 없다는 믿음 때문이기도 하다.

그리고 그 적성채가 구천상단에 예속되었다는 말에는 더더욱 기가 막혀 할 뿐이었다.

누구는 구천상단에서 막대한 돈을 주고 적성채를 샀다고 했고, 누구는 적성채의 대두령이 구천상단의 총단주인 장구봉에게 승복하고 스스로 그의 수하가 되기를 자처했다고도 말했다.

그동안 대두령으로 군림하면서 적성채를 이끌어왔던 왕창명이 은퇴를 하고 부두령이었던 비호검 마득량이라는 자가 새롭게 대두령이 되었다는 소식도 인근에 널리 퍼졌다.

사람들은 그 일을 이해할 수 없었다. 마득량이라는 자는 그동안 존재감이 거의 없던 자이기 때문이다. 대두령 왕창명이 왜 그자에게 자리를 넘겨주고 갑자기 은퇴하게 된 건지 궁금하기만 하다.

하지만 그거야 어쨌든 적성채가 더 이상 산적들의 소굴이 아니라는 데에는 다들 안도의 한숨을 내쉬었다.

그러니 이제는 황천광도 양원생의 패배와 마황보의 봉문, 그리고 적성채의 변신을 두고 장구봉의 짓이라고 말하는 자가 생겨나지 않을 수 없었다.

그 모든 일의 결과가 장구봉이라는 자에게로 돌아갔기 때문이다. 결국 그가 승리자 아닌가.

마황보가 봉문했으니 사천에서는 더 이상 구천상단의 일에 간섭할 세력이 없어졌고, 적성채가 휘하에 편입되었으니 더욱 구천상단의 안전이 보장되었기 때문이다.

비단길 무역에 나서려는 모든 화주와 화물들이 사천으로 모여들었고, 구천상단에 의뢰해 옴으로써 구천상단은 누구도 부정할 수 없는 천하제일의 상단으로 인정받았다.

그러자 발등에 불이 떨어진 곳은 다름 아닌 패천마련이었다.

천화상단의 패망으로 자금줄에 막대한 타격을 받지 않았던가.

새롭게 중원 상계의 절대자로 등극한 구천상단과의 연합을 생각했는데, 그들이 패천마련에게 등을 돌린 게 확실하니 더욱 걱정이 되지 않을 수 없다.

거기에 겨우 목숨을 붙여 돌아온 양원생의 보고는 가히 충격적이었다.

―장구봉이라는 자가 도대체 누구냐?

이제 패천마련 총단에 있는 마두들은 모두 그런 화두를 갖게 되었다.

그건 거령신마라는 이 시대의 절대자도 예외는 아니다.

*   *   *

"그 아이는 여전히 움직이지 않고 있는 것이냐?"

대전 안에 웅장한 음성이 웅웅 울렸다.

높은 단을 바라보고 서 있던 다섯 명의 초인들.

마계오천의 천주이면서 각기 하늘을 뒤엎고 땅을 흔들리게 할 만한 무공을 지녔다고 알려진 마존들이다.

제일천 마밀천(魔密天)의 천주 은형비월(隱形飛月) 맹달(孟達).

제이천 마환천(魔幻天)의 천주 무심적괴(無心赤怪) 도적성(都赤星).

제삼천 마검천(魔劍天)의 천주 혈안검마(血顔劍魔) 구숙종(丘宿琮).

제사천 마력천(魔力天)의 천주 대력마신(大力魔神) 흑수곤(黑水坤).

제오천 마염천(魔艶天)의 천주 마요선고(魔妖仙姑) 설여상(雪如霜).

패천마련의 수많은 마두, 마왕들 중 단연 으뜸이면서 오늘날의 거령신마 무극전이 있도록 한 사람들.

그들의 안색이 다른 때와는 달리 침중하기 짝이 없었다.

거령신마 앞에서도 저희들의 주장을 내세우고, 때로는 서로 삿대질을 하며 욕을 하기도 했던 거침없는 마존들.

그들이 지금은 잘못을 저지르고 혼날 것을 두려워하는 아이처럼 잔뜩 긴장하고 있었던 것이다.

단 위에서는 거령신마 무극전의 침묵이 지루하게 계속되었다.

거령신마는 지금 진소소의 거취를 묻고 있었다. 그녀를 데려오라는 것이다. 하지만 그들 중 누구도 거령신마의 말에 그렇게 하겠노라고 대답할 수 없었다.

진소소 본인이 한사코 거절하고 있기 때문이다.

그녀는 사천에서 참화를 당한 직후 천화상단을 해체하고 불귀림의 풍우주가에 칩거했는데, 거령신마가 아무리 불러도 움직이지 않았다.

죽을 때까지 그곳에서 한 발짝도 나오지 않으려는 것 같다.

거령신마에게는 그게 안타까운 일이었다. 그래서 세 번째로 사자를 보내 그녀에게 패천마련의 총단으로 돌아오기를 권했는데, 아직 그 일에 대한 보고가 도착하지 않고 있었다.

"으음—"

거령신마의 침음성에 다섯 마존이 흠칫한다.

"내 딸처럼 여겼던 아이다."

"······."

"또한 내가 은밀히 거두어서 가르친 제자이기도 하지. 너희들도 지금쯤은 그것을 눈치챘을 텐데?"

"그, 그렇습니다."

마환천주 도적성이 조심스럽게 말했다.

"련주께서 유독 그 아이를 두둔하실 때 이미 눈치채고 있었습지요."

"나에게는 두 명의 제자가 있었다. 비천혈검 우문한과 삼선밀교 진소소가 그들이지."

"······."

"우문한은 내 명에 따라 봉명도를 찾으러 갔다가 죽었고, 진소소는······."

다섯 마존이 일제히 마른침 삼키는 소리가 대전 안에 울린다.

"어이없게도 장구봉이라는 들어보지도 못한 자에게 당해 폐인처럼 되고 말았다."

"······."

"그래도 나는 장구봉이라는 자에 대한 노여움을 드러내지 않았다. 그와 구천상단을 본 련으로 끌어들일 생각이 있어서였지."

그토록 활달하던 다섯 마존이 모두 고개를 숙인 채 꿀 먹은 벙어리처럼 입을 꾹 다물고만 있다.

거령신마의 눈길이 마밀천주인 은형비월 맹달에게로 향

했다.

그가 한 걸음 앞으로 나와 조심스럽게 입을 열었다.

"양원생은 보고를 마친 뒤 자결함으로써 자신의 실수를 스스로 벌했습니다. 여러 정황으로 미루어 보았을 때 장구봉이라는 자가 그 모든 일의 배후인 게 틀림없습니다. 물론 진소소와 천화상단의 일도 빠뜨릴 수 없지요. 게다가 그자의 뒤에는 청해의 창응방이 있다는 걸 알아냈습니다. 창응방이 그토록 천화상단을 배척했던 데에는 그런 이유가 있었던 것입니다."

마환천주 도적성이 헛기침을 하고 끼어들었다.

"그렇다면 장구봉이라는 아이는 창응방이 내세운 꼭두각시인 것이냐?"

은형비월 맹달이 고개를 가로젓는다.

"그렇지 않을 것이네. 오히려 장구봉이라는 자가 그들의 힘을 이용하려는 것으로 보아야지."

이번에는 마염천의 천주인 마요선고 설여상이 입을 열었다.

그녀는 칠십에 가까운 노파이지만 주안술과 채양보음의 특별한 절기를 지니고 있어서 겉으로 보기에는 삼십대의 요염한 미부로 보였다.

맹달을 바라보는 그녀의 두 눈에 기이한 빛이 일렁였다.

심연처럼 깊으면서 투명하고, 보는 사람의 혼백을 빨아들일 것 같은 눈빛이다.

미령마안(迷靈魔眼)인데, 그녀의 절기인 염혼섭천(艶魂攝天)이라는 마공이 극성에 이르렀으므로 항상 눈빛에 섭혼(攝魂)

의 교기가 감돌았다.

그녀가 요염한 붉은 입술을 나풀거려 물었다.

"어째서?"

맹달이 눈살을 찌푸리고 그녀의 시선을 외면한다.

"뭐가 어째서란 말이냐?"

"그러니까 장구봉이라는 놈이 어째서 본 련에 저항하는 것이며, 창웅방은 어째서 그놈을 지원해 주느냐, 이 말이야."

"그렇게 궁금하면 네가 직접 알아보아라."

"홍, 맹달 오라버니는 나를 미워하는 게 틀림없어."

그녀가 더욱 요염한 얼굴을 하고 눈을 흘긴다. 그러자 섭혼의 눈빛이 더욱 강렬해졌다. 어지간한 고수라면 당장 이성을 잃고 그녀의 치마폭을 잡고 매달릴 것이다.

하지만 맹달 같은 고수에게 그와 같은 게 통할 리가 없다.

맹달이 혀를 차고 투덜거렸다.

"제기랄, 저 요망한 것이 이제는 나까지도 홀리려고 하는구나. 아서라, 이것아. 내 청춘의 정욕은 물 건너간 지 오래니라."

"홍."

그게 자랑이냐는 듯 눈을 흘긴 마요선고 설여상이 이번에는 거령신마 무극전에게 눈웃음을 살살 치며 말했다.

"그 아이를 저에게 맡겨주시면 깔끔하게 처리하겠습니다. 물론 구천상단인지 뭔지 하는 구질구질한 것들도 싹 쓸어버리지요."

그녀의 말에 마검천주인 혈안검마 구숙종이 당장 얼굴을 붉히고 씩씩거리며 나섰다.

"어림없는 소리! 사천은 내 관할이다! 그놈을 잡아 죽여도 그건 내가 해야 할 일이야!"

설여상이 입을 삐죽거린다.

"홍, 구 오라버니가 그까짓 애송이 하나 잡자고 몸소 나서겠단 말이에요? 그것참, 별일이네? 하긴, 구 오라버니의 수하에 어디 쓸 만한 것들이 하나라도 있어야 말이지. 죄다 양원생 같은 얼간이들뿐이니 구 오라버니가 직접 나서는 수밖에 없겠네. 쳇, 그런 놈이 무슨 황천광도야? 제 별호대로 이제는 제가 황천에 가 있으니 소원 풀었겠네."

설여상의 이죽거림에 구숙종이 더운 콧김을 씩씩 내뿜으며 그녀를 잡아먹을 듯 노려보았다.

하지만 그녀의 말이 크게 틀리지도 않은데다가, 련주의 집 무전이니 발광을 할 수도 없다.

묵묵히 그들의 말을 듣고 있던 거령신마 무극전이 다시 침중한 음성으로 말했다.

"장구봉이라는 아이의 정체를 밝혀내는 것도 중요하겠지. 하지만 나에게는 그 아이를 보고 싶은 마음이 더 크다."

"으음—"

련주의 말에 다섯 마종이 일제히 무거운 신음을 흘렸다.

그 말은 곧 장구봉이라는 놈을 사로잡아 오라는 것이기 때문이다.

또한 그 말은 련주가 아직도 구천상단을 끌어들이려는 마음을 가지고 있다는 것이기도 하다.

거령신마가 다시 말했다.

"게다가 그 아이가 어떤 경로로 왜마왕의 화염마장을 익히게 되었는지 그걸 알아내는 것도 중요하다."

모두는 황천광도 양원생의 보고를 통해 그 사실을 알고 있었다.

그가 말하기를, 장구봉이라는 자가 왕년의 왜마왕 본인보다 더 지독한 화염마장을 썼다고 하지만 그건 믿지 않았다.

그럴 수가 없을뿐더러, 양원이 자신의 패배에 대한 궁색한 변명을 한 것이라고 받아들인 것이다.

하지만 어쨌든 장구봉이 한때 세상을 두려움에 떨게 했던 왜마왕 염철석의 화염마장을 익히고 있다면 보통 일이 아니다.

마검천주인 혈안검마 구숙종의 얼굴에 불만스런 기색이 떠올랐다.

제가 가장 아끼는 수하인 황천광도 양원생을 죽게 한 놈이 바로 그놈 아닌가.

제 손으로 가장 고통스럽게 죽여 복수를 해주고 싶은데 련주의 뜻은 그렇지 않으니 불만스럽지 않을 수 없다.

그런 구숙종의 마음을 읽은 듯 거령신마 무극전이 넌지시 말했다.

"설 천주가 그동안 많이 답답했을 것이다. 총단에 얼마나 머물러 있었지?"

무극전의 말에 설여상이 반색을 했다. 배시시 웃으며 수줍

게 말한다.

"삼 년간 폐관수련을 했고, 그것을 마친 다음에는 다시 이 년 동안 총단에서 이 지겨운 네 오라버니만 보고 살았답니다."

"그렇다면 바깥바람을 쐴 때도 되지 않았는가?"

"감사합니다!"

설여상의 얼굴이 당장 환하게 피어났고, 구숙종은 잔뜩 인상을 쓴 채 '끙—' 하는 신음성을 흘렸다.

무극전이 짐짓 그런 구숙종을 외면한 채 설여상에게 다시 말했다.

"조심해야 할 것이다. 왜마왕의 화염마장은 결코 무시할 수 없는 절기야."

"염려 놓으소서. 설마 제가 그까짓 어린 녀석 하나 요리하지 못하겠어요? 호호호, 그놈을 홀려서 제 발로 련주 앞에 나오도록 하지요."

"끄응—"

그녀의 말에 구숙종은 물론 도적성마저 한숨을 쉬었다.

'저 요망한 것이 강호로 나가면 또 얼마나 많은 청년 고수들이 저것의 가랑이 사이에서 폐인이 되고 말 것인가.'

그런 생각이 들어 절로 눈살을 찌푸리지 않을 수 없다.

그들의 생각을 읽었으련만 설여상은 개의치 않았다. 여전히 요사한 웃음을 흘리며 나긋나긋하게 말한다.

"그놈이 화염마장을 익혔다면 더더욱 제가 상대해야지요. 저의 빙옥신공이야말로 그것의 극성일 테니까요."

말을 마치고 자신만만한 얼굴로 나머지 네 명의 마존을 둘러본다. 마치, '당신들 중에서 극양한 장력에 맞설 음한기공을 제대로 익힌 사람 있어?' 하고 묻는 듯하다.

사실 다섯 마존 중 음한기공에 정통한 사람은 설여상이 유일했다. 장구봉이라는 자가 극양장력 중에서도 최고봉으로 꼽히는 화염마장을 익혔다면 설여상의 빙옥신공이 그것을 상대할 수 있는 유일한 방법일지도 모른다.

네 명의 마존이 입을 닫고 있자 설여상은 더욱 의기양양해졌다.

거령신마가 희미한 미소와 함께 말한다.

"재삼 당부하거니와, 조심하는 게 좋을 것이다. 자만보다 더무서운 적은 없는 게야."

"염려 놓으소서. 소녀가 그 녀석을 아주 나긋나긋해지도록 요리해서 련주의 상에 올려놓아 드리겠나이다."

날아갈 듯이 절을 올리고는 횡하니 나가 버린다.

아주 신이 나서 죽겠다는 몸짓이었다.

第三章
능파경(陵巴炅)이라는 존재

鳳鳴刀
봉명도

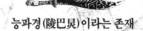

능파경(陵巴윗)이라는 존재

"제기랄, 그렇게 사람을 감쪽같이 속일 수 있는 겁니까?"

"정말 원수가 따로 없다니까."

이가춘과 왕소걸이 동시에 말하며 지독하게 눈을 흘긴다.

장팔봉이 빙긋 웃었다.

"그래서, 내가 살아 있다는 게 불만이란 말이냐?"

"그 말이 아니잖습니까."

"나는 불만이다!"

묵묵히 있던 비호검 마득량이 의자에서 벌떡 일어서며 소리 쳤다.

"응?"

"나는 네놈이 이렇게 살아 있는 게 불만이란 말이다!"

장팔봉은 물론 이가춘과 왕소걸마저 어리둥절해서 그를 멍하니 바라본다.

　마득량이 씩씩거리며 소리쳤다.

　"이게 뭐야? 옛날하고 똑같잖아?"

　"뭐가 말이오?"

　"네놈은 여전히 능글맞고, 다시 돌아왔으니 이제는 저 두 놈마저도 내 말을 더욱 우습게 여길 것 아니냔 말이다. 아주 질린다. 풍운당을 맡고 있을 때부터 네놈들에게 질릴 만큼 질린 사람이야. 그런데 또 그런 꼴을 보라고?"

　"제기랄!"

　이가춘이 의자의 팔걸이를 후려치며 버럭 악을 쓴다.

　"아니, 정말 이러실 겁니까? 당주로 있을 때에도 우리를 들들 볶아먹더니, 이제 대두령이 되어서도 아량이라고는 눈곱만큼도 없이 그때나 지금이나 똑같이 우리를 들들 볶아먹을 생각만 하고 있으니 나야말로 불만이오!"

　"맞어, 나도 그래."

　왕소걸마저 거들고 나서자 마득량이 빠드득 이를 갈았다.

　"이놈들, 대체 네놈들은 나를 뭘로 알기에 사사건건 대드는 것이냐? 내가 당주일 때 네놈들은 조장에 지나지 않았어! 지금도 그렇다! 내가 대두령이고 네놈들은 부두령이야! 내가 죽으라면 죽는시늉이라도 해야 옳지, 사사건건 핏대를 세우며 대들어?"

　"쳇, 우리 사이에 뭘 그런 걸 꼬치꼬치 따지고 그런담."

"맞어. 그런 정도야 의례 그러려니 하고 그냥 넘어가 줄 수 있잖아?"

"도대체 마 당주, 아니, 대두령은 너무 원리원칙만 따진단 말씀이야. 꽉 막혔어."

"맞어, 나도 그래서 답답해."

이가춘과 왕소걸이 주거니 받거니 장단까지 맞춰가며 지껄이는 말에 마득량은 어이가 없다 못해 기가 막혔다.

장팔봉이 두 손을 홰홰 내두른다.

"아, 시끄러! 개도 도망갈 구멍을 남겨주고 두드려 패야 하는 거다. 그렇지 않으면 달려들어 물거든. 이제 그만해라. 마 당주, 아니, 대두령이 불쌍하지도 않으냐?"

말려준다고 하는 그 말에 마득량은 오히려 복창이 터지고 말았다.

"뭐라고? 개? 이 씨앙! 너희들, 모두 밖으로 나와!"

연 사흘째 질펀한 향연이 펼쳐지고 있는 검봉 정상의 적성 채는 축제 분위기였다. 끝날 것 같지 않다.

본래의 모습으로 돌아온 장팔봉을 가장 반가워한 사람은 두 말할 것도 없이 이가춘과 왕소걸이었다. 그리고 당주인 마득량 또한 그랬지만 그는 원래 체면을 차리는 사람인지라 위엄을 잃지 않으려고 무진 애를 쓰고 있었다.

폭발로 부서져 내린 길은 아직 복구되지 못했다. 현수교마저 불타 없어졌으므로 검봉은 완전히 고립된 것이나 마찬가지였다.

그것을 다시 설치하고 바위를 파 새 길을 내려면 두어 달은 족히 걸릴 것이다.

지금은 현수교가 있던 자리에 굵은 삼줄 하나를 가로질러 놓았는데, 그것에 도르래가 달린 의자 하나를 매달아놓았다. 당분간 그것을 타고 오가는 것만이 유일한 통행 방법이다.

그렇게 골짜기를 건너 검봉에 내리면 다시 검봉 정상에서부터 늘어져 내린 한 가닥 줄을 붙잡고 깎아지른 절벽에 매달려 낑낑대며 올라가야 한다.

지극히 불편한 일이지만 아무도 그것을 불평하는 사람은 없었다.

자신들이 이루어놓은 어마어마한 일에 한껏 도취되어 있는 것이다.

"그래, 이제는 어떻게 할 작정이냐? 계획은 있고?"

마득량이 불쾌해진 얼굴로 묻는다. 곁에 앉아 있던 장팔봉이 한 잔의 술을 단숨에 들이켜고 나서 호기롭게 말했다.

"당주, 언제 내가 계획 세우고 사는 거 봤수?"

그는 완연히 예전 풍운조의 조장 때의 말투와 행동으로 돌아가 있었다.

마득량을 만나고 이가춘과 왕소걸을 만나자 저도 모르게 그렇게 된 것이니 그의 가슴속에 풍운조에 대한 그리움이 얼마나 짙게 배어 있었던 것인지 알 수 있다.

마득량이 혀를 찼다.

"에그, 이놈아. 이제는 철이 들 때도 되지 않았느냐?"

마치 늙은이가 손자를 나무라듯 한다. 그 말투에 이가춘과 왕소걸이 풋, 하고 웃음을 터뜨렸다.

'사부……'

장팔봉은 마득량의 말에서 불쑥 사부를 떠올렸다. 그의 말투가 사부가 저를 나무라던 그것과 같았기 때문이다.

"가야겠다."

그가 자리를 털고 불쑥 일어났다.

갑작스런 일에 모두가 어리둥절해져서 바라본다.

"조장, 어디로 가려고?"

이가춘이 따라 일어서며 불안한 얼굴로 묻는 건 장팔봉이 다시 저희들을 버리고 잠적해 버릴까 두려워서이다.

왕소걸도 장팔봉의 옷자락을 꽉 움켜쥐었다.

"우리도 같이 가겠소."

"이것들이?"

눈을 부라린 장팔봉이 왕소걸의 손을 뿌리치고 말했다.

"사부님 뵈러 가야겠다. 늙으신 양반이 그동안 얼마나 슬퍼하고 있겠어?"

"……"

"너무 울어서 눈이 다 짓물렀을지도 몰라. 에그, 불쌍한 노인네 같으니……"

장팔봉의 말에 마득량은 물론 이가춘과 왕소걸이 하나같이 숙연해졌다. 고개를 숙인다.

'사부……'

그들은 동시에 자신들의 사부를 떠올리고 있었다.

마득량과 이가춘, 왕소걸은 각기 점창파와 무당파, 공동파의 제자들이다. 사문은 제각각이지만 사부에 대한 그리움은 다를 리 없다.

장팔봉이 사부를 뵈러 가야겠다는 말을 듣자 자신들의 사문과 사부에 대한 그리움이 밀려들어 목이 멘다. 그건 그동안 한 번도 찾아가보지 못한 자신들의 처지에 대한 원망이기도 했다.

"후―"

마득량이 길게 한숨을 뱉어내고 물기 젖은 눈으로 장팔봉을 바라보았다.

"그렇지, 찾아뵈어야지. 너라도 사부님을 뵈러 가야겠지."

장팔봉의 가슴이 짠해졌다. 고개를 푹 숙인 채 술잔만 만지작거리고 있는 이가춘과 왕소걸을 바라보면서 더욱 그랬다.

너희들도 사부를 찾아뵈러 가라고 말해주고 싶지만 그들의 처지가 그렇지 못하다는 걸 잘 알기에 그럴 수도 없었다.

그들에게는 찾아뵐 사부도 이제는 없는 것이다.

패천마련과의 싸움에서 모두 전사했다.

그리고 무당파는 물론 공동과 점창파도 봉문하지 않았던가. 찾아가 봐야 낯익은 사형제들이며 존장들은 거의 남아 있지 않을 것이다.

낯선 제자들뿐인 제 사문을 보면 시름이 더 커지기만 할 것이다.

이가춘이 빠드득 이를 갈고 원한 서린 얼굴로 스산하게 말했다.

"안 가. 아니, 못 가. 패천마련의 마두 놈들을 싹 쓸어버리기 전에는 나에게 사문은 없어."

"나도."

왕소걸의 얼굴에도 결연한 빛이 가득해진다. 그건 마득량이라고 다르지 않았다.

그는 점창파의 최연소 장로 출신이 아니었던가. 누구보다 제 사문에 대한 원통함이 클 것이다.

"내 손으로 반드시 사문을 다시 일으켜 세운다. 그렇게 할 수 있을 때까지 나 또한 사문을 잊고 살 거야."

장팔봉이 마득량의 손을 잡았다.

"마 당주, 반드시 그날이 올 것입니다. 내가, 이 장팔봉이 꼭 그렇게 되도록 해드릴 테니 조금만 참고 계시오."

"믿는다."

마득량도 장팔봉의 손을 굳게 잡았다.

마득량과 이가춘, 왕소걸은 지금 그 누구보다도, 아니, 하늘보다도 장팔봉을 더 믿었다.

장구봉으로서의 그의 능력을 똑똑히 보았기 때문이고, 풍운조장이었을 때의 장팔봉의 독기를 누구보다 잘 알기 때문이다.

한번 한다고 하면 수단과 방법을 가리지 않고 반드시 해내고 말지 않았던가.

*   *   *

산은 하나도 변하지 않았다.

옛 모습 그대로인 설화산을 바라보면서 장팔봉은 감격으로 눈시울이 뜨거워졌다.

"주공……."

그의 그런 마음의 격동을 눈치챈 거구의 사내 백목위리가 조심스럽게 부른다.

그와 나가철기는 언제나 장팔봉의 그림자가 되어 수행했다.

그들을 힐끗 바라본 장팔봉이 묵묵히 앞서 걷기 시작했다. 뭐라고 대꾸를 하기 위해 입을 열면 울먹이는 제 모습을 보이게 될 것 같아서이다.

저 멀리 하얀 길이 산모퉁이를 감싸듯 돌아가고 있는 게 보인다.

저 길을 따라 두어 마장쯤 가면 거기 만고사(萬固寺)가 있다.

이름만 들어도 그리움이 북받치는 곳.

노주지스님의 자애로운 얼굴이 가득 떠올랐다.

만성(卍星) 노스님.

때로는 노망이 든 것처럼 횡설수설하기도 하지만 근엄하고 자애로운 그 얼굴을 보고 있으면 절로 마음이 편해지지 않았던가.

그리고 구천수라신교의 살아 있는 장로 중 한 명이기도 하다.

사문인 삼절문으로 가기 위해서는 만고사를 지나가야 한다. 장팔봉은 발걸음을 크게 떼었다. 우선 만성 노스님이 무사한지 그것부터 알아볼 작정이다.

산문은 여전했다. 낡아서 빛이 바랜 단청과 기둥의 홍칠이 오랜 세월을 느끼게 해준다.

산문에 이르는 넓은 길은 예나 지금이나 다름없이 깨끗하게 빗질되어 있었다. 그것을 보면서 장팔봉은 한시름 놓았다.

저렇게 길을 빗질하는 사람이 있다는 건 아직 만고사가 무사하다는 것이고, 그건 또한 만성 노스님께서 살아 있다는 것 아니겠는가.

백목위리와 나가철기를 보이지 않는 곳에 멀찍이 떨어뜨려 둔 장팔봉은 한동안 멍하니 산문을 바라보고 서 있었다.

그리고 떨리는 한 발을 내딛는다.

변한 게 없었다.

산문 좌우에 눈 부릅뜨고 서 있는 사천왕상도 그대로이고, 대웅전 앞의 커다란 청동 향로도 그대로였다.

그리고 두 사람의 젊은 스님이 거기 있었다. 대웅전으로 오르는 돌계단에 걸터앉아 멍하니 허공을 바라보고 있다.

장팔봉은 그들을 즉시 알아보았다.

뚱뚱한 중은 도량(道量)이고, 삐쩍 마른 중은 도천(道川)이다.

모두 만성 스님의 제자들이니 곧 구천수라신교의 제자들이기도 하다.

그들이 '엇?' 하고 놀란 소리를 내며 벌떡 일어섰다.

"너, 너……!'

장팔봉을 가리키며 말을 잇지 못한다.

"안녕들 하셨소?'

장팔봉이 빙긋 웃으며 다가서자 뚱뚱한 중 도량이 제 눈을 마구 비벼댔다. 마른 중 도천이 다가와 장팔봉의 눈앞에 활짝 편 손을 이리저리 흔들어댄다.

"너, 죽지 않았던 거냐?'

"스님들은 내가 죽었으면 좋겠소? 그러기를 바라고 있었던 모양이군?'

"아니, 아니, 내 말은 그게 아니고…….'

너무 큰 놀람 때문에 두 스님은 입만 딱 벌리고 장팔봉을 바라보았다.

"살아 있을 줄 알았느니라. 흘흘—'

"어떻게요?'

"내가 관상을 좀 볼 줄 알잖느냐.'

"제가 만수무강할 상판이라 이겁니까?'

"흘흘, 젊어서 객사할 상은 아니지.'

만성 노스님의 주름진 얼굴 가득 웃음이 번진다. 장팔봉이 그런 노스님을 흘겨보았다.

"쳇, 나도 관상을 좀 볼 줄 아는데, 내가 보니 노스님께서는 한 이백 살은 너끈히 사시겠군요."

"에라, 이놈아. 악담을 해라."

짐짓 눈을 부라리며 깡마른 주먹을 들어 올리는 노스님을 두고 장팔봉이 돌아섰다.

"어딜 가려고?"

"사부님을 뵈어야 하지 않겠어요?"

"흘흘, 그렇지. 먼저 가 있어라. 조금 있다가 나도 그리 가마."

"마음대로 하십시오."

늘 그랬다.

어렸을 때나 지금이나 장팔봉은 만성 노스님 앞에서 철없는 아이처럼 틱틱거렸고, 그러면 노스님은 눈을 부라리며 야단쳤지만 얼굴은 언제나 웃고 있었다.

만고사를 나오는 장팔봉의 발걸음이 한결 가벼워졌다.

노스님을 통해 사부님 또한 무탈하게 잘 계시다는 걸 알았기 때문이다.

만고사와 삼절문 사이에 있는 작은 마을 또한 예전의 모습 그대로였다.

골목마다 아이들의 왁자한 웃음소리가 들리고 개 짖는 소리가 들린다.

지금은 한창 들일을 할 때였다. 그래서인지 알 만한 얼굴은 하나도 보이지 않았다. 마을이 온통 아이들뿐, 텅 빈 것 같다.

장팔봉은 몇 년 사이에 훌쩍 큰 아이들을 알아보았지만 그들은 장팔봉의 변화한 모습을 알아보지 못했다.

그도 그럴 것이, 늘 후줄근한 용모에 껄렁껄렁하던 장팔봉 대신 말끔한 옷차림을 한 귀공자 한 명이 거기 있었기 때문이다.

그래서 경계하듯 힐끔거리는 아이들을 물끄러미 바라보던 장팔봉이 히죽 웃었다.

저만하던 때의 제 모습을 거기에서 보기라도 한 것 같다. 얼마나 짓궂은 골목대장이었던가.

다가와 빤히 바라보는 한 놈의 머리를 쓰다듬어 준 장팔봉이 내쳐 마을을 지나 삼절문으로 향했다.

울창한 삼나무 숲을 돌아나가자 드디어 저만큼 제 고향이자 집이기도 한 삼절문이 보였다.

낡은 대문도 여전하고 깨끗하게 빗질되어 있는 마당도 여전했다.

낡은 현관이 오랜 풍상을 견디지 못하고 비스듬히 기울어 있다.

그것을 본 장팔봉이 혀를 찼다.

"쯧쯧, 사부님도 많이 게을러지셨어. 저걸 그대로 두다니 말이야……."

하지만 속마음은 안타깝기 짝이 없었다.

사부가 그동안 많이 늙으셨다는 걸 느낄 수 있었기 때문이다.

예전 같으면 그 부지런한 성격에 벌써 현판을 바로 고쳐 달았을 것이다. 그러나 어느덧 몸이 귀찮아지고 움직이기가 힘든 노인이 되어버렸다.

그 세월만큼이나 가슴에 맺힌 게 많을 텐데, 그 무게 때문에라도 더욱 몸이 무거워지지 않았겠는가.

이제는 밝던 눈도 침침해졌을 것이다.

팔팔하던 그 성격도 어느덧 체념의 유순함으로 바뀌어 버리고, 카랑카랑하던 목소리에도 힘이 빠져서 공허한 울림으로 흘러나오겠지.

그런 생각을 하자 사부에 대한 안타까움 때문에 눈시울이 뜨거워졌다.

"어?"

하지만 활짝 열려 있는 대문을 넘어 안으로 들어선 순간 그런 생각이 말짱 헛것이었다는 걸 알게 된다.

"한 수 물러."

"에고, 사부님, 왜 이러십니까? 한두 번도 아니고."

"무르자면 물러."

"이번에는 안 됩니다. 대마가 잡히느냐 마느냐 하는 순간인데 무르자니요?"

"이놈아, 그러니까 무르자는 거지."

"안 됩니다. 그냥 돌 던지세요."

"이놈이!"

"아, 그렇게 떼써도 안 되는 건 안 되는 겁니다."

"왜 안 돼!"

"정말 이러시면 다시는 사부님하고 바둑 안 둡니다."

"에라이, 나도 너같이 쩨쩨한 놈하고는 안 둬!"

와르르르—

사부가 기어이 바둑판을 엎어버리고 벌떡 일어나 씩씩거린다.

어이없다는 듯 그런 사부를 멍하니 바라보고 앉아 있는 자는 다름 아닌 개아범 당가휘(唐加輝)였다.

장팔봉 자신과 삼절문에서 동문수학한 사이이면서 불알친구이기도 하다.

대우진의 저자에서 건달패의 두목 노릇을 하고 있었지만 실은 구천수라신교의 장로 중 한 명이다. 삼절문을 보호하려는 밀명을 띠고 대우진에 숨어 있었던 것이다.

그런 당가휘가 사부와 어울려 티격태격하고 있으니 어리둥절하기만 하다.

"어? 너 왔냐?"

당가휘가 장팔봉을 발견하고 반색을 했다.

대문 앞에 우두커니 서서 대체 이게 어떻게 된 일인가 하고 눈만 뒤룩거리던 장팔봉의 얼굴에 사부의 호통 소리가 척 달라붙었다.

"이놈아! 왔으면 냉큼 들어올 것이지, 왜 그러고 서 있어? 또 말썽을 부린 게냐? 그래서 여차하면 달아나려고?"

"아니, 이건…… 그러니까 이게……."

장팔봉은 아무리 해도 지금의 이 상황을 이해할 수 없었다.

분명 사부는 다른 사람들과 마찬가지로 제가 기련산 풍화곡에서 죽었다고 알고 있어야 한다. 그건 저 당가휘도 마찬가지다.

그런데 죽었다던 제자가 이렇게 살아 돌아왔는데 이게 뭐란 말인가?

장팔봉이 아직도 상황을 파악하지 못해 어리둥절해 있자 사부 왕 노인이 다시 버럭 소리쳤다.

당가휘에게 바둑을 진 분풀이를 하는 것 같다.

"배고프다! 어여 들어가서 저녁 준비 하지 않고 뭐 해? 맞고 할래? 앙!"

"아니, 그러니까…… 사부님, 제가 말이지요, 그러니까 그게…… 죽었다가 다시 이렇게…… 그런데 하나도 안 반가우신……."

"에라, 이놈아!"

빡!

"아코!"

바둑알 통이 날아와 장팔봉의 이마에 호되게 부딪쳐 박살난다.

이마를 감싸 쥐고 몸을 웅크리는 장팔봉의 눈에 사부가 또 하나의 바둑알 통을 더듬는 게 보였다.

"갑니다! 가요! 젠장, 나도 모르겠다. 어쨌든 간다고요!"

장팔봉이 머리통을 감싸 안고 후다닥 주방으로 달려가자 그제야 사부 왕 노인이 바둑알 통에서 손을 떼었다.

그리고 구시렁거린다.

"저놈이 어딜 나갔다가 돌아오기만 하면 그저 꾀만 늘어가지고 온단 말이야. 바깥에서 못된 놈들하고만 어울려 돌아다니는 게 틀림없어. 그러니 요령만 늘고 게으름만 생겨서 돌아오는 거지. 쯧쯧― 대체 언제나 철이 들려는지……."

"말해봐."

"뭘?"

"이놈이?"

장팔봉의 눈에 힘이 들어간다. 그래도 당가휘는 히죽히죽 웃을 뿐이다.

오랜만에 손수 밥을 짓고 반찬을 만들어 사부와 함께 저녁 식사를 마치고 나자 장팔봉이 당가휘를 본당 뒤쪽의 후원 으슥한 곳으로 끌고 갔다.

그리고 다그치는데 으름장이 도통 먹히지 않는 것 아닌가.

"내가 돌아올 걸 알고 있었던 거냐?"

"살아 있으면 언젠가는 그러지 않겠어?"

"다들 내가 죽었다고 알고 있는데?"

"커흠, 본 교의 능력을 과소평가하지 마라. 너는 본 교의 제자이니 더욱 그렇지. 커흠."

장팔봉은 제자에 불과한 신분이고 저는 장로라는 걸 은연중에 강조한다.

그러니 저에게 함부로 대하는 건 곧 하극상이라는 협박이기도 하다.

장팔봉이 기가 막혀 하다가 한마디 했다.

"솔직히 불어."

"뭘?"

"세상에서 장팔봉은 감쪽같이 사라졌다. 다들 기련산에서 죽은 줄로 알지. 그런데 너와 사부님, 그리고 만성 노스님은 그렇지 않아. 어떻게 내가 살아 있다는 걸 알고 있었지?"

"너도 짐작할 수 있을 텐데? 정말 모른단 말이냐?"

당가휘가 오히려 되묻는다.

장팔봉의 머릿속에 한 사람이 떠올랐다.

"백 사고로군. 그녀가 소식을 전했던 것이로군."

당가휘가 씩 웃는다.

"백 노선배는 본 교의 호법이 아니냐. 중요한 일들에 대해서는 어떻게 해서든 서로 연락을 주고받는 게 당연한 일이지."

"그런데 어떻게? 그녀는 한 번도 청해를 떠나지 않았고 자신의 정체를 드러낸 적도 없는데?"

당가휘가 다시 씩 웃었다. 장팔봉이 제 이마를 탁, 친다.

"그렇군."

창응방의 연락망을 이용했을 것이라는 생각이 떠오른 것이다.

그런 내막을 까맣게 모르고 있었다는 게 억울하다 못해 분한 마음마저 든다.

"나 교도 안 하련다."

"뭐라고?"

"수라신교고 뭐고 다 때려치우겠어."

"어허, 사문을 배반하겠단 말이냐? 사제의 연마저 끊고?"

"끄응—"

그것만은 어쩔 수 없다. 어떻게 사부님과의 인연마저 끊을 수 있을 것인가. 그러니 제 고집이 다 쓸데없다는 생각에 한숨만 나온다.

결국 영원히 당가휘 이놈을 장로로 떠받들어야 한다는 건데, 그건 생각만 해도 끔찍한 일이다.

그래서 다시 물었다.

"궁금한 게 있다. 그전부터 묻고 싶었는데 기회가 영 없었지."

"물어봐."

"도대체 네놈이 어떻게 장로가 된 거냐? 사부님이나 저 아래의 만성 노스님, 또 그 얄미운 도사 늙은이 건풍까지도 이해해. 그들이야 오래전부터 본 교의 사람들이었다니 말이다. 하지만 너는 아니거든."

"네가 의심스럽게 여기는 것과 네 심정을 다 이해한다."

당가휘가 의젓하게 말했다. 그 태도에서마저 '나는 너보다 지위가 한참 높은 어른이다' 라고 하는 의도가 보인다.

"실은 사부님에게서 물려받았다."

"사부님이라고?"

"삼절문을 떠나서 한 분의 사부님을 또 만났지. 알고 보니 그분이 본 교의 장로이셨지 뭐냐? 그래서 그 신분을 물려받은 거야."

"흠, 그러니까 드러나지 않은 또 한 명의 장로가 있었군. 그게 누군데?"

"말해줘도 모를걸? 그분은 능파경이라는 분이시지. 열 명의 장로 중 두 번째 장로이시자 교 내의 감찰을 맡고 계신 분이었다."

"으헉! 능파경!"

당가휘가 우쭐거리며 한 말에 장팔봉이 기겁을 하듯 놀라 펄쩍 뛰었다.

능파경(陵巴炅).

그 이름을 어찌 잊을 것인가.

바로 다섯 괴물 노사부를 패천마련의 지옥에 떨어뜨린 장본 인 아니던가.

다섯 노사부는 자신을 그 지옥에서 내보내면서 오직 한 가 지 부탁을 했을 뿐이다.

"우리를 이 꼴로 만든 그 능파경이라는 놈을 찾아서 갈가리 찢어 죽여라. 우리를 위해 통쾌하게 복수를 해줘. 그러면 우리 모두 이곳에서 죽어 이곳의 귀신이 된다고 해도 한이 없을 것이다."

그 능파경이 구천수라신교의 제이장로였다는 것도 놀라운

데 당가휘의 사부였다는 데에는 더욱 기가 막힌다.

그런 장팔봉의 놀람이 의아한 듯 당가휘가 어리둥절해서 물었다.

"왜 그러니? 내 사부님을 알아?"

빠드득—

"그가 지금 어디에 있지?"

장팔봉이 묻는 뜻을 알지 못하는 당가휘가 슬픈 얼굴을 했다.

"내가 그분을 이어받아 장로가 된 걸 보면 모르겠어? 돌아가셨을 거다. 아마 지금쯤은 앙상한 뼈로만 남았겠지. 나는 참 불경, 불충한 놈이다. 사부님의 유체조차 거둬들이지 못했으니 말이야."

"뭐라고? 죽었어?"

장팔봉의 불경한 말에 당가휘가 매섭게 노려보았다.

"말을 가려서 해라. 그분은 본 교의 장로이셨으면서 또한 나의 사부님이기도 하다."

"그런 건 상관없다!"

장팔봉이 버럭 소리쳤다.

"나는 반드시 네 사부라는 그 인간을 잡아서 죽여 버리고 말테다! 이미 죽었다면 그 뼈라도 부수어놓아야 다섯 노사부님의 한이 풀리실 것이다!"

"너, 네가 감히 그런 말을 하다니!"

당가휘가 버럭 화를 내며 옷소매를 걷어붙였다.

"당장 사과해라! 그렇지 않으면 내가 너를 가만두지 않겠어!"

"흥! 웃기는 소리! 네가 능파경의 제자라니, 나야말로 너라도 죽여서 다섯 노사부의 분을 풀어드려야겠다!"

장팔봉도 마주 소리치고 나서 어금니를 악물었다.

두 사람 사이에 팽팽한 긴장이 감돌았다. 살기가 점점 짙어져 간다.

장팔봉이 스산한 어투로 말했다.

"흥, 어쩐지 처음 만나 몇 수 시험해 보았을 때 네놈의 수법이 어딘지 낯익다 했지. 이제 보니 능파경, 그 교활한 배신자에게서 배운 것이었어."

"더 이상 헛소리를 지껄이지 마라. 내 사부님은 네놈 따위의 망나니가 함부로 입에 올릴 분이 아니시다."

"흐흐흐, 그래?"

장팔봉이 손가락 마디를 우두둑 꺾었다. 당가휘도 손가락을 차례차례 접어 두 주먹을 불끈 움켜쥔다.

그들이 기어이 충돌하려고 할 때였다.

"두 분, 제발 참으십시오!"

"무슨 일인지는 모르나 화나는 일이 있다면 차라리 저희들을 때려서 화를 푸시기 바랍니다!"

귀에 익은 음성이 들려왔다.

대우진의 만인객잔에서 장궤 노릇을 하고 있던 서문한과 점소이 노릇을 하고 있던 황대려였다.

그들은 장팔봉에 의해 목숨을 건지게 된 이후 완전히 그에게 굴복하여 심복이 되기를 자처했으나 그가 풍화곡으로 들어가면서 헤어지고 말았다.

그래서 당가휘에게로 돌아왔는데, 이렇게 삼절문에서 장팔봉을 다시 보게 되니 기쁘기 짝이 없었다. 그가 풍화곡에서 죽었다는 소문을 들었을 때는 얼마나 슬퍼했던가.

그런데 그 장팔봉이 당가휘와 싸우려 하니 혼란스러웠다.

간절하게 바라보며 엎드려 있는 그들을 돌아본 장팔봉이 빙긋 미소를 지었다.

"음, 살아 있었구나. 반갑다."

그러더니 다시 당가휘를 노려보는데, 여전히 살기를 띠고 있다.

"너희들은 이 일에 상관하지 말고 물러서 있어!"

날카롭게 말한 당가휘가 두 주먹을 움켜쥐고 한 걸음 장팔봉에게로 다가선다.

바야흐로 두 사람이 부딪치기 직전이었다.

第四章

삼절도법의 비밀

鳳鳴刀
봉명도

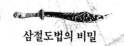

삼절도법의 비밀

"그만두지 못해!"

카랑카랑한 호통 소리가 들려왔다.

이번에는 사부 왕 노인이었다.

그리고 언제 온 것인지 만고사의 만성 노스님과 꾀죄죄한 늙은 도사 건풍이 있었다.

세상에 몸을 숨기고 살아 있는 구천수라신교의 장로들이 모두 모인 것이다.

"너는 감히 하극상을 할 작정이냐?"

사부 왕 노인이 장팔봉과 당가휘 사이에 버티고 서서 눈을 부라렸지만 장팔봉의 고집은 꺾이지 않았다.

"나는 처음부터 저놈을 장로로 인정하지 않았으니 상관없습니다. 오직 지금 이 순간에도 패천마련의 지옥 속에서 고생을 하고 있을 다섯 노사부님에 대한 연민과 한이 있을 뿐입니다."

"그들이 그러더냐? 능파경, 능 장로가 자신들을 속여서 지옥에 떨어뜨린 원수라고?"

"그렇습니다. 밖에 나가면 반드시 능파경을 잡아서 잔인하게 죽여 한을 풀어달라고 하셨습니다. 그게 그분들이 저에게 부탁한 유일한 일입니다."

"어리석은 놈."

왕 노인이 매섭게 장팔봉을 노려보더니 혀를 찼다.

"쯧쯧, 그 다섯 망종은 여전히 그렇게 철이 없구나. 당최 그것들은 뒈지기 전에는 철이 들지 않을 모양이다."

왕 노인의 말에 만성 노스님이 흘흘 웃었다.

"그 다섯 잡종이 안 보여서 속이 다 후련했지. 그런데 이제는 다시 보고 싶어지는구려. 나도 늙었나 봐."

"무슨 소리를 하는 거야?"

왕 노인이 매섭게 노려보지만 만성 노스님은 흘흘 웃기만 했다.

"그들이 하도 개차반 짓을 해서 미운 적도 있었지. 차라리 어디론가 없어져 버렸으면 하고 은근히 바라기도 했어. 왕 장로, 당신은 그렇지 않았단 말이오? 건풍, 너는?"

건풍 노도가 심각한 얼굴로 고개를 끄덕였고, 왕 노인도 그말에는 부정하지 못했다.

"그것 봐. 다들 나와 같은 생각이었군. 그렇다면 능 장로도 마찬가지였겠지. 그랬으니 능 장로가 그들을 그렇게 만들어 버린 게 다 그들의 자업자득인 거야. 그렇지 않소?"

만성 노도가 모두를 돌아보며 동의를 구한다.

"헛소리!"

장팔봉이 발끈해서 소리쳤지만 그의 마음속에서는 만성 노스님의 말이 일면 맞는 데가 있다고 생각했다.

그들 다섯 노사부는 하나같이 상종하지 말아야 할 대마인이 아니었던가.

그 괴팍함과 제멋대로인 성격 때문에 강호의 우환이자 골칫거리이기도 했다는 걸 잘 안다.

왕 노인이 한숨을 쉬고 말했다.

"이 안에는 그동안 말할 수 없었던 사연이 있고 비밀이 있느니라. 내가 지금부터 그것을 말해주지."

"무슨 사연이고 비밀이란 말입니까?"

장팔봉이 퉁명스럽게 말하자 왕 노인이 그와 당가휘를 다시 한 번 바라보고 돌아섰다.

"따라 들어오너라. 내가 너희들에게 모두 말해주마."

건풍 노도가 활짝 웃으며 장팔봉의 옷소매를 끌었다.

"가자, 가서 들어보자. 나도 모르는 비밀을 왕 장로는 알고 있었나 보다. 이거 궁금해 미치겠는걸?"

만성 노스님은 당가휘를 재촉했다.

"네 사부에 관계된 일이라면 들어야 하지 않겠느냐? 자, 그만 주먹에 힘 빼고 들어가 보자."

　장팔봉과 당가휘는 마지못한 듯 사부의 거처로 향할 수밖에 없었다.

　그리고 그곳에서 그동안 밝혀지지 않았던 구천수라신교의 비밀 하나를 들어 알게 되었다.

　　　　　　*　　　　*　　　　*

　"쳇, 쳇!"

　장팔봉의 불만 어린 콧방귀가 쉴 새 없이 터져 나온다.

　그의 온몸은 땀으로 흠뻑 젖어 있고, 먼지투성이어서 지저분하기 짝이 없다.

　달이 휘영청 밝은 밤중에 그는 그런 꼴을 하고서 후원의 돌계단에 앉아 있는 중이었다.

　손에 쥐고 있는 칼을 지팡이 삼아 의지해서 헐떡거리면서도 연신 콧방귀를 뀐다.

　"말도 안 돼."

　하지만 풍화곡의 빙동에서 보았던 그 사람. 이미 좌화해서 얼음 미라가 되어 있던 육수천을 보지 않았던가. 그의 발아래 엎드려 절을 하기도 했다.

　그런데 그 육수천이 바로 제가 그토록 원한을 품고 있던 능파경이었다니 기가 막힌다.

"육수천은 한 번도 본 적이 없으니 어떻게 생겼는지 나도 모른다. 하지만 능파경은 수시로 보았으므로 잘 알지. 네 말대로라면 그가 바로 능파경이다. 틀림없어. 그렇다면 패천마련의 지하 뇌옥에 구금되어 있었다는 전대 무림맹주 적무광이라는 자가 바로 육수천이겠지. 그것도 틀림없을 것이다."

풍화곡의 빙동과 중동에 대한 장팔봉의 자세한 설명을 듣고 난 사부가 그렇게 단정했다.

빙동에서 봉명도를 안고 좌화해 있던 사람의 생김새를 그린 듯 묘사해서 들려주자 사부는 처연한 얼굴로 눈물마저 찍어내며 그렇게 말했다.

수석 장로인 왕 노인이 어찌 제이장로였다는 능파경의 모습을 잊을 수 있을 것인가. 그러니 사부의 말이 맞을 것이다.

그래서 오히려 장팔봉은 혼란스럽기만 했다. 사부의 말이 머릿속에 웅웅 울리는 통에 도대체 삼절도법의 수련을 제대로 할 수가 없었다.

"그렇다면 지하 뇌옥 안에서 무림맹주 적무광을 만났을 때 백 사고가 실은 그가 육수천이라는 걸 몰라봤다는 게 말이 돼?"

머리를 갸웃거리며 중얼거리던 장팔봉이 이번에는 고개를 끄덕였다.

"하긴, 백 사고도 그 육수천이라는 사람에 대해서는 듣기만 했지 본 적이 없다고 했으니 그럴 수도 있겠다."

그는 풍화곡을 지키는 수석 호법사자라고 하지 않았던가.

그런 그가 왜 그곳을 떠나 무림맹주 노릇을 하고 있었던 것이며, 어째서 능파경이 대신 그곳에 들어가 봉명도를 지키고 있었던 것인지 생각할수록 혼란만 더 커진다.

"그건 당시 교주였던 목극탑(木極塔)의 명령이었을 것이다."

아무도 그걸 아는 사람이 없었지만, 왕 노인이 장팔봉의 말을 듣고 곰곰이 생각한 끝에 해낸 추리였다. 그리고 모두 그것이 타당하다고 믿었다.

수석 호법사자의 존재는 교주만이 알고 있을 뿐이었다. 그가 구천수라신교의 성역인 풍화곡을 지키는 존재이기 때문이다.

그러니 다른 두 명의 호법사자였던 백무향이나 무극전도 몰랐던 게 틀림없다.

세상에서 완전히 감추어져 있던 인물.

교주가 그를 강호로 내보낸 건 무극전이 반란을 일으키고 구천수라신교를 뛰쳐나가 패천마련을 결성했기 때문일 것이다.

무극전마저도 알지 못하는 인물이니 그가 이름을 바꾸어서 무림맹의 맹주가 된다면 수라신교의 비밀을 온전히 지키면서 패천마련을 상대할 수 있었을 것 아닌가.

그렇게 하고서도 교주인 목극탑은 안심할 수 없었다. 그건 자신의 제자인 무극전의 야심과 능력을 누구보다 잘 알고 있기 때문이다.

그래서 목극탑은 제이장로였던 능파경에게 밀명을 내렸던 것이다.

구천수라신교의 장로라는 신분을 감추고 강호에 나가 활동하고 있던 다섯 명의 골칫덩이.

절세신마 당백련을 비롯해서 독안효 공자청과 왜마왕 염철석, 그리고 무정철수 곽대련과 무영혈마 양괴철.

이미 강호에서 상종 못할 대마인들로 불리는 그들을 정리하기로 한 데에는 그들이 자칫 광분해서 패천마련에 대들었다가 하나씩 무극전에게 죽임을 당할까 봐 걱정하는 마음도 있었을 것이다.

그들 개개인은 절세무적의 무용을 가지고 있었지만 무극전의 상대가 되기에는 부족한 감이 있었다.

그러니 무극전이 한 명씩 찾아내 각개격파를 한다면 수라신교의 비전을 하나씩 물려받고 있는 다섯 명의 장로가 개죽음을 당할 뿐 아니라, 다섯 개의 비전마저 유실되고 말 것이 아닌가.

교주의 밀명을 받은 능파경은 은밀히 강호로 나와 그들을 회유해 한자리에 모이도록 했을 것이다.

그리고 암수로써 그들 모두를 제압한 다음에 고스란히 무극전에게 넘겨주었던 게 틀림없다.

무극전으로서는 그들이 아직 자신에게 어떤 반기도 들지 않았으니 죽여 버릴 명분이 없었다.

게다가 그들은 자신의 사문인 구천수라신교의 장로들 아닌 가.

평소에도 공경하면서 대했던 터라 더욱 모질게 손을 쓸 수 없었다.

그래서 고심 끝에 그들의 무공을 폐하고 지옥이라 불리는 지하 뇌옥에 영원히 가두어두기로 했다.

그런 일이 있은 한참 뒤에 장팔봉이 지하 뇌옥으로 떨어졌고, 그곳에서 그들 다섯 마존을 만나는 인연이 맺어졌던 것이다.

모든 일을 계획대로 마친 능파경은 맹주를 따라 풍화곡으로 들어가 육수천의 일을 대신하였다.

그리고 그는 육수천처럼 풍화곡 안에서 꼼짝하지 않고 있었던 게 아니라 수시로 강호에 출입하면서 정세를 염탐했던 게 틀림없었다.

그랬기 때문에 인연이 닿아 당가휘를 만났고, 그의 자질과 성품이 마음에 들어 제자를 삼았던 것 아니겠는가.

그건 당가휘가 증언해 주었으므로 틀림없는 사실이다.

하지만 당가휘는 제 사부인 능파경이 풍화곡으로 들어가 완전히 은거하기 전까지 그의 정체를 알지 못했다.

당가휘의 말에 의하면, 사부 능파경은 어디론가 사라지기 전날 자신을 불러서 당신의 신분 내력과 구천수라신교에 대하여 말해주었다고 한다.

그리고 이제는 나를 대신하여 네가 구천수라신교의 장로가
되어 신교를 보호하라는 말을 유언처럼 남겼던 것이다.

그렇게 능파경이 당가휘에게 장로의 영패를 넘겨주고 사라
진 뒤로 당가휘는 한 번도 사부를 보지 못했으며 소식조차 듣
지 못했다고 한다.

그 무렵 교주 목극탑은 사문의 배신자인 무극전에게 당한
부상이 깊어져 회복 불능의 상태가 되었으리라.

그래서 능파경은 풍화곡으로 돌아가 임종을 앞둔 교주를 간
병하며 육수천의 역할을 대신했던 것이다.

교주는 결국 부상을 회복하지 못하고 그곳에서 숨졌다. 그
러자 능파경은 자신 또한 좌화함으로써 끝까지 교주를 보필한
것이다.

그러한 사부의 추측을 들으면서 장팔봉은 그게 가장 타당한
일일 것이라고 믿었다.

그렇다면 무림맹주 적무광으로 행세하던 수석 호법사자 육
수천이 패천마련에 납치되어 뇌옥에 떨어지는 신세가 된 것도
이유가 있을 것이다.

장팔봉이 머리를 끄덕이며 중얼거렸다.

"어쩌면 다섯 노사부와 모종의 일을 꾸미려고 했던 건 아닐
까?"

그러던 것이 그만 지옥에 떨어지자마자 백무향에게 납치되
어 그녀의 노리개로 전락했으니 아무것도 할 수 없었던 것이

리라.

천려일실(千慮一失)이라고, 그는 백무향이 이미 그곳에 와 있었다는 걸 알지 못했던 것이다. 그게 육수천의 계획을 수포로 돌아가게 하는 결과를 가져왔다.

백무향은 그를 한 번도 본 적이 없으니 그가 육수천이라는 걸 모르는 게 당연했다. 백무향뿐만 아니라 다섯 노사부도 마찬가지였을 것이다.

그들은 단지 무림맹주씩이나 하는 놈이 맥없이 잡혀서 이렇게 지옥에 떨어진 걸 의아하게 여겼을 것이다. 자신들의 입장은 까맣게 잊고 비웃기도 했으리라.

백무향은 백무향대로 그가 무림맹주라니 어쩌면 수라신경의 행방에 대해서 알고 있을지도 모른다고 추측하고 그를 즉시 납치해 환희마령의 노예로 만들어 버렸던 것이다.

당시엔 이미 무림맹에 수라신경이 숨겨져 있다는 소문이 은밀히 떠돌고 있었기 때문이다.

거령신마 무극전이 한사코 무림맹을 정복하려는 데에는 그 이유가 가장 큰 것이지 않았던가.

왜, 어떻게 해서 수라신경이 무림맹 총단에 있다는 말이 퍼지게 된 건지는 아무도 알지 못했지만 그건 갈수록 사실로 여겨지게 되었다.

어쩌면 그런 소문을 흘린 사람이 바로 무림맹주인 육수천 본인인지도 모른다.

그런 생각이 드는 건 바로 그가 사로잡혀 지하 뇌옥에 떨어졌기 때문이다.

그렇게 됨으로 해서 이 세상에서 풍화곡의 비밀은 완벽하게 사라졌고, 그건 곧 그 누구도 수라신경을 얻을 수 없게 되었다는 것이기도 하다.

무극전이 그런 것도 모른 채 무림맹과의 싸움에 정신이 팔려 있는 동안 육수천은 그곳에서 절세신마 당백련 등의 다섯 장로를 설득해 무언가 일을 꾸미려고 계획했을 것이다.

그리고 그건 바로 거령신마 무극전을 제거하기 위한 일일 것이다.

하지만 엉뚱하게도 백무향이 끼어듦으로 해서 그의 모든 계획은 물거품이 되어버렸다.

그래서 그는 그녀에게 지독한 원망을 품고 그녀를 죽여 저의 원통함을 풀어달라고 부탁한 것 아니겠는가.

죽어갈 때에야 겨우 백무향의 환희마령에서 풀려날 수 있었으니, 그동안에는 제가 왜, 무엇 때문에 이곳에 왔던 건지도 모두 잊은 채 오직 그녀에게 끊임없이 정혈을 빼앗기는 신세가 되었던 것이다.

백무향은 그가 육수천이라는 걸 까맣게 몰랐을 테니 아무 거리낌이 없었으리라.

결국 교주와 육수천이 치밀하게 계획했던 그 모든 일은 그녀 한 사람으로 인해 엉망진창이 되어버렸던 것이다.

그리고 이제는 장팔봉의 짐이 되어서 온통 그에게로 넘어왔다.

사부님의 추측에 근거해서 거기까지 추리해 낸 장팔봉은 한편으로는 이것이 자신이 타고난 업보라고 생각하면서도 은근히 화가 나지 않을 수 없었다.

"제기랄, 팔자가 기구해도 나처럼 기구한 놈은 또 없을 것이다."

그런 생각이 드는 건 그가 기이한 절맥증을 타고났고, 사부인 왕 노인에게 발견되어 거두어졌다는 것 때문이다.

왕 노인은 그런 절맥증이 있어야만 봉명삼절도법을 대성할 수 있다는 걸 알고 있었다.

봉명도법을 익히기 위해서는 역천행공을 해야만 하니 일반적인 내공의 수련과 심법에 의한 운기로는 불가능한 것이다.

그건 왕 노인 본인이 수석 장로로서 수라신경 속의 봉명도법을 전해 받았기 때문에 잘 안다.

그는 내공이 그 누구보다 높은 사람이었지만 결국 봉명도법을 대성할 수 없었던 것이다. 그 결과, 무극전에게 당해 모든 무공을 잃고 가까스로 목숨만 건져 달아나지 않았던가.

그래서 그는 신분을 감춘 채 천하를 떠돌며 봉명도법을 전수할 제자를 찾아 헤매다가 천우신조로 장팔봉을 만났다.

그러니 이 모든 게 장팔봉이 타고난 팔자요, 운명이라고밖에는 달리 말할 수가 없다.

하지만 이미 내공을 모두 잃은 왕 노인에게는 장팔봉의 진원지기를 북돋아줄 아무런 능력도 없었다. 오직 그가 인연이 닿기만을 바라며 봉명삼절도법을 지성을 다해 전해줄 뿐이었다.

그리고 장팔봉이 결국 그것을 대성했을 뿐만 아니라 드디어 막강한 진원지기를 얻었고, 그것의 격발법에 통달했으니 더 이상 바랄 게 없었다.

게다가 패천마련의 지하 뇌옥 속에 갇혀 있는 다섯 마존의 절기마저 물려받지 않았던가.

왕 노인은 장팔봉이야말로 천하제일인이라 불리기에 부족하지 않은 고수라는 걸 잘 알았다. 오직 패천마련의 거령신마 무극전만이 그와 일천 초를 싸울 수 있을 것이다.

그러나 장팔봉의 고민은 끝나지 않았다.

반드시 죽여야 할 원수로 여겼던 능파경이 실은 구천수라신교의 충신이었고, 그 모든 게 다 지금은 고인이 된 교주 목극탑의 안배였다니 그렇다.

지금도 지옥 속의 다섯 노괴물 사부는 그런 사실을 까맣게 모르고 오직 능파경에 대한 원한으로 이를 갈아대고 있을 것 아닌가.

그들을 하루라도 빨리 그 지옥 속에서 구해내고 싶은 마음이 굴뚝같기만 하다.

하지만 그렇게 하기에는 무극전이라는 벽을 넘어야 한다. 그리고 그 벽을 넘는 방법은 오직 봉명도법을 대성하는 것뿐이었다.

네 번째 초식을 찾아내야 하는 것이다.

"거기에는 숨겨져 있는 마지막 초식이 있다."

사부 왕 노인의 그 말 한마디 때문에 장팔봉은 이렇게 밤을 꼬박 새우며 그것을 연구하고 있었다.

봉명도법은 세 초식의 도법이 아니라 네 초식의 도법이었던 것이다. 봉명사절도법이라고 해야 옳은 이름이 된다.

그 마지막 초식이 무엇인지 머릿속에 어렴풋이 그림은 그려지는데 그 실체를 아직 잡을 수 없었다.

마치 안개 속에서 보일 듯 말 듯한 길을 찾아 헤매는 것만 같다.

"다시 한 번!"

씩씩하게 외친 장팔봉이 칼을 쥐고 뜰에 내려섰다.

춤을 추듯이 봉명삼절도법을 펼친다.

첫 번째 초식인 춘풍래천(春風來天)에서 시작하여 마지막 초식인 자연양인(自然養人)에 이르기까지 이십사 식을 실에 꿴 듯 줄줄이 풀어낸다.

능숙하기가 이루 말할 수 없는 솜씨였다. 그리고 마지막 초식이 끝났을 때 그의 칼은 여전히 거두어지지 않았다.

허공의 한 점을 가리킨 채 우뚝 멎어서 부르르 떨린다.

더 뻗어나가기를 간절히 원하는데 그러지 못하므로 불만이 잔뜩 어려 있는 그런 모습이었다.

"대체 뭐냐?"

장팔봉이 잔뜩 인상을 썼다. 머릿속에서 뱅뱅 돌기만 하고 있는 그 무엇을 화끈하게 풀어버려야만 속이 후련해질 것이다.

이와 같은 일은 제가 패천마련의 지하 뇌옥에서 나와 사문으로 돌아왔을 때에 처음 겪어보았다. 그때 사부가 봉명도에는 또 하나의 초식이 있다고 처음 말해주기도 했다.

그때에도 끝내 비밀을 풀지 못하고 중단해야 했다. 군웅들을 이끌고 기련산으로 갈 수밖에 없었기 때문이다.

그리고 풍화곡에서 기어이 봉명도를 손에 넣었고, 그것에 새겨져 있는 구결을 보았지만 거기에도 마지막 초식은 없었다.

그러나 그 마지막 초식이 분명히 있으며, 가까운 곳에 있다는 걸 이제는 더욱 뚜렷이 알게 되었다.

그래서 더욱 애가 탄다.

그가 다시 사문으로 돌아와 그것을 두고 사부에게 불만을 터뜨렸을 때, 왕 노인은 깊이 생각하다가 머뭇거리며 말했다.

"아마도 그 비밀은 지하 뇌옥에 있는 다섯 늙은이에게 있지 않을까?"

"예? 그 다섯 사부님에게요?"

"그렇지 않다면 육수천이 풍화곡을 나와 무림맹주로 행세하다가 제 발로 그곳에 찾아갔을 리가 없지 않겠느냐?"

"그 말씀은……."

"그는 아마도 나처럼 봉명도의 비밀을 아는 사람이었을 것이다. 그러니 무극전을 꺾기 위해 그 마지막 초식을 되살려 내야 할 필요를 누구보다 절실히 느꼈겠지."

"······!"

"그래서 스스로 패천마련의 지하 뇌옥으로 들어갔을 것이다. 거기 앞서 와 있던 다섯 늙은이에게서 그것을 찾으려고 말이다. 하지만 하늘은 아직 때가 아니라고 여겼던 게지. 그러니까 지하 뇌옥에 떨어지자마자 엉뚱하고 재수없게도 백무향에게 잡혀서 그 어이없는 것의 노리개가 되고 말았던 것 아니겠느냐? 죽을 때까지도 제정신을 찾지 못했다가 죽기 직전에야 정신을 차리고 너에게 겨우 풍화곡에 대한 말을 해주었다니······ 이 어찌 하늘의 심술이 아니랴."

"교주께서 능파경을 시켜 그들 다섯 사부님을 무극전에게 넘겨주었고, 그 결과 지하 뇌옥에 처박히게 된 것도 모두 봉명도의 마지막 초식에 대한 비밀을 지키기 위해서였겠군요?"

"그렇다고 보는 게 옳을 것이다."

장팔봉도 왕 노인도 그 추측이 사실일 것이라고 믿었다. 달리 생각할 여지가 없는 것이다.

그렇다면 바로 그들 다섯 노괴물 사부들의 무공 속에 봉명도의 마지막 초식에 대한 비밀이 있을 것이다.

"틀림없다!"

외친 장팔봉이 칼을 던져 버리고 이제는 그들 다섯 사부로부터 배운 절기들을 하나씩 펼쳐 보기 시작했다.

어떤 것은 서로 통하여서 호흡과 초식이 막힘없이 이어지고, 어떤 것은 중간에 딱 끊겨 답답해지기도 한다.

장팔봉은 그때마다 순서를 바꾸어가면서 거듭 초식을 펼

쳤다.

마정십지와 환영마보는 서로 하나의 초식인 것처럼 호흡과 변식이 딱 맞아떨어졌다.

환영마보를 펼치면서 마정십지를 시연하면 그렇게 자연스러울 수가 없었던 것이다.

하지만 염왕진무로 넘어가면 호흡이 갑자기 턱 막혔다. 그러니 환영마보와 마정십지 다음에는 다른 절기가 이어져야 할 것이다.

화염마장이 염왕진무와 어울리는데 환영마보와는 상극이었고, 마정십지는 또 절세신마 당백련의 칠십이로 파천도법과는 상극이었다.

서로 통하던 것들도 그렇게 세 개가 모이면 충돌을 일으키곤 했으므로 그 다섯 개의 절기를 일관되게 늘어놓는 일은 쉽지 않았다.

이것과 저것이 맞지 않고, 맞는 것들도 다른 것을 연결하려고 하면 또 호흡이 끊어지게 되니 골치 아픈 일이었다.

게다가 모든 초식을 죄다 시연해야 하니 더욱 그렇다.

그렇게 밤을 새우면서 지칠 대로 지쳤지만 얻은 것도 적지 않았다.

개개의 절기들을 따로 펼쳤을 때는 알지 못했던 미묘한 차이를 이제는 들여다볼 수 있었던 것이다.

그러니 그건 단지 초식만 익숙하게 펼칠 때와는 하늘과 땅만큼이나 차이가 있었다. 비로소 장팔봉은 그 다섯 절기의 심오한 부분까지 제 것으로 만들 수 있게 된 것이다.

"나중에."

다음날 새벽이 훤하게 밝아올 무렵에야 장팔봉은 지친 숨을 헐떡이며 포기했다.

아직 시간이 있으니 틈날 때마다 천천히 연구할 작정인 것이다.

사문을 떠난 뒤 두 번째로 이렇게 다시 돌아와 사부를 만남으로써 얻은 게 적지 않았다.

우선 그동안 궁금하게 여겨왔던 구천수라신교의 비밀을 대부분 밝혀냈다는 게 그것이다. 이 모든 일이 교주의 안배에서부터 비롯되었다는 걸 알았으니 속이 조금은 시원해진다.

또 하나는, 제가 떠맡은 은원 중 능파경의 일이 무난하게 해결되었다는 것이다. 지하 뇌옥으로 돌아가 다섯 노괴물 사부를 만나더라도 떳떳하게 말할 수 있다.

장팔봉은 그들 다섯 사부를 모셔오는 날이 바로 구천수라신교가 다시 그 힘을 되찾게 되는 날임을 알았다.

그렇게 하기 위해서는 우선 패천마련을 물리치고 거령신마 무극전을 꺾어야 한다.

이제 장팔봉의 목표는 오직 거령신마 무극전뿐이었다.

사문의 배신자를 죽여서 문호를 정리하고 구천수라신교를 일으켜 세우는 게 자신의 사명이라고 받아들인다.

제가 이 세상에 태어난 이유가 바로 그 일을 하기 위해서라고 믿는 것이다.

                    *   *   *

  다시 길을 간다.

  이제 그는 장팔봉을 버리고 장구봉으로 돌아와 있었다.

  백목위리와 나가철기를 수행으로 거느리고 그가 가는 곳은
서안성이었다.

  오랫동안 들러보지 못했으니 그곳의 영업장들이 잘 운영되
고 있는지 궁금하기도 했고, 성도를 떠나 거기로 돌아가 있는
흑련귀 고흑성이 보고 싶기도 했던 것이다.

  세 사람은 마치 유람이라도 하는 공자와 그의 시종들처럼
느릿느릿 나아갔다.

  때로는 말을 타기도 했고, 때로는 마차를 타기도 했지만 대
부분은 두 발로 걷는 여행이다.

  장팔봉에게는 그게 편했던 것이다.

  그렇게 서안성에 들어섰을 때는 삼절문을 나온 지 닷새가
지난 한밤중이었다.

  성안은 활기가 넘쳐흘렀다. 그건 곧 서안 성중의 상거래가
그만큼 활발하게 이루어지고 있다는 것이니 마음이 흐뭇해지
지 않을 수 없다.

  장구봉으로 변해 있는 그가 느릿느릿 성중의 저자를 돌아다
녔지만 아무도 그를 알아보지 못했다.

  이곳에서 활동할 당시에 그는 등 대인으로 행세하고 있었으

니 그럴 수밖에 없다.

그가 곧 등 대인이면서 장구봉이라는 걸 아는 사람은 몇 명 되지 않는 것이다.

그들 중에 대통로를 장악하고 있는 북걸패와 남패의 무리가 있다.

서안 성중의 최대 번화가로 변신해 있는 그 대통로를 걸으면서 장팔봉은 감회가 새로웠다.

군마성이라 불리던 그 지저분한 골목이 깨끗이 정비되어 현란한 유흥가로 변해 있으니 더욱 그렇다.

장팔봉은 우선 요기도 할 겸 대통로 끝에 있는 천화객잔(天華客棧)으로 향했다.

그곳은 과거 북걸패라 불리던 패악한 무리에게 맡겨 운영하도록 한 곳이다.

그자들이 그동안 과연 얼마나 개과천선하여 열심히 살고 있는지 궁금해지기도 한다.

장팔봉이 천천히 그 천화객잔으로 향하는데, 주변의 공기가 이상해졌다.

드문드문 지나가는 사람들이 죄다 힐끔힐끔 훔쳐보면서 슬슬 피해가는 것이 아닌가.

의아하게 여기던 일이 곧 정체를 드러냈다.

"아니, 저런!"

장팔봉이 잔뜩 눈살을 찌푸렸다.

영업이 끝났을 시간인데도 천화객잔 앞에 백여 명 가까이 되는 종업원들이 죄다 나와 도열해 서 있었기 때문이다.

그 앞에 서서 연신 두리번거리고 있는 자는 돼지 같은 몸집의 인상 더러운 불견자(不犬者) 왕칠보였다.

그들은 모두 깨끗한 옷으로 갈아입고 있었는데, 방금 꺼내 입은 게 틀림없었다.

그들의 위세에 천화객잔 앞의 광장이 텅 비다시피 했다. 그리로 천천히 다가오는 장팔봉을 발견한 왕칠보가 '끼약!' 하고 돼지 멱따는 것 같은 고함을 내질렀다.

그러더니 쿵쿵거리며 구르듯 달려와 장팔봉의 발아래 넙죽 엎드린다.

"주인! 대체 이게 얼마 만의 행차이십니까? 보고 싶어서 돼지는 줄 알았습니다!"

"이런, 이런, 쯧쯧—"

장팔봉이 인상을 쓰며 혀를 차지만 왕칠보는 아랑곳하지 않았다.

무안해서 당황해하면서도 장팔봉의 내심은 흐뭇했다. 상종 못할 자들로 악명 높았던 북걸패의 말자들이 저렇게 변해 있으니 그렇다.

모두가 얼굴에 화색이 돌고 싱글벙글하고 있는데, 어디에도 패악스런 모습은 남아 있지 않았다.

열심히 제 삶을 살아가는 건실한 청년들의 모습일 뿐이다.

"남들이 본다. 들어가자, 들어가."

장팔봉이 왕칠보를 재촉했다.

"어서 오십시오, 주인 나리!"

그가 다가가자 문 앞에 도열해 서 있던 백여 명의 청년들이 우렁차게 외치며 허리를 꺾는다. 황제가 납시었다고 해도 그들이 이렇게 진심으로 환영하는 일은 없을 것이다.

그건 그들이 자신들의 바닥이 보이지 않는 절망적인 삶을 이처럼 희망으로 바꾸어준 사람이 장팔봉이라는 걸 누구보다 절실히 느끼고 있기 때문이다.

"어라?"

안으로 들어선 장팔봉은 또 한 번 놀라 눈을 휘둥그레 떠야 했다.

안에도 백여 명의 말자들이 탁자 사이사이로 도열해 서 있었는데, 그들은 다름 아닌 남패의 무리였다.

모두 밝은 청색의 옷을 입었고, 그들의 앞에 서 있는 자는 남패를 이끄는 막불막인(莫不莫人) 염청학이었다.

그리고 그들 앞에 흑련귀 고흑성이 의젓하게 서 있었다.

장팔봉이 안으로 들어서자 그가 제일 먼저 공손하게 허리를 굽혔다.

"어서 오십시오, 주공. 뵙고 싶었습니다."

그 뒤를 이어서 막불막인 염청학이 목청이 찢어지도록 소리친다.

"주인! 대체 이게 얼마 만이십니까? 저희들을 잊으셨나 해서 죽고 싶었던 적도 여러 번입니다!"

그러자 남패의 무리가 일제히 허리를 꺾으며 한목소리로 외쳤다.

"이렇게 주인을 다시 뵈었으니 이제 죽어도 여한이 없습니다!"

장팔봉은 눈시울이 뜨뜻해졌다. 가슴에 뭉클하고 솟구쳐 올라오는 무엇이 있다.

그의 표정이 감격으로 들떠 있다는 걸 면구가 감쪽같이 가려주고 있으니 다행이다.

헛기침을 해서 마음의 격동을 다스린 장팔봉이 나무라듯이 말했다.

"대체 어떻게 된 거냐?"

흑련귀 고흑성이 이층에 마련된 자리로 장팔봉을 인도해 가며 껄껄 웃었다.

"주공, 이곳이 어디입니까? 저희들이 장악하고 있는 서안성 아닙니까?"

"그래서?"

"개미 한 마리가 들어오고 나가는 것도 훤히 알고 있는데 하물며 주공께서 이렇게 왕림하신 걸 모르고 있대서야 어디 체면이 서겠습니까?"

"허어—"

장팔봉은 진심으로 감탄하지 않을 수 없었다.

흑련귀 고흑성이 서안성을 맡아서 이토록 철저하게 관리하고 있으니 그렇다.

서안성 곳곳에 북걸패와 남패의 눈과 귀가 거미줄처럼 깔려 있었던 것이다. 그것을 고흑성이 총괄하고 있다. 그러니 이곳은 그대로 철옹성이요, 난공불락의 요새라고 해도 과언이 아니다.

장팔봉은 마음이 놓였다. 이 정도의 치밀한 조직과 연락망이라면 패천마련의 마두들이 발호한다고 해도 두렵지 않을 것이기 때문이다.

이층에 마련된 술자리 곁에는 태흥건이 두 손을 모으고 서 있다가 공손히 머리를 숙였다.

"어서 오십시오, 주공."

"어허, 자네도 와 있었군?"

"하하, 명색이 만승화점과 천화객잔의 업무를 총괄하는 총관 아닙니까? 누구보다 제가 먼저 주공을 맞이해야 하는 일이었습지요."

말을 하면서 힐끔 흑련귀 고흑성을 바라보았는데, 원망하는 눈길이었다.

고흑성이 빙긋 웃었다.

"당신 말대로 명색이 총관인데 그래도 위엄을 갖추고 주공을 맞이해야 하지 않겠소?"

그 말에 태흥건이 활짝 웃고 장팔봉에게 자리를 권한다.

第五章
사랑을 얻는 방법

鳳鳴刀
봉명도

사랑을 얻는 방법

천화객잔의 이층 별실.

특별히 마련된 넓은 탁자에 많은 사람이 둘러앉아 즐겁게 환담하며 늦은 식사와 술을 함께하고 있었다.

뒤늦게 연락을 받고 급히 달려온 금룡표국의 국주와 이제는 철저하게 구천상단의 영향 아래 놓이게 된 몇 곳의 전장주들이 신발 끈도 제대로 매지 못하고 달려왔던 것이다.

장구봉은 서안성에서 구천상단의 위세가 이처럼 확고부동하게 굳어진 게 모두 흑련귀 고흑성과 태홍건이 애쓴 결과라는 걸 잘 알고 있었다.

그들에게 따뜻한 눈길을 보낸다.

몇 순배의 술이 돌았을 때 바깥이 시끌벅적해졌다.

말 우는 소리가 들리고, 갑주 쩔그렁거리는 소리와 걸걸한 음성이 마구 뒤섞여서 마치 큰일이라도 난 것 같았다.

흑련귀 고혹성이 눈살을 찌푸리고 자리에서 일어섰을 때다.

"하하, 이 사람. 도둑처럼 이렇게 소리없이 오긴가?"

절직한 음성으로 말하며 들어서는 사람은 다름 아닌 참장 이하율이었다.

그는 서안성에 주둔하고 있는 삼만 정병을 호령하는 장군이다.

총병인 호기장군 주국공 휘하에 있는 세 명의 참장 중 좌참장인 것이다.

그의 명령 한마디에 죽음을 불사하는 일만의 정병이 배속되어 있으니 어디를 가든지 상장군 호칭을 받는 병부의 장군이다.

이하율이 거침없이 말했다.

"또 왔으면서 나에게는 기별조차 하지 않았으니, 그건 이제 내가 별 볼일 없다는 뜻인가?"

짐짓 서운하다는 얼굴로 노려본다.

장팔봉이 하하, 웃으며 일어나 포권한 손을 절레절레 흔들며 말했다.

"어디 그럴 리가 있습니까? 좌참장 이 장군의 도움이 없다면 오늘날 서안 성중에 구천상단도 없었을 터인데 말입니다. 다만 너무 늦은 시간이라 폐가 될까 봐 그랬던 것이지요. 내일 날이 밝으면 제가 병영으로 찾아뵐 생각이었습니다."

이하율이 눈을 부라린다.

"정말이지?"

"언제 제가 이 장군 면전에서 허튼소리 하는 것 보았습니까?"

"으허허허, 내 그럴 줄 알았어. 그래서 이렇게 달려온 것 아닌가. 자네야 큰 사업을 꾸려 나가야 하는 터라 늘 바쁜 사람이고 나는 매일 놀고먹는 게 일이니, 안 바쁜 내가 찾아와야지 어찌 바쁜 자네에게 오라 가라 할 것인가?"

그가 이 늦은 밤에 이처럼 달려온 건 모두에게도 의외의 일이었다. 언제 장팔봉이 참장 이하율과 이런 친분을 쌓아두고 있었던 건지 어안이 벙벙해진다.

그리고 조금 뒤에는 서안 부중의 지부대인인 왕약명이 몸소 찾아왔다.

그를 수행해 온 이십여 명의 포쾌며 수행 종사들로 인해 천화객잔의 일층이 또 한 차례 시끄러워졌다.

성큼 이층의 별실로 들어온 왕약명이 눈살을 찌푸리고 투덜댔다.

"다 있군, 다 있어. 나만 빼고 말이야."

장팔봉이 얼른 일어나 맞이한다.

"어서 오십시오. 너무 늦은 시간이라 미처 기별하지 못했습니다. 내일……."

"아, 시끄러워."

왕약명이 손사래를 쳐서 장팔봉의 말을 막는다. 그리고 참장 이하율을 보더니 흥, 하고 콧방귀를 뀌었다.

"이 참장께서는 성을 지키느라 잠도 안 자는 모양이니 과연 충직한 장군이시오."

이하율이 능글맞게 웃으며 대꾸한다.

"허허, 그러니 왕 지부대인께서 황상께 잘 아뢰어 상이라도 받게 해주시구려."

"흥!"

왕약명은 이 자리에 이하율이 저보다 먼저 와 있다는 게 못마땅한 기색이었다.

그가 장팔봉에게 서운한 속내를 드러내고 투덜댔다.

"이제 보니 나는 껍데기에 불과했어. 서안 지부의 지부대인이지만 이렇게 따돌림을 당하는 처지이니 말이야. 그렇지 않나?"

장팔봉이 하하 웃으며 다가가 왕약명의 손을 잡았다.

다정하게 흔들며 말한다.

"그럴 리가 있습니까? 제가 서안성에서 이처럼 자리를 잡은 게 다 지부대인의 덕인데 그걸 잊는다면 사람이 아니지요."

"그런데 왜 나만 따돌렸지?"

"너무 늦은 밤인데다가 지부대인께서는 과중한 업무로 늘 바쁘신 몸이니 감히 나오시라고 청할 수 없었던 것이지요. 내일 날이 밝으면 기별하고 한가하신 시간에 찾아뵐 작정이었습니다. 그러니 그만 노여움을 푸시고 이리 앉으시지요."

장팔봉이 상석을 권하자 비로소 왕약명의 얼굴이 펴진다.

아래층에서는 이 참장과 지부대인을 수행해 온 자들이 실컷 먹고 마시는 중이었다.

그들이 유쾌하게 웃고 떠드는 소리가 은은히 들려온다.

따로 말하지 않아도 불견자 왕칠보가 눈치껏 접대하고 있으니 과연 이런 일에는 이골이 난 자다웠다.

"피곤하다."

장팔봉의 입에서 그런 말이 나올 정도로 지난밤은 피곤한 밤이었다.

밤새 술자리가 계속되었는데, 어느새 뜻하지 않게 찾아온 두 명의 고관을 접대하는 자라로 바뀌어 버렸던 것이다.

그들로서는 이제 구천상단의 총단주가 된 장구봉이 서안성에 왔다는 소식을 듣고 반가운 마음에 달려온 것이니 뭐라고 할 수도 없다.

장팔봉 또한 그들과 같은 관부와 병부의 고위직들과의 친분을 유지하는 게 구천상단을 꾸려가는 일에 있어서 반드시 필요하다는 걸 잘 아는 터라 최선을 다하지 않을 수 없었다.

피곤한 중에도 저의 위상이 어느덧 서안성의 지부대인, 도지휘사의 참장과 자리를 나란히 할 만큼 높아져 있다는 데에 자부심을 느끼기도 한다.

그의 얼굴에 피곤한 기색이 가득한 걸 본 고흑성이 웃으며 말했다.

"오늘 하루는 그냥 편히 쉬십시오. 아무도 방해하지 못하도록 하겠습니다."

"그러는 게 좋겠어."

"그럼 지금부터 후원의 별채는 금역으로 지정하지요."

하지만 장팔봉은 오래 쉴 수가 없었다.

점심 무렵에 한 사람이 찾아왔기 때문이다.

"네가 웬일이냐?"

목랍길을 본 장팔봉이 잔뜩 낯을 찌푸렸다.

이놈이 즐겁고 좋은 일로 이렇게 서둘러 찾아올 놈이 아니라는 걸 잘 알기 때문이다.

아니나 다를까, 탁자에 털썩 주저앉아 한 잔의 차를 벌컥벌컥 마시고 난 목랍길이 투덜거렸다.

"제기랄, 언 놈은 불알 두 쪽에서 방울 소리가 나도록 뛰어다니고, 어느 분께서는 해가 중천에 오르도록 늘어져 있으니…… 세상 참 불공평하구나, 불공평해."

"이놈아, 삶은 호박에 이도 들어가지 않을 그런 소리는 집어치우고 어서 온 용건이나 말해."

"손님이 찾아왔수."

"손님?"

"와서 장 대인을 찾는데 우리의 장 대인께서는 거기 없으니 이를 어쩌면 좋단 말이오?"

장팔봉이 자리에서 일어나 침상에 걸터앉았다.

"누구냐?"

저를 찾아왔다는 사람이 심상치 않은 인물이라는 걸 느끼고 긴장한다. 그렇지 않다면 목랍길이 이처럼 달려왔을 리가 없지 않은가.

목랍길이 묻는 말에는 대답하지 않고 엉뚱한 소리만 늘어놓았다.

"와서 사흘을 묵으며 들들 볶아대는데, 아주 죽을 맛이었다오. 다들 머리를 설레설레 흔들었수. 며칠만 더 있었더라면 구천상단의 총단에 있던 자들이 모두 머리를 감싸 쥐고 달아나버렸을지도 모르지. 그렇게 되면 구천상가는 그야말로 쥐새끼들만 득실거리는 폐장원이 되지 않았겠소?"

"그러니까 누구냐고?"

"겨우 달래서 돌려보냈는데, 열흘 뒤에 다시 찾아오겠다고 했으니 이제 닷새 남았소이다. 갈 수 있겠어요?"

"이놈이!"

기어이 노기를 띠자 마지못한 듯 목랍길이 툭 던졌다.

"대신의가산에서 왔답디다."

"대신의가산!"

패천마련의 총단이 있는 곳 아닌가.

"마요선고 설여상이라고 하는 아주 아리따운 아줌씨이더이다. 흥, 장 대형께서는 어딜 가나 그런 미인들이 줄줄이 따르니 부럽소."

장팔봉은 목랍길이 이토록 잔뜩 심술이 나서 함부로 말하는 걸 탓할 수가 없었다.

마요선고 설여상이라는 이름 때문이다.

'마염천주!'

설마 마계오천의 천주 중 한 명이 몸소 저를 찾아올 줄은 몰랐던 터라 장팔봉은 저도 모르게 벌떡 몸을 일으켰다.

일이 이처럼 빨리 진행되고 있다는 게 기쁘면서 한편으로는 불안하기도 하다.

"정말 마요선고 설여상이었단 말이냐?"

"그토록 반가우신 거요?"

목랍길이 눈을 흘기지만 장팔봉은 한 번도 그녀를 본 적이 없었다.

마계오천의 천주 중 마염천주가 백무향 못지않은 요녀라는 걸 들어 알고 있을 뿐이다.

"그래서? 그녀가 설마 총단을 뒤집어엎은 건 아니겠지?"

"이제야 걱정이 되는 모양이시군."

"이놈, 똑바로 말하지 못해!"

"아무 짓도 하지 않았소. 그냥 사흘 동안 칙사 대접을 받으면서 잘 지내고 돌아갔지."

"휴—"

장팔봉이 안도의 한숨을 내쉬었다.

만약 그녀가 작심하고 난리를 쳤더라면 구천상단의 총단은 그야말로 쑥대밭이 되고 말았을 것이기 때문이다.

거기 비록 찰리가화와 창웅방의 청년 고수들이 있고 청리목극이 있다고 해도 마계오천의 천주 급 고수를 상대하기에는 턱없이 부족하다.

게다가 그 정도 되는 인물이 혼자서 왔을 리도 없지 않은가. 마염천의 고수들을 대동했을 것이다.

장팔봉은 그런 마요선고 설여상이 아무런 해도 끼치지 않고 얌전히 돌아갔다는 건 아직 그들이 자신과 구천상단에 대하여 미련을 가지고 있다는 증거라고 단정했다.

그렇다면 그들의 허를 찌를 기회가 있을 것이다.

"가자."

장팔봉이 서둘러 옷을 갈아입는 걸 보며 목람길이 비로소 예의를 차렸다.

"그럼 저는 준마를 대령시켜 놓고 있겠습니다."

고개를 숙여 인사하고 잰걸음으로 나간다.

"알아서 잘하겠지만 서운하지 않도록 두둑하게 보내라."

장팔봉의 당부에 태홍건이 빙긋 웃었다.

"여부가 있겠습니까? 장 대인께서 화급한 일이 생겨 간다는 인사도 못하고 떠났으니 더욱 두둑하게 챙겨서 보내야 서운해하지 않겠지요."

"좋아. 그리고 따로 예물을 준비해서 총병인 호기장군에게 전해달라고 이 참장에게 특별히 부탁하도록 해."

"그건 또 왜요? 우리 쪽 사람을 호기장군의 군영으로 직접 보내는 게 편하지 않겠습니까?"

"모르는 소리. 이 참장에게 그런 부탁을 하면 반드시 그가 손수 예물을 가지고 총병에게 찾아갈 것이다. 그러면 얻는 이

득이 두 가지가 있지."

"가르쳐 주소서."

"첫째는 총병에게 우리의 영향력을 과시해 보이는 게 된다. 그러면 우리를 함부로 대하지 못할 것 아니냐?"

"그렇겠군요. 수하 막료인 이 참장이 직접 예물 심부름을 할 정도라고 생각할 테니까요."

"둘째는 이 참장을 안심시키는 것이다. 총병도 우리의 뇌물을 받아먹는다는 걸 몸소 느끼게 될 테니까 말이야."

"그렇군요. 게다가 이 참장 본인이 그 일을 주선하고 있으니 나중에 딴소리를 할 수도 없겠지요. 게다가 이 참장은 제가 총병과 한통속이라는 걸 알고 오히려 우쭐거릴 것이고요."

"하하, 바로 그거지. 그는 그런 심부름을 시킨 걸 오히려 고맙게 생각할 것이다. 발품은 그가 팔고 생색은 우리가 양쪽 모두에게 내는 셈이지."

"기가 막힌 생각이십니다."

집사 태홍건이 혀를 내둘렀다. 어려서부터 장사꾼으로 살아온 자신보다 장팔봉의 수완이 몇 걸음 앞서 있으니 절로 탄복하고 공경하게 된다.

장팔봉은 장팔봉대로 태홍건의 빠른 머리 회전에 감탄하고 있었다.

'한 가지를 알려주면 스스로 추측해서 두 가지, 세 가지를 알아내니 과연 쓸 만한 자다.'

그런 생각과 함께 아쉬움이 들기도 했다.

태홍건이 치밀하고 머리 회전이 빠른 사람이지만 배포가 적은 게 흠이었던 것이다. 그렇지 않다면 마음 놓고 큰 사업을 맡겼을 것이다.

그러면 제가 신경 쓸 일이 많이 줄어들 테니 편하지 않겠는가 하는 아쉬움이었다.

비록 짧은 시간이었지만 서안이 안정되었다는 걸 확인한 터라 안심은 되었다.

무엇보다 남북 양 패거리의 말자들이 생업을 갖고 그 일에 행복해하며 충실하고 있으니 가장 흐뭇했다.

그들은 생업에 종사하는 한편, 서안 성중의 뒷골목에 여전히 막강한 영향력을 행사하고 있었다.

그러니 그들이 있는 한 상인들을 뜯어먹는 건달들이 발을 붙이지 못할 것이다.

상인들로서는 마음 놓고 장사할 수 있으니 그것 또한 서안성에서의 구천상단의 영향력을 더욱 커지게 하는 요인이 된다.

장팔봉이 서안성을 그토록 신경 쓰는 건 속셈이 있어서였다.

그는 사천을 장차 구천수라신교의 새로운 터전으로 삼을 작정인 것이다. 그래서 총단을 그토록 크고 위풍당당하게 지었다.

그와는 달리 서안은 구천상단의 중심지로 만들 계획이다. 천산 남북로로 향하는 중원의 모든 산물이 서안을 통과하도록 하려는 원대한 뜻을 품고 있는 것이다.

그러면 서안성은 구천상단의 심장부이자 중원과 서역 간의 무역 거점으로 거듭나게 될 것이다.

그리고 구천상단에서 직접 행하는 무역의 전권과 대상들의 보호는 장차 청해의 창응방에게 일임할 생각이었다.

그것으로 그들의 부는 나날이 쌓여갈 것이고, 그 세력이 청해를 넘어서 신강과 서장에까지 미치게 될 것이다.

중원은 구천수라신교와 구천상단이, 새외는 창응방이 양분하여 지배한다면 그 평화가 오래갈 것 아닌가.

그렇게 된다면 굳이 무림맹을 재건하지 않아도 강호에서의 평화 또한 깨지지 않을 것이다.

장팔봉의 계획은 그처럼 원대했다.

진소소의 천화상단을 제거함으로써 그 첫 번째 장벽을 넘었고, 이제는 두 번째 장벽이 남아 있었다.

바로 패천마련과 거령신마 무극전이다.

그것만 넘는다면 장팔봉은 제가 계획한 모든 것을 이루게 되는 것이다.

그건 단지 강호를 제패하고 천하제일인으로 군림하는 것보다 훨씬 가치있고 위대한 일이었다.

*   *   *

닷새 후 장팔봉이 성도에 도착했을 때 소식을 들은 찰리가화가 삼십 리 밖까지 마중을 나와 기다리고 있었다.

"신수가 훤해졌네? 서안이 옛날부터 미인들의 고장이라더니 과연 그런가 봐요. 이렇게 한 번 다녀온 것만으로도 온몸에 생기가 넘치니 말이에요."

보자마자 대뜸 비아냥거린다.

"정신없이 바빴다."

"그러셨겠지요, 뭐. 두어 달 후에는 또 어떤 여자가 찾아오는 건지 벌써부터 궁금해지는군요."

"이것이?"

장팔봉이 매섭게 노려보지만 찰리가화는 아랑곳하지 않았다.

"어쨌든 거기 눌러앉지 않고 이렇게 돌아와 주었으니 고마워요."

"너는 내가 어딜 갔다 하면 바람만 피우고 다니는 줄 아는 거냐?"

"그럼 아니었어요?"

"허—"

제멋대로 추측하고 단정하는 그녀를 막을 수가 없다.

장팔봉은 그게 찰리가화의 질투라는 걸 알았다. 그건 그녀가 그만큼 자신에게 애정을 느끼고 있다는 것 아니랴.

하지만 사사건건 이렇게 혼자만의 상상으로 오해를 하고 그것을 사실인 것처럼 믿어버린다면 상대할 수 없다.

매번 잔소리를 해대고 간섭을 해댈 텐데 그걸 어찌 참고 견딜 수 있을 것인가.

그래서 장팔봉은 더 이상 그녀의 말에 대꾸하지 않았다. 눈길도 마주치지 않고 대뜸 말을 몰아 앞서 달려간다.

"흥! 역시 지은 죄가 있긴 있는 모양이군."

그런 장팔봉의 뒷등을 노려보는 찰리가화의 눈매가 매서워졌다.

그 곁에 슬그머니 다가와 말 머리를 나란히 하고 선 목랍길이 헛기침을 했다.

"험, 그러니까 말이지요."

"뭐가 그러니까야?"

찰리가화가 대뜸 목랍길에게 소리를 질렀다. 화풀이 대상이 마침맞게 잘 나타나 주었다는 듯하다.

"아가씨를 위해서 조언을 하나 해드리려는 겁니다. 커흠."

"조언이라고? 네가 감히 나에게 말이냐?"

"아가씨는 누구를 좋아해 본 적이 있습니까?"

"……."

"장 대형이 처음이지요? 하지만 저는 좋아했던 여자가 꽤 있습니다. 무슨 뜻인지 아십니까?"

"그래서, 네 연애 경험이 많다고 자랑하려는 거냐?"

"바로 그겁지요. 이런 면에서는 제가 아가씨보다 경험이 많으니 아는 것도 많을 것 아니겠습니까?"

"네가 지금 맞고 싶어서 그러는 거지? 이리 와봐."

목랍길이 어, 뜨거워라 하는 얼굴로 몸을 물리며 재차 말했다.

"장 대형과 조금 더 가까워지고 싶지 않습니까? 남자와 여자로서 말이지요."

"그래서?"

"제가 그 방법에 대한 조언을 해드리려는 건데 싫으시다면 뭐, 할 수 없지요."

짐짓 화난 얼굴로 말을 몰아 나가자 곧 찰리가화가 따라붙었다.

"해봐."

쌀쌀맞은 얼굴로 허공을 노려보면서 대수롭지 않다는 듯 툭 내뱉는다.

"들으나마나겠지만 심심하니까."

히죽 웃은 목랍길이 천천히 설명하기 시작했다.

"남자든 여자든 관심이 지나치면 집착이 생기기 시작하지요. 그게 첫 번째로 경계해야 할 일이랍니다."

"어째서? 내가 좋아하는 사람에게 더 관심이 가고 마음이 기우는 게 당연한 거 아니야?"

"물론 당연합지요. 하지만 그게 지나치면 집착이 된다, 이 말입니다. 상대방에 대해서 모든 걸 알려 하고, 그의 사소한 말이나 행동에도 온통 신경을 기울이게 되지요. 그래서 그가 단지 무심결에 하품을 해도 그게 혹시 내가 재미없어서 그런 건 아닐까? 나에게서 흥미가 떠난 걸까? 나를 싫어하게 된 걸까? 하고 온갖 추측을 하기 시작한답니다. 그 대부분은 자기 자신에 대한 부정적인 생각들이기 마련이지요."

"……!"

'맞네!' 이렇게 소리치는 얼굴로 찰리가화가 목랍길을 빤히 바라보았다.

목랍길이 회심의 미소를 지으며 말을 계속한다.

"그러면 더욱 상대에게 집착을 하게 됩니다. 그가 나를 떠날까 봐 두려워진 것이지요. 그래서 그의 사소한 말은 물론 작은 행동이나 눈짓에도 의미를 두게 되는데, 집착은 그 의미를 곧잘 의심으로 바꾸어놓는답니다. 그러면 마음이 불안해지면서 괴로워지게 되지요. 그럴수록 더욱 그에게 달라붙게 되고 더 큰 집중을 하게 되니……."

"그래서 뭐야? 어서 말해봐."

목랍길이 짐짓 말을 흐리자 찰리가화가 안달을 한다.

"만약 누가 찰리 아가씨에게 그런 집착을 보인다면 아가씨의 심정은 어떻겠습니까?"

"그야…… 징그럽고 무서워지겠지. 그래서 달아나고 싶어질 거야."

"바로 그것입니다."

"……."

"어렸을 때 잠자리를 잡아보셨지요?"

"응."

"어떻게 잡았습니까?"

"그놈이 앉아 있을 때 뒤에서 살금살금 다가가지. 그리고 눈치채지 못하도록 살살 손을 뻗는 거야. 그리고는 한순간 재빨리 날개를 잡아채지, 뭐."

"맞습니다. 남녀 간의 사랑도 그렇게 해서 잡고 잡히는 거랍니다."

"응?"

"그가 경계하지 않고 있을 때 살금살금 다가가야 합니다. 눈치채지 못하도록 조금씩 조심스럽게 접근해야 하지요. 바로 이때다 하는 확신이 서기 전까지는 극히 조심스럽게 대해야 합니다. 그리고 확신이 서면 그 순간 달아날 틈을 주지 말고 재빨리 그의 마음을 잡아채야 하는 거랍니다. 남자든 여자든 다를 게 없어요. 그렇게 하면 반드시 제가 원하는 그 사람을 사로잡을 수 있을 것입니다."

그 말에 찰리가화의 얼굴이 시무룩해졌다.

"그런데 그 잠자리가 어디 앉아 있지 않고 이 가지 저 가지로 자꾸만 날아다니고 있으면 어떻게 해? 그럼 잡을 수가 없잖아."

"다시 잠자리 잡을 때의 얘기를 해볼까요? 어렸을 때 아가씨는 그런 경우 어떻게 해서 그것을 잡았나요?"

"그 자리에 가만히 서 있었어. 나뭇가지 하나 들고 말이야. 나는 나무다, 나는 나무다. 이렇게 속으로 말하면서 가만히 서 있으면 잠자리가 날아와서 내가 쥐고 있는 나뭇가지 끝에 앉을 때가 있거든? 그러면 확 잡아버리는 거지, 뭐."

"잘 아시는군요."

"뭘?"

"바로 그렇게 하면 됩니다. 상대가 나에게 관심이 없는 것 같을 때는 혼자서 애만 태우지 말고 그를 유혹할 수 있는 준비를 하는 겁니다. 그런 다음 인내심을 갖고 유혹의 손수건을 눈앞에 살살 흔들어주는 거지요."

"쳇, 낯간지러운 짓이잖아."

"들어보세요. 그러면서 그가 다가올 때까지 끈질기게 기다리는 겁니다. 하지만 절대로 그런 나의 마음을 들켜서는 안 됩니다. 무심한 척 여전히 적당한 거리를 두어야 하는 게 중요하지요. 말하자면 상대의 애를 태우는 겁니다."

"쳇, 뭐가 그렇게 어렵고 복잡해?"

"그렇다고 해서 너무 애를 태우기만 하면 상대는 지쳐서 제풀에 단념하고 돌아서겠지요."

"……!"

"또, 내 마음을 꽁꽁 감추고만 있다면 상대는 알 수 없으니 여전히 무관심할 뿐이겠지요?"

"뭐야? 뭐가 그렇게 복잡해? 그냥 확 붙잡아서 꽁꽁 묶어놓고 말을 들을 때까지 마구 두드려 패면 안 될까?"

그녀의 심술 가득한 말에 목랍길이 빙그레 웃었다. 철없는 누이를 바라보듯 찰리가화를 바라보며 차근차근 말한다.

"기교를 말씀드리는 겁니다."

"쳇, 빌어먹을 기교라니……."

"사랑이란 강요할 수도, 억지를 부릴 수도, 빼앗아올 수도 없는 거랍니다. 그건 오직 상대가 제 발로 나에게 다가올 때에만 이루어지는 거지요. 그러니 끈질기게 유혹하고 구슬릴 수밖에 없답니다."

찰리가화의 얼굴이 시무룩해진다. 그녀는 자기가 그런 면에 있어서 바보나 다름없다는 걸 잘 알고 있었던 것이다.

목랍길이 친절하게 그 비법을 전해준다.

"무관심한 척하면서도 때때로 슬그머니 나의 마음을 열어 보여주는 기교가 필요하답니다. 젊고 아리따운 여자가 저에게 관심과 애정을 보이는데 무덤덤할 남자는 죽은 시체밖에는 없을 테니까요."

"그래서?"

"너무 감추고 있어도 안 되고, 너무 활짝 열어 보여도 안 되니 기교가 필요하다는 것이지요. 이건 어려운 일입니다. 그래서 사랑을 밀고 당기는 줄다리기라고 하는 것 아니겠습니까?"

"쳇."

코웃음을 치지만 찰리가화는 그동안 제가 그와 같은 줄다리기에 너무 서툴렀다는 걸 인정하지 않을 수 없었다.

때로는 너무 감추기만 했고, 때로는 너무 노골적으로 제 마음을 드러내기도 했다.

감출 때는 아예 상대가 접근할 엄두도 내지 못하도록 차가웠다. 그리고 드러낼 때는 그게 은근한 애정이 아니라 집착과 윽박지름이었다. 그러니 상대가 저의 그러한 관심에 대해서 어떻게 생각했을지 비로소 짐작이 간다. 그래서 제가 밀고 부끄러워졌다.

목랍길이 시무룩해진 찰리가화를 안심시키려는 듯 부드럽게 말했다.

"그런 기교는 배우려고 애써서 되는 게 아니고 사랑을 하면 절로 터득하게 되는 거랍니다. 그러니 너무 어렵게 생각할 것 없어요."

"휴— 네 말처럼 그랬으면 좋겠다."

"일단 그렇게 내 마음을 조절하면서 상대에게 슬며시 나의 틈을 보여주는 겁니다. 그러면 반드시 걸려들게 되어 있습니다."

"옳아. 그런 다음에 그가 안심하고 다가오면 그때 확 잡아버린다, 이거지?"

"그렇습니다. 어렵지 않지요?"

"쉽다, 아주 쉬워!"

찰리가화가 손뼉을 치며 좋아한다.

목랍길이 결론을 내려주었다.

"지금 아가씨는 겉으로는 마음을 감추고 냉랭하게 대하지만 속으로는 과도한 집착을 보이고 있는 상태입니다. 그럴수록 장 대형은 아가씨를 무서워하게 되고 자꾸만 달아나려고 하겠지요."

"응."

찰리가화가 시무룩하게 대꾸했다.

"이제는 알았어. 어떻게 해야 하는 건지."

"지금까지와는 다른 모습을 보여주도록 하세요. 그러면 장 대형이 처음에는 어리둥절해하다가 의아해하고, 그러다가 호기심을 느끼게 될 겁니다. 기회는 그때 오는 것 아니겠습니까?"

찰리가화가 더욱 시무룩해져서 기어들어 가는 목소리로 말한다.

"그렇게 뜸만 들이고 있으면 그가 지겨워하지 않을까? 그래서 포기하고 영영 달아나 버리면 어떻게 하지?"

"그럼 할 수 없는 거지요. 처음부터 나와 인연이 아니었구나 하고 생각할 수밖에요. 그 사람에게는 나를 생각하는 마음이 조금도 없었다는 거니까요. 그런 사람에게 연연해하기보다 얼른 포기하고 다른 사람을 찾아보는 게 현명한 일입니다."

"쳇, 무책임해."

찰리가화가 입을 삐죽이고는 냅다 말 배를 걷어찼다.

그녀를 태운 말이 쏜살같이 달려나간다. 그런 그녀를 바라보면서 목랍길이 흐뭇하게 웃었다.

"우리 아가씨도 집요함에 있어서는 결코 장 대형의 아래가 아니지. 두 사람 사이에 있을 밀고 당기는 싸움이 아주 볼만하겠는걸?"

하지만 그는 깜빡 잊고 있는 게 있었다.

장팔봉에게는 아직도 잊지 못하고 있는 한 사람이 있다는 사실을 말이다.

진소소.

장팔봉의 마음속에는 그녀에 대한 미움이 지독했는데, 그건 곧 그 미움만큼 아직도 지독하게 그녀에 대한 애정을 가지고 있다는 것이기도 했다.

　다만 지금은 미움이 겉으로 드러났고, 애정이 그것에 눌려 가라앉아 있을 뿐이다.

　그러므로 겉으로 보았을 때에는 그가 완전히 그녀를 잊은 것 같았지만 언제 어떤 계기로 인해 가라앉아 있던 애정이 다시 불끈 솟아나 미움을 밀어낼지는 아무도 알 수 없는 일이다.

第六章

요녀의 유혹

鳳鳴刀
봉명도

요녀의 유혹

급히 말을 달려 구천상단의 본가인 대장원으로 돌아온 장팔봉은 우선 청리목극을 불러 보고를 받았다.

"혼났습니다."

장팔봉을 본 청리목극이 머리부터 설레설레 흔들었다.

아주 난감해하는 표정인지라 장팔봉은 그게 궁금했다.

"말해봐라."

"요녀도 그런 요녀는 세상에 또 없을 것입니다. 쩝—"

"무슨 일이 있었지?"

"아무 일도 없었습니다. 다만……"

"다만?"

"휴— 말씀드리기도 부끄러운 일입니다."

목석같은 사내 청리목극이 얼굴마저 붉히며 우물쭈물하는
게 더욱 수상쩍다. 장팔봉이 눈으로 재촉하자 그가 마지못해
말했다.

"주공께서는 그 요녀를 마주 대했을 때 절대로 눈을 똑바로
쳐다봐서는 안 됩니다."

"어째서?"

"아무튼 그렇습니다. 제 말을 명심하십시오."

"뭐야, 무슨 일이 있었던 거지? 자세히 말해봐라."

청리목극이 얼굴을 붉힌 채 고개를 가로저었다. 고집스럽게
입을 꾹 다물고 장팔봉의 시선을 외면한다.

"알 만해. 그 요녀가 너에게 수작을 붙였던 모양이구나?"

"내일 다시 찾아올 것입니다. 그럼 저는 이만."

도망치듯 서둘러 나가 버리는 청리목극을 보면서 장팔봉이
빙긋 웃었다.

그녀가 왔다.

마계오천의 천주 중 한 명이면서 오래전부터 강호에 희대의
요녀라 불렸던 마요선고 설여상.

네 명의 건장한 장한이 메고 있는 가마에 비스듬히 앉은 채
나른하고 요염한 미소를 지은 듯 만 듯한 얼굴을 하고 있었다.

가마를 메고 있는 네 명의 장한은 마치 청동의 역사(力士)들
같았다.

웃통을 벗어부쳤는데, 우람한 근육이 땀으로 번들거리니 더

욱 그렇게 보인다.

온몸이 근육으로 뭉쳐진 것 같은 자들이라 보는 사람들마다 입을 딱 벌렸다.

그들은 잘 길들여진 개와 같았다. 사납고 흉포해 보이며 덩치가 큰 개들이다. 오직 설여상만을 위해 존재하는 충직한 짐승들인 것이다.

그들이 가마를 메고 구천상가(九天商家)의 정문을 넘어 들어왔다.

구천상가에는 이백여 개의 방이 있고, 다섯 채의 전각이 있으며, 네 개의 정원과 연못이 있을 만큼 크고 넓었다. 그러나 그곳에 상주하고 있는 인원이라야 일꾼과 하인들을 비롯해서 일백여 명이 채 되지 못했다. 그러니 언제나 텅 비어 보이고 적막하게 느껴진다.

무사들은 창응방에서 온 삼십여 명이 있을 뿐이니 더욱 그렇다.

찰리가화가 그들을 이끌고 왔을 때는 오십 명이었는데, 천화상단과의 싸움에서 스무 명 남짓 죽었던 것이다.

찰리가화가 여전히 그들을 이끌었고, 구천상가의 집사 노릇은 청리목극이 하고 있었다.

그가 청해에서 데리고 왔던 수하들은 이제 백목위리와 나가철기만 남아 있었는데, 그들은 장팔봉의 수신호위가 되어 늘 그를 따라다니니 청리목극은 혼자서 외로운 처지였다.

그리고 목랍길이 있지만 그는 수시로 왔다 갔다 했으므로 있으나마나였다.

그러니 현재 구천상가는 창웅방의 인물들로 유지되고 움직인다고 해도 과언이 아니다.

그만큼 장팔봉이 창웅방을 믿었던 것이고, 창웅방 또한 장팔봉에 대한 신의를 소중히 여겼으므로 누가 구천상가를 움직이느냐 하는 건 아무 문제도 되지 않았다.

이번에는 청리목극 대신 찰리가화가 나서서 그녀, 설여상을 맞이했다.

겉으로는 공손하지만 찰리가화의 얼굴은 싸늘하게 굳어 있었다. 찬바람이 횡횡 돈다.

설여상이 그런 찰리가화를 빤히 바라보다가 배시시 웃었다.

"아름다운 아가씨네? 자질도 훌륭해 보여. 대체 어디에서 이런 아가씨가 왔을까?"

"천주께서도 나이를 잊을 만큼 매우 아리땁습니다."

찰기가화의 대꾸에 가시가 있건만 설여상은 상관하지 않았다. 그녀가 귀여워 죽겠다는 듯 자꾸만 바라본다.

"아가씨 이름이 뭐지? 지난번에 왔을 때는 왜 보지 못했을까?"

"소녀는 찰리가화라고 합니다."

"응? 중원 사람이 아니었네? 어쩐지 생김새가 이국적이고 한족과는 다른 분위기가 있다 했지."

고개를 갸웃거리며 여전히 찰리가화를 뚫어지게 바라보던 설여상이 불쑥 말했다.

"어디에서 왔든 그게 뭐가 중요하겠어? 안 그래?"

"그건 천주의 말이 옳습니다."

"나는 언제나 옳은 말만 해."

배시시 웃은 설여상이 잠시 뜸을 들이며 찰리가화를 요모조모 뜯어보더니 불쑥 말했다.

"아가씨는 이런 곳에 있지 말고 나를 따라다니면 더 어울릴 것 같구나. 내 제자가 되지 않을 테야? 그러면 이 넓은 천하가 죄다 너의 것이 되게 해주지."

깜짝 놀란 찰리가화가 급히 그녀의 눈길을 피하며 야무지게 대답했다.

"제게는 이미 모시고 있는 사부님이 있으니 애석한 일이군요."

"상관없어. 누구를 사부로 모시고 있는지 모르지만 내가 한 마디 하면 당장 너를 보내줄 테니까. 이런 기회는 흔치 않은 거야. 내 제자가 되도록 해."

단정하듯 말한다. 그 넘치는 자신감과 지독한 오만이 찰리가화를 질리게 했다.

사실 설여상은 여태까지 누구에게도 그런 말을 해본 적이 없었다.

제자를 삼고 싶은 사람도 만나본 적이 없다.

그런데 찰리가화를 보자마자 탐을 내는 건 그녀의 용모와 쌀쌀맞은 성품이 아주 마음에 들었기 때문이다.

게다가 찰리가화의 자질이 쉽게 찾아볼 수 없을 만큼 뛰어나다는 걸 알 수 있으니 더욱 욕심이 생긴다.

천하가 너의 것이 되게 해주겠다는 말도 허언만은 아니었다.

지금 천하에서 누가 패천마련의 영향에서 벗어날 수 있으며, 누가 마계오천의 천주를 두려워하지 않는단 말인가. 그러니 찰리가화가 설여상의 제자가 된다면 천하를 오시할 만한 충분한 자격을 갖게 된다.

그러나 찰리가화에게는 그런 설여상의 말이 소름이 돋도록 끔찍하기만 했다.

그녀가 쌀쌀맞게 대꾸했다.

"제자를 얻기 위해서 본 가에 방문하신 건가요?"

"음, 그건 아니지. 나는 구천상단의 총단주라는 그 장 대인을 만나길 원해."

"그렇다면 안으로 드시지요. 별원에서 기다리고 계십니다."

"그럼 그럴까? 하지만 돌아갈 때는 나 혼자서 돌아가지 않을 테야."

방긋 웃지만 그 말속에는 납치를 해서라도 찰리가화 너를 데려가 반드시 나의 제자를 삼고 말겠다는 뜻이 들어 있었다.

그건 곧, '내가 한번 마음먹었으면 그렇게 되어야 하는 거야' 하는 독선이기도 하다.

그리고 마요선고 설여상에게는 그럴 만한 자격이 충분히 있었다.

두 사람이 마주 앉아 있다.

한 사람은 무표정한 누런 얼굴의 장한이고, 한 사람은 꽃보다 요염한 미부였다.

장구봉으로 돌아와 있는 장팔봉과 그를 회유하거나 제거하기 위한 목적으로 찾아온 마요선고 설여상이다.

장팔봉을 지그시 바라보는 설여상의 눈빛이 요기를 띠고 반짝였다.

그 깊은 곳에 일렁이는 유혹의 음탕한 기운을 장팔봉은 누구보다 잘 알아볼 수 있었다.

이미 백무향을 통해 여러 번 겪어보았고, 그래서 익숙해져 있는 그런 것 아니던가.

"당신은 대단하다고 하더군요?"

설여상이 찻잔을 입술에 댈 듯 말 듯하면서 고혹적인 눈웃음을 친다. 장팔봉이 빙긋 웃었다.

"무엇이 말입니까?"

"우선 무공이 대단해서 천하에 적수를 찾아보기 힘들 정도라고 하던데, 사실인가요?"

"과장이지요."

"하지만 내가 듣기로 당신은 과거의 대마존 중 한 명이었던 왜마왕 염철석의 화염마장을 십이성 대성했다고 하던데……정말 그렇다면 소문이 오히려 부족한 건지도 모르지요."

"소생에게 인연이 있어서 그 절기를 얻은 건 사실입니다. 하지만 패천마련에는 마계오천의 천주들이 있고, 또 천하무적인

련주가 있는데 소생이 어찌 화염마장 하나만 가지고 우쭐댈
수 있겠습니까?'

"호호호, 그 말은 사실이에요. 아마 왜마왕이 직접 나선다고
해도 지금은 우리 오천의 천주 중 한 명도 이기기 힘들 거랍니
다. 내가 장담하건대, 왜마왕 염철석도 련주의 십초지적이 될
수 없을 거예요."

"그렇겠지요."

장팔봉이 무심하게 대꾸했다. 그걸 보면서 설여상은 속으로
회심의 미소를 짓고 있었다.

'이 어린 녀석이 잔뜩 겁을 먹었구나. 당연히 그래야지. 제
까짓 녀석이 어쩌다가 화염마장을 익혔다고 해서 어찌 패천마
련의 위대함을 상대할 수 있을 것이냐.'

그런 자부심이 커지면서, 그렇다면 이 녀석을 구슬리는 일
이 쉬워질 거라는 희망도 생겼다.

'잘하면 꿩 먹고 알도 먹는다는 말대로 될지도 몰라.'

그런 엉뚱한 생각마저 한다.

장팔봉을 회유해서 패천마련에 귀속시키고 그의 몸뚱이는
제 노리개로 삼는다면 얼마나 좋을 것인가.

그런 생각에 설여상은 더욱 고혹적이고 요염한 미소와 자태
를 지었다.

사내를 몸으로 유혹한다는 게 어떤 건지 그녀는 잘 알고 있
었다.

노골적인 유혹은 오히려 혐오감을 줄 수 있다. 은근하고 수

줍어하는 중에 간절한 마음을 드러내 보여야 한다. 그러면 제 아무리 목석같은 사내라고 해도 흔들리게 되고 결국 넘어오지 않을 수 없다.

사내는 원래가 공격적인 족속이 아니던가. 그러니 정복하는 데에 기쁨을 느끼지, 제가 정복당하는 것에 대해서는 본능적으로 거부감을 느끼게 되는 것이다.

그를 유혹하려면 내가 적극적으로 달려들기보다 그가 달려들도록 유도해야 하는 것이다. 그러기 위해서는 나의 관심을 보여주고, 마음을 슬며시 열어주면 된다.

너무 급하지 않게, 너무 노골적이지 않게.

너무 빼지 않으면서 너무 헤퍼 보이지도 말아야 한다는 것, 그게 중요하다.

그런 미묘한 심리와 방법을 훤히 꿰뚫고 있는 설여상이지만 그녀는 장팔봉에 대해서 몰라도 너무나 모르고 있었다.

그가 이미 염라화 백무향에게 단련될 만큼 단련된 자라는 걸 알았다면 감히 그의 앞에서 교태를 부릴 엄두조차 내지 못했으리라.

"나를 어떻게 생각하시나요?"

그녀가 한껏 매혹적인 눈길로 흘겨보며 그렇게 물었다.

의외의 질문인지라 장팔봉이 어리둥절해하다가 빙긋 웃었다.

"듣기로 천주께서는 이미 환갑을 넘어 칠십을 바라보는 나이라고 하던데, 이렇게 보니 갓 시집을 온 여염집 아낙보다 오히려 젊고 아름다워 보이니 참으로 놀랍습니다."

"아이, 굳이 나이를 들먹일 게 뭐람? 그냥 있는 그대로 바라보고 말해보세요."

그녀의 교태가 더욱 은근해지면서 더욱 농염해진다.

장팔봉은 그런 설여상의 속을 훤히 들여다보았다. 웃음이 터져 나온다. 하지만 그의 표정은 여전히 무덤덤하고 무감정했다.

그것이 면구 때문이라는 걸 모르는 설여상으로서는 그런 장팔봉에게 감탄하지 않을 수 없었다.

'이놈이 대단한 정력(定力)을 가지고 있구나. 어린 나이에 벌써 부동심법에라도 통달했단 말이냐? 그렇다면 과연 대단한 놈이라고 할 수 있지.'

그런 생각과 함께, 그럴수록 반드시 장팔봉을 무너뜨리고 제 발아래 엎드리게 하고야 말겠다는 오기가 생긴다.

장팔봉이 짐짓 아무것도 모르는 척 말했다.

"천주의 매력이 가히 돌부처라도 침을 흘리게 할 만하니 소생은 사뭇 마음이 두근거려서 마주 대하고 있을 수 없군요."

"호호, 말로만 그럴 뿐이지 당신의 얼굴은 전혀 그렇지 않으니 믿을 수 없어요. 당신의 가슴이 얼마나 뛰는지 느껴보기 전에는 말이에요."

"내 가슴이 이렇게 뛰는 소리가 들리지 않는단 말입니까?"

"그러는 당신은 내 가슴이 뛰는 소리를 듣고 있나요? 나도 이렇게 가슴이 콩닥거리고 있으니 그건 아마도 내가, 내가……."

"내가 어떻단 말씀입니까?"

"아이, 그걸 꼭 내 입으로 말해야 하나요?"

설여상이 곱게 눈을 흘기며 입술을 삐죽인다.

사내의 애간장을 녹일 만큼 교태가 넘쳐흐르는 모습이었다.

순간 장팔봉은 제 심장이 정말로 두근거리는 걸 느끼고 당황해야 했다.

'음, 정신을 바짝 차려야지, 자칫 방심했다가는 저 요녀의 미령마안(迷靈魔眼)에 홀리고 말겠구나.'

비록 그것이 염라화 백무향의 환희마령보다 부족한 것이라고 해도 한 사람의 혼백을 빼앗아가기에는 충분한 위력이라는 걸 장팔봉은 잘 알고 있었다.

마요선고 설여상은 패천마련에서 마계오천 중 제오천인 마염천의 천주이지만 그녀의 절기인 염혼섭천(艷魂攝天)은 다른 네 명의 천주가 지니고 있는 마공 절학보다 오히려 위험하다.

장팔봉은 청리목극이 왜 그렇게 당황했던 건지 알 수 있었다.

그는 아직 부동심이 깊지 못해 이 요녀의 미령마안에 당했던 것이다.

장팔봉은 설여상이 그의 목숨을 붙여둔 건 바로 저를 의식해서라는 걸 알았다. 어떻게 하든 회유를 해야 하는데, 심복의 정기를 빼앗고 정혈을 말려 죽게 할 수는 없지 않겠는가.

하지만 청리목극은 단단히 혼이 났던 게 틀림없었다. 그러

니 설여상의 얘기를 꺼내면서 그렇게 얼굴을 붉히지 않았겠는
가.

빙긋 웃은 장팔봉이 넌지시 물었다.

"듣자 하니 선고께서는 이미 제 수하와 재미를 보신 모양이
더군요. 그렇습니까?"

설여상이 입을 삐죽거린다.

"그게 뭐 그리 대수로운 일인가요? 누구나 밥을 먹듯이 육
체의 즐거움을 누릴 수 있는 거지요. 그는 되고 당신은 안 된
다면 불공평한 것이듯 당신은 되고 그는 안 된다면 그건 또한
그에게 있어서 불공평한 일이겠지요."

"그래서 그에게 운우지락의 즐거움을 가르쳐 주셨군요?"

"그래요. 청리목극이라고 했던가? 그는 정력이 매우 절륜한
보기 드문 사내였답니다. 이제 만족하시나요?"

"선고께서 제 수하와 이미 정을 통하셨다니 수하를 아끼는
마음에서 저는 선고를 단념할 수밖에 없군요. 그렇지 않으면
그가 저에게 서운한 마음을 품을 것 아니겠습니까?"

"쳇."

설여상이 혀를 찼다.

"당신은 꽉 막힌 도덕군자였군요. 미처 몰랐네요."

"누구나 그렇게 생각하지 않을까요? 그게 사람과 짐승이 다
른 점이겠지요."

설여상의 눈매가 실쭉해진다.

'도대체 이놈은 어떻게 된 놈이기에 나의 미령마안에도 요

지부동이란 말이냐? 이러다가 내가 먼저 속 터져서 죽겠구나.'

마음은 그렇지만 설여상은 여전히 고혹적인 미소와 눈빛을 거두지 않았다. 한 손으로 턱을 괸 채 지그시 장팔봉을 바라보는데, 나른하기도 하고 심심하기도 하다는 그런 표정이었다.

그녀로서는 최대한의 노력을 하고 있는 중이었다. 공력을 점차 끌어올리며 미령마안의 위력을 높여간다.

"하지만 당신은 가슴이 뛴다고 했지요?"

"그렇소이다. 그건 설 천주도 마찬가지라고 하셨지요."

"그럼 내가 확인해 봐도 되나요? 겉으로 보아서는 도대체 당신이 정말 나를 보고 가슴을 두근거리는 건지 알 수가 없군요. 만져 봐도 되지요?"

백옥 같은 손을 천천히 뻗는다. 소맷자락 밖으로 흰 팔목을 꺼냈는데, 눈이 부셔서 똑바로 바라보기 힘들 지경이었다.

장팔봉이 가만히 있자 설여상은 드디어 그의 심장에 손바닥을 올려놓았다.

'이대로 조금만 힘을 주면 이 녀석은 심장이 터져서 죽어버리고 말 것이다.'

한순간 그녀의 마음속에 그런 살심이 일었다.

지금 장팔봉은 무방비 상태나 다름없었다. 그녀에 손에 제 심장을 고스란히 맡기고 있지 않은가. 설여상이 독한 마음을 품고 내력을 흘려보낸다면 여지없이 당하고 말 것이다.

그러나 그런 걸 생각하는지 아닌지 그의 얼굴 표정은 여전히 무덤덤했다.

설여상은 진심으로 감탄하지 않을 수 없었다.

'이놈은 배짱이 정말 대단하구나, 대단해. 나는 이와 같은 놈을 한 번도 본 적이 없다. 죽이기에는 아까워.'

그런 생각과 함께 장팔봉에 대해서 더욱 욕심이 생긴다. 반드시 그를 제 치마폭에 가두고야 말겠다는 결심을 거듭 하지 않을 수 없다.

쿵쿵 뛰고 있는 장팔봉의 심장 고동이 손바닥을 통해 고스란히 느껴졌다. 그 힘찬 움직임과 함께 뜨거운 열기가 온몸에 전해지는 것이어서 설여상은 가슴이 후끈 달아올랐다.

'정말 이 녀석을 품고 싶어 미치겠구나. 더 이상 참기 힘들어.'

설여상은 저도 모르게 자신이 펼치는 욕념의 함정에 스스로 빠져들고 있었다. 온몸이 간질거리면서 음욕이 걷잡을 수 없이 피어올라 견디기 힘들다.

그녀의 숨결이 쌕쌕거리며 높아지고 가슴의 고동이 빨라졌다. 눈마저 게슴츠레해진다.

설여상이 몸을 기울여 장팔봉에게 기댈 듯이 하면서 뜨거운 숨을 불러냈다.

"하아— 이제 당신도 나의 가슴이 얼마나 뛰는지 확인해 보세요. 자, 어서요."

탱탱해진 가슴을 내밀며 더운 숨을 훅훅 내쉰다.

옷 위로 불룩하게 솟아나온 그녀의 가슴이 떨리고 있었다.

장팔봉이 천천히 그것을 향해 손을 뻗었다.

손바닥을 활짝 펴서 지그시 그녀의 왼쪽 가슴을 누르고 할 딱거리는 심장의 고동을 온몸으로 느껴본다.

설여상은 자신의 욕념에 사로잡혀 이제는 제 목숨이 장팔봉의 손바닥 안에 고스란히 들어가 있다는 것마저 잊고 있었다.

그가 가볍게 장력을 밀어내기만 해도 즉사하련만 아무것도 알지 못한 채 그저 홀린 듯이 장팔봉의 가슴을 어루만지고 있을 뿐이다.

그녀의 몸이 점점 기울어져서 이제는 장팔봉의 품에 안겨들 것 같은 자세였지만 그것도 모르고 있다.

두 사람은 그렇게 서로의 가슴에 손을 올려놓고 있었다. 누가 본다면 샘솟는 정을 억제할 수 없어서 부둥켜안고 서로의 몸을 안타깝게 쓰다듬고 있다고 생각할 것이다.

황홀한 듯이 몽롱한 눈길을 들어 장팔봉을 바라본 설여상의 가슴이 철렁 하고 내려앉았다.

'이놈이?'

저를 바라보는 장팔봉의 눈이 차갑고 서늘했던 것이다.

정신이 번쩍 들면서 두려움이 왈칵 밀려들었다. 바로 제 가슴을 지그시 누르며 힘주어 쥐고 있는 장팔봉의 손을 느꼈기 때문이다.

아차 하는 후회가 밀려들어 뜨거워졌던 마음이 싸늘하게 식는다.

설여상이 급히 운기하여 심장을 보호하면서 장팔봉의 가슴에 대고 있는 손에 지그시 내력을 실었다. 여차하면 그대로 깨뜨려 버릴 속셈이다.

그런 그녀의 변화를 민감하게 느낀 장팔봉이 히죽 웃으며 가슴에서 손을 떼었다.

태연한 얼굴로 말한다.

"천주께서는 아직도 이처럼 탄력있는 가슴을 가지고 있으니 과연 누가 천주의 용모를 보고 나이를 짐작할 수 있겠습니까? 감탄했소이다."

아직까지 설여상의 손은 장팔봉의 가슴을 누르고 있었다. 잠깐 갈등했던 그녀 역시 천천히 손을 떼었다.

아쉬운 한숨을 쉰다.

'이까짓 녀석쯤이야 죽이려고 마음먹으면 언제든지 죽일 수 있으니 체통을 잃고 서두를 것 없지.'

그렇게 생각하지만 절호의 기회를 스스로 포기한 건 아닌가 하는 갈등은 여전히 남아 있다.

설여상은 아무리 생각해 보아도 장팔봉에게 자신의 미령마안이 통하지 않는 이유를 알 수 없었다.

그의 내공이 설마 저보다 높을 것이라고는 생각할 수 없으니, 불가의 부동심법이나 도가의 무상심법을 통달한 게 아닐까 하는 추측을 할 뿐이다.

하지만 장팔봉이 익히고 있는 화염마장이라는 무공을 생각해 보면 그것 또한 터무니없는 일이었다.

왜마왕 염철석은 두 세대 전에 상종치 못할 마종으로 악명을 떨쳤던 자가 아닌가. 그런 자에게 부동심법이나 무상심법이 있을 리 없다.

'아, 골치 아프다.'

설여상은 더 이상 생각하는 걸 멈추고 말았다.

몸을 바로 하더니 냉랭한 얼굴이 되어 본론을 꺼낸다.

"당신은 설마 패천마련을 적으로 삼는 어리석은 짓을 하려는 건 아니겠지요?"

"천주께서는 어떻게 생각하십니까?"

"만약 당신이 구천상단을 계속 꾸려 나가고, 중원의 상권을 계속 손아귀에 쥐고 싶다면 절대로 그래서는 안 돼요."

"왜 그렇지요?"

"패천마련의 힘이 어떤 건지 몰라서 묻는 건가요? 본 련의 눈 밖에 나는 순간 구천상단은 물론 총단주인 당신의 목숨도 사라지는 거예요."

"흥."

마요선고 설여상의 확신에 찬 말에 장팔봉이 가볍게 코웃음을 쳤다.

설여상이 잔뜩 눈살을 찌푸린다.

"지금 내 말을 비웃는 건가요?"

"과장이 조금 심하다고 생각했을 뿐입니다."

"과장이라고?"

설여상의 눈매가 날카로워졌다. 자신의 미혼술이 실패했다는 데에 자존심이 상해 있는 상태인데, 장팔봉의 비웃는 말을 들으니 왈칵 노여움이 솟구친다.

제 간까지 빼줄 것처럼 달콤하게 굴던 분위기가 한순간에 싹 변한다.

"그렇다면 총단주는 본 련과 손을 잡을 생각이 없다는 건가요?"

"나는 천성적으로 누구에게 의지하거나 도움을 받는 성격이 못 됩니다. 혼자서 모든 일을 헤쳐 나아가는 데에 익숙해져 있지요."

"그 말은 곧 본 련을 무시한다는 말이로군?"

"누가 나를 건드리지 않으면 나 또한 그를 상관하지 않지만, 나를 건드리면 전력을 다해 반드시 그자를 응징한다는 게 나의 좌우명이올시다."

"이, 이런 철없는……."

"패천마련의 힘을 가볍게 보지 않으나 내 힘으로 구천상단을 충분히 꾸려 나갈 자신도 있으니 서로 모르는 척하는 게 가장 좋지 않겠습니까?"

"내가 그렇게 하도록 허락하지 않겠다면?"

"물론 선고께서는 패천마련의 다섯 하늘 중 한 분이시니 그 능력이 무궁무진하겠지요. 하지만 구천상단 전체를 상대하려면 속깨나 썩으셔야 할 겁니다."

"핫! 구천상단 전체라고? 그런 게 어디 있단 말이냐? 고작 여기 있는 너와 저 밖에 있는 몇 명의 허수아비 같은 자들을 말하는 것이냐?"

설여상의 말투가 확 바뀌었다.

조금 전까지는 비록 화가 났어도 대등한 입장에서 서로 공대를 했는데, 이제는 완연히 어른이 아이를 나무라듯 한다.

장팔봉은 개의치 않았다. 여전히 느물거리면서 제 말을 할 뿐이다.

"지금 천주께서도 홀로 이 자리에 있고, 저 밖에는 몸이 무거운 네 명의 곰 같은 자가 있을 뿐이지 않소이까?"

"흥! 너는 아직 나를 몰라도 너무 모르는구나. 마음만 먹는다면 나 혼자서도 이곳을 폐허로 만들어 버릴 수 있다는 걸 말이다."

"천주의 능력이 하늘을 덮을 만하다는 걸 모르는 사람이 어디 있겠소?"

"그러면서 감히 그런 말로 나를 협박하다니, 죽으려고 작정하지 않은 다음에야 어찌 그럴 수가 있지?"

"나는 속에 있는 말을 감추지 못하는 성격이랍니다. 음흉하게 내숭을 떨지 못하니 하고 싶은 말은 그대로 해야 직성이 풀리지요."

"좋다, 하고 싶은 말이 있으면 어디 마음껏 해보아라. 너의 유언이라 생각하고 들어주지."

"천주께서는 나에게 조금 더 생각할 시간을 주시는 게 좋겠습니다."

"시간이라고?"

"구천상단은 오직 내 힘으로, 나 혼자서 일으켜 세운 나의 기업이올시다."

"잘 안다. 대단한 일을 했다고 인정해 주지."

"그런데 패천마련과 연합한다면 말이 좋아 연합이지, 실은 패천마련에 고개를 숙이고 들어가 구천상단을 고스란히 바치는 것 아니겠습니까?"

"변하는 건 없다. 너는 여전히 총단주로서 상단을 운영할 테고, 본 련은 그런 구천상단의 일에 간섭하지 않을 테니까."

"그렇다면 굳이 구천상단을 탐낼 이유가 없지 않겠습니까?"

이야기에 진전이 있자 설여상의 안색이 다시 바뀌었다. 살기등등하던 낯빛이 부드러워지고 장팔봉을 바라보는 눈길이 다시 따스해진다.

"총단주는 생각하지 못하는 게 있군요."

말투마저도 본래의 나긋나긋한 것으로 돌아갔다.

"구천상단같이 거대한 상단을 운영하려면 여러모로 시련이 많을 것이에요. 그렇지 않나요? 군침을 흘리며 달려드는 들개 떼와 같은 무리가 곳곳에 있으니 그들로부터 상단을 지키고 보호하려면 많은 무사들이 필요하겠지요. 그렇지 않나요?"

"맞습니다."

"지금 구천상단이 거느리고 있는 무사라고는 저 밖에 있는 서른 명 남짓이 전부인데, 그들로는 이 총단도 지키기 힘들 것이에요. 그렇지 않나요?"

"그렇습니다."

"당장 어디에서 많은 무사들을 끌어들일 것이며, 돈을 주고 급하게 끌어들인다고 해도 과연 그들의 충성심을 믿을 수 있을까요?"

"그렇습니다."

장팔봉이 순순히 인정하자 설여상의 입가에 득의의 미소가 번졌다.

그녀가 교태를 되찾고 배시시 웃으며 속삭이듯 말한다.

"하지만 패천마련과 연합한다면 그런 걱정을 할 필요가 없지요. 생각해 보세요. 누가 감히 구천상단을 건드릴 수 있겠어요? 안 그래요?"

"그렇겠군요."

"더구나 본 련은 각 성마다 지부들을 두고 있으며, 그 지부에 속해 있는 당과 각이 천하에 두루 흩어져 있으니 어디를 가든 그들의 즉각적인 보호를 받을 수 있답니다. 그 일은 구천상단의 이익에 크게 도움이 되겠지요. 그렇지 않나요?"

"과연 천주의 말씀이 옳소이다."

"이제야 말이 통하기 시작하는군요. 좋아요."

설여상이 슬그머니 손을 뻗어 장팔봉의 손등을 부드럽게 쓰다듬었다.

그 은근하고 매끄러운 접촉은 노골적인 애무보다 훨씬 더 사내의 가슴을 뛰게 하는 것이었다. 그러나 장팔봉은 여전히 무심한 눈길을 그녀에게 던지고 있을 뿐이었다.

"게다가 련주께서는 당신을 중요하게 여길 거예요. 우리 오천의 천주와 동급의 대우를 해줄 것이라고 자신해요. 그건 정말 대단한 일이랍니다."

"그렇겠군요."

"강호는 본 련이 장악하고, 천하의 상권은 구천상단이 장악해서 함께 나아간다면 이 세상에 두려울 게 무엇이 있겠어요? 황제도 두렵지 않을 거예요."

"구미가 당기는 말씀이군요. 하지만 역시 저에게 생각할 시간을 조금 더 주시는 게 좋겠습니다."

"흥, 듣자 하니 당신은 일처리가 과감하고 결단력이 누구보다 대단하다던데, 이제 보니 매우 조심성이 많고 의심이 많은 사람이군요?"

"이러한 일은 한순간의 감정에 휩쓸려 성급하게 하기보다는 신중에 신중을 기하는 게 옳지 않겠습니까?"

장팔봉의 의지가 굳다는 걸 안 설여상은 더 이상 다그치는 게 오히려 역효과를 가져올 것이라고 생각했다.

오늘은 이쯤에서 물러나 주는 게 좋을 것이다.

"좋아요. 총단주에게 하루의 말미를 더 주지요. 내일 내가 다시 왔을 때 우리는 좋은 사이가 될 수 있기를 바라요."

설여상이 아쉬운 눈길을 한 번 던지고 일어섰다.

그녀가 장원을 떠났다는 보고를 받은 장팔봉이 차가운 미소를 지었다.

면구를 벗어 본래의 모습을 회복하고 가벼운 경장으로 갈아입는다.

"칼을 가져와."

그의 말에 청리목극이 의아한 얼굴을 했다.

"무엇 하려고 그러십니까?"

"구미호가 꼬리를 드러냈으니 때려잡지 않을 수 없지."

"헉! 설마 주공 혼자서 그 요녀를……!"

"말이 많다. 어서 칼이나 한 자루 가져와."

第七章
장팔봉이 돌아왔다

鳳鳴刀
봉명도

장팔봉이 돌아왔다

가마를 멘 네 명의 장한이 날듯이 골짜기를 달려 올라가고 있었다. 청동역사 같은 그들의 온몸이 땀에 젖어 번들거린다. 하지만 호흡은 여전히 평온했다.

외공뿐 아니라 내공 또한 훌륭한 고수들이었던 것이다.

그들이 향하는 곳은 청량계(淸凉溪)라고 불리는 성도 외곽의 깊은 산골짜기였다.

용화산(龍華山)이라고도 하는데, 골짜기 위에 천연적으로 만들어진 몇 개의 호수가 계단처럼 층층이 나 있고, 삼나무 숲이 우거져서 경치가 아주 좋은 곳이다.

거기에 도화사(道華司)라고 하는 오래된 도관이 하나 있었다.

워낙 깊은 산중이고, 길이 험한 곳에 위치한 탓에 갈수록 찾는 사람들이 적어지더니, 지금은 버려지다시피 되어버린 궁핍한 도관이다.

설여상은 사천에 온 뒤로 그곳을 제 거처로 삼고 있었다. 인적이 없어서 조용하기도 하려니와 주변의 풍광도 뛰어나 마음이 편해지기 때문이다.

그리고 무엇보다 도관을 지키고 있는 세 명의 도사를 마음껏 농락하는 재미에 푹 빠져 있기도 했다.

그들은 사십 줄에 접어든 두 명의 중년 도사와 한 명의 스물 대여섯 살 정도 되어 보이는 청년 도사인데, 지난 보름여 동안 도의 본질을 잊고 오직 설여상을 위해 봉사하는 육체의 노예들로 전락해 있었다.

그녀가 베풀어주는 환락에 중독이 되어서 한시도 그녀 없이는 살 수 없을 것처럼 안달을 한다.

설여상은 수십여 년 동안 동정을 유지하며 오직 도의 수련에만 매달려 있던 그들을 통해 마음껏 섭양(攝陽)을 할 수 있었으니 좋은 일이었다.

도사의 수십 년 동정은 일반인의 그것과는 비교할 수 없이 순양하고 강했다. 그래서 지난 보름 동안 설여상은 그들의 순양지기로 마음껏 자신의 음기를 보충하면서 더욱 공력을 높여가고 있는 중이었다.

그녀가 도관에 도착하자 피폐해진 몰골로 멍하니 돌계단에 앉아 있던 그들 세 명의 도사가 반색을 하고 일어섰다.

죽은 자처럼 흐리멍덩해 있던 눈빛이 이글거리고, 칙칙하게 변해 있던 낯빛에 화색이 돌아 불그스름해진다.

마약에 중독된 자가 약발이 떨어져 낙심하고 있다가 새로운 약을 본 것 같았다.

설여상이 짐승처럼 저에게 달라붙는 도사들의 머리를 쓰다 듬으며 콧소리를 냈다.

"아이, 이렇게 보채면 어떻게 해. 조금만 기다려. 응? 몸부터 씻어야지. 그런 다음에 마음껏 즐길 수 있게 해줄게."

말 잘 듣는 착한 아이처럼 도사들이 그녀에게서 떨어졌다.

설여상이 단단하게 부푼 엉덩이를 살랑살랑 흔들며 앞서가자 세 명의 도사는 넋이 나간 얼굴로 그녀의 뒤를 따랐다.

그들의 충혈된 눈길이 좌우로 살랑거리며 물결치듯 흔들리는 설여상의 탐스런 엉덩이에 고정되어 있었다. 곁에 벼락이 떨어진다고 해도 결코 그것에서 눈을 떼지 않을 것이다.

맑은 물이 콸콸 흐르는 개울로 그들을 인도해 간 설여상이 아무 거리낌 없이 제 옷을 홀홀 벗어 던졌다. 금방 알몸이 된다.

힐끗 뒤돌아보고 매혹적인 미소를 흘린 설여상이 차갑고 맑은 물이 가득 고여 있는 물웅덩이 속으로 천천히 걸어 들어갔다.

그것을 본 세 명의 도사도 찢듯이 도복을 벗어 던지더니 그녀가 들어가 있는 물웅덩이 속으로 첨벙첨벙 뛰어들었다.

그들은 이내 한 덩어리가 되듯이 엉겨 붙어서 서로 물을 끼

없고 씻어주기 시작했다.

깔깔거리는 설여상의 웃음소리가 고요한 숲 속에 높게 울려 퍼진다.

어느덧 골짜기의 짧은 해가 한 뼘쯤 남겨두고 서쪽 산봉우리에 걸려 있을 무렵이다.

어둠이 깔려오는 계곡 가득 끈적거리며 달뜨고 급한 숨소리가 울려 퍼졌다. 야릇한 비음과 헉헉거리는 뜨거운 호흡이 뒤섞여 있다.

개울가의 기름지고 고운 풀밭 위였다.

이불을 깔 듯 옷자락을 넓게 펼쳐 깐 위에서 설여상은 세 명의 도사와 뒤엉켜 엎치락뒤치락하고 있는 중이었다.

물기에 젖은 그녀의 탄력있는 몸뚱이가 저물녘의 음침한 어둠 속에서 보석처럼 반짝인다.

누르면 톡톡 튕겨져 나올 것같이 탄력있고 단단해 보이는 그 미끈한 몸에 세 명의 시커먼 도사가 매달려 정신없이 탐하고 있는 중이었다.

그들의 풀무질하는 것 같은 숨소리와 그것을 온몸으로 받아들이며 황홀해하고 있는 설여상의 달뜬 신음 소리가 재색의 땅거미마저 밀어낸다.

삼나무 숲 속, 음침한 그늘 속에 한 사람이 우뚝 서서 하늘을 바라보고 있었다.

검은색 경장에 덥수룩하게 자란 머리카락을 검은 띠로 질끈

동여맸고, 붉은 요대를 두른 청년.

칼 한 자루를 움켜쥐고 있는 장팔봉이었다.

그가 천천히 삼나무 숲을 등 뒤에 두고 골짜기 안의 도관을 향해 내려가기 시작했다.

도관의 낡은 문 앞마당에는 네 명의 청동역사 같은 장한들이 가마의 좌우를 지키고 선 채 미동도 하지 않고 있었다.

다가오는 장팔봉을 보련만 마치 주인의 명령을 기다리는 실혼인들이기라도 한 것처럼 움직이지 않는다.

거기까지도 설여상의 환희에 찬 교성과 도사들의 뜨거운 숨소리, 신음 소리가 들려오고 있었다. 인적없는 골짜기에서 마음 놓고 야합하고 있는 것이다.

장팔봉이 천천히 칼을 뽑았다. 그제야 네 명의 장한이 느릿느릿 시선을 돌려 바라본다. 그리고 반응했다. 번쩍이는 칼 빛 앞에서야 위협을 느낀 것 같다.

네 놈이 가마 밑을 받치고 있던 일 장여의 철봉을 빼 들더니 쿵쿵거리며 다가와 장팔봉을 사방에서 에워쌌다.

한마디 말도 없다.

부응―

앞의 놈이 휘둘러 치는 철봉에서 무지막지한 바람 소리가 났다. 그 힘이라면 능히 바위라도 가루로 만들어 버릴 것이다.

"흥."

낮게 코웃음을 친 장팔봉이 제 머리통에 철봉이 닿을 듯 말 듯할 때에야 옆으로 몸을 틀었다.

소름 끼치는 파공성을 내며 그 무지막지한 철봉이 아슬아슬하게 어깨를 스치고 떨어졌다.

그 순간 장팔봉의 칼이 번쩍하고 허공을 갈랐다.

삼절도법을 펼친 것이다.

똑같은 도법인데 예전 무림맹의 풍운조장으로 있을 때에 펼치던 것과 지금 펼치는 도법은 하늘과 땅만큼이나 차이가 났다.

그 기세의 맹렬함은 다름없지만 그것에 실려 있는 힘과 위력이 천양지차인 것이다. 그것이 장한의 철봉을 찍었다.

땅!

한소리 낭랑한 충돌음이 들렸고, 어린아이 팔뚝만 한 굵기의 철봉이 수숫대처럼 썽둥 잘려 허공을 난다.

장팔봉의 칼은 그렇게 하고도 힘이 남았다. 예리한 날을 잃지 않은 그것이 그대로 장한의 몸뚱이를 찍었다.

쾅!

의외로 사람의 몸뚱이에서 바위를 때린 것 같은 굉음이 터져 나왔다.

칼을 쥔 손목에 은은한 통증이 밀려든다.

"흥, 철포삼이냐?"

장팔봉이 비웃었다.

그의 맹렬한 칼에도 장한의 몸뚱이는 무사했다. 한줄기 칼자국이 파여 그리로 선혈이 조금씩 스며 나오고 있을 뿐이다.

부웅—

삼면에서 철봉이 무섭게 떨어졌다. 장팔봉은 이놈들이 철포삼이란 외문 무공을 대성하여 몸뚱이가 무쇠처럼 단단해져 있다는 걸 알았다. 어지간한 힘으로는 상처 하나 낼 수 없는 것이다.

그렇다면 더 빠르고 더 강력하게 찍어야 할 것이다.

장팔봉이 빙글 맴돌았다.

따다당—

세 개의 철봉이 거의 동시에 날카로운 쇳소리를 내며 잘려나갔고, 허전해진 그 공간으로 장팔봉의 칼이 철봉보다 더 무겁고 무시무시하게 떨어졌다.

쾅!

한 놈의 어깨가 가슴까지 쩍 벌어졌다.

쾅!

다른 한 놈의 머리통이 정수리에서부터 턱에 이르기까지 쪼개져 두 쪽으로 갈라진다.

그 두 놈은 그처럼 무지막지한 충격을 받았건만 끝내 비명성 한마디 터뜨리지 않았다. 그대로 무너져 몇 번 꿈틀거리더니 숨이 멎는다.

그걸 보았으면서도 남은 두 놈에게는 겁먹은 기색이 없었다. 반 토막이 된 철봉을 내던지더니, 두 주먹을 움켜쥐고 사납게 달려들었다.

이미 살심을 일으키고 찾아온 장팔봉에게 자비가 있을 수 없다. 그가 두 놈을 향해 마주 몸을 던지며 더욱 사납고 맹렬하게 칼을 휘둘러 베고 찍었다.

　쾅! 쾅!

　두 마디의 비명성 대신 두 번의 요란한 소리가 터져 나왔고, 그자들 또한 신음 소리 한마디 흘리지 않은 채 죽어버렸다.

　네 놈을 그렇게 처치해 버린 장팔봉이 저벅저벅 개울가로 걸어 내려갔다.

　그리고 그곳에서 벌어지고 있는 그 질펀한 육체의 향연을 보았다.

　"짐승 같은 것들."

　차가운 그의 음성이 열락에 빠져 몰아지경을 헤매고 있던 설여상의 정신을 화들짝 일깨웠다.

　"어멋!"

　깜짝 놀란 그녀가 세 명의 도사를 와락 밀쳐 내고 뛰어 일어선다.

　재색 어둠 속에서 그녀의 나신이 눈부시게 드러났다.

　방금 전까지 육체의 환락에 젖어 있던 몸이라 더욱 요염하고 붉게 번들거렸다.

　그 탄탄하고 굴곡진 몸은 누구라도 가슴을 뜨겁게 달구기에 충분하고도 남음이 있었다.

　어리둥절해하던 벌거숭이 도사들이 그녀의 그런 모습에 다시 미친 듯이 달려들었다. 굶주린 개들이 고깃덩이 하나를 놓고 다투는 것 같다.

　두 중년 도사가 그렇게 달려들었고, 이십대 중반으로 보이는 청년 도사는 막 몸을 일으키고 있는 중이었다.

그는 다른 자들보다 심하게 떠밀렸던 터라 개울에 첨벙 빠져 버렸던 것이다.

"꺼져, 병신들!"

설여상이 두 중년 도사를 향해 가볍게 손을 털었다.

"캑!"

외마디 비명과 함께 두 개의 머리통이 던져진 수박처럼 터져 피와 뇌수를 허공에 뿌린다.

털썩거리며 쓰러지는 자들이 방금 저와 살을 섞으며 환락을 나눈 자들이라는 건 설여상에게 아무것도 아니었다.

그녀가 욕념에 물들어 더욱 요염해진 얼굴로 장팔봉을 빤히 바라보며 입술을 핥았다.

그의 손에 들려 있는 칼을 본다. 그리고 그것에 맺혀 떨어지고 있는 핏방울을 본다. 그것이 설여상의 흥분을 더욱 높여주었다.

"네가 내 종들을 다 죽였구나?"

그녀가 마음속의 의문을 감추고 아무렇지 않은 것처럼 물었다.

그들 네 명의 장한은 내, 외공을 겸비한 고수들이었다. 호랑이를 맨손으로 찢어 죽일 만한 자들인 것이다.

그런 자들을 저 낯선 청년이 해치운 모양이니 수상한 놈이라는 생각을 하지 않을 수 없다.

그러나 그녀는 곧 자신의 그런 생각을 바꾸었다.

'저놈은 젊은 놈인데도 무공이 상당한 모양이구나. 그렇다면 더욱 좋은 일이지 뭐야.'

장팔봉은 대꾸하지 않았다. 차갑고 혐오와 경멸이 담긴 눈으로 설여상을 노려볼 뿐이다.

"이리 와. 그것들이야 짐승 같은 것들이니 상관없어. 자, 어서. 내가 너에게 최고의 기쁨을 가르쳐 줄게."

장팔봉을 향해 두 팔을 활짝 벌리고 추파를 던진다. 그녀의 탐스럽게 부풀어 오른 단단한 젖가슴이 출렁거렸다.

그녀는 장팔봉을 알아보지 못했다. 본 적이 없는 것이다. 그래서 더욱 몸이 달아오른다. 눈앞의 저 애송이가 바로 구천상단 총단에서 만났던 그 장구봉이리라고는 조금도 생각하지 못하고 있었다.

설여상이 염혼섭천의 미혼술을 한껏 끌어올리자 살짝 흘겨보는 눈빛이, 웃음이, 온몸이 그대로 거부할 수 없는 유혹의 덩어리가 되었다.

그녀는 장팔봉이 자신의 미령마안에 즉각 걸려들 것이라고 믿었다. 그러면 그를 배 위에 올려놓고 온갖 기교와 수법을 다 발휘해 양기를 모조리 빨아들일 속셈이었다.

그동안 데리고 놀았던 세 명의 쓸모없는 도사 따위와는 비교할 수 없이 저를 만족시켜 줄 것이라는 기쁨에 들뜬다.

"이리 와."

그녀가 두어 걸음 다가섰다.

걸음을 옮기자 탱탱하게 부푼 젖가슴이 부드럽게 출렁거리고, 허리의 나긋나긋한 움직임이 풍만하고 단단한 엉덩이와 다리에 전해져 춤을 추는 것같이 흔들린다.

"어, 어……."

개울에서 이제 막 몸을 일으킨 젊은 도사가 그녀의 그와 같은 모습에 얼이 빠져서 무어라고 중얼거리며 한 손을 뻗었다. 엉금엉금 기듯이 다가온다.

설여상의 고혹적인 눈길은 오직 장팔봉에게 고정되어 있었다. 다시 한 걸음 다가서며 두 팔을 뻗는다.

장팔봉은 조금도 흔들리지 않았다. 변함없이 차갑고 경멸이 담긴 눈길을 그녀의 미간에 박아 넣고 있을 뿐이다.

백무향의 환희마령에 이미 단련이 되어 있는 그로서는 설여상의 그와 같은 노골적인 미혼술이 저속해 보이기만 했다.

게다가 패천마련의 지하 뇌옥에서 공자청의 사악하고 지독한 수법인 공령심어(空靈心語)마저 겪어보지 않았던가.

장팔봉이 그와 같은 수법을 혐오하기에 망정이지, 그렇지 않았더라면 오히려 설여상이 그의 환희마령이나 공령심어에 걸려들고 말았을 것이다.

장팔봉은 비록 백무향과 공자청으로부터 그 사악한 절기를 배우지 않았지만 그것의 비결과 운용의 요령만은 이미 깨닫고 있었던 것이다.

그런 사정을 알 리 없는 설여상으로서는 당혹스런 일이기만 했다.

'아니, 이 어린 녀석의 눈빛이 어찌 이리 차갑단 말이냐? 나의 미혼마령에도 꿈쩍하지 않다니? 마치 구천상단의 그 멍청한 놈 같잖아?

문득 장팔봉의 저 무심하고 싸늘한 눈길이 구천상가에서 보았던 장구봉이라는 자의 그것과 매우 닮았다는 걸 깨닫고 의아해졌다.

그때 젊은 도사는 엉금엉금 기어 장팔봉 곁을 스쳐 지나가고 있었다. 오직 흘린 눈을 설여상의 눈부신 몸뚱이에 고정시킨 채 침마저 흘린다.

밑에서 올려다보는 그녀의 나신은 더욱 신비했다. 그 자체로 이 세상에서 가장 위험하고 황홀한 유혹의 덩어리로 보인다.

젊은 도사가 손을 뻗어 그녀의 종아리를 쓰다듬었다. 천천히 허벅지로 더듬어 올라간다.

"호호호—"

간지러움 때문인지 설여상이 허리를 비틀며 높게 웃었다. 교성이라고 해야 할 만큼 음욕이 가득한 소성이다.

드디어 젊은 도사의 손이 허벅지를 지나 그녀의 깊은 곳에 이르렀다.

장팔봉이 눈살을 찌푸렸다.

설여상은 장팔봉의 반응을 보듯이 빤히 그를 바라보고 있었다. 한껏 요염한 얼굴로 미소를 흘린다.

그러나 장팔봉에게서는 아무런 반응이 없었고, 젊은 도사의 손은 기어이 그녀의 비소에 이르렀다.

"에잇! 귀찮은 것!"

그녀가 갑자기 신경질을 냈다. 도사의 손길이 그곳에 느껴지자 저도 모르게 순간적으로 정신이 흩어졌던 것이다. 자칫 장팔봉에게 집중하던 미령마안의 수법이 깨질 뻔했다.

젊은 도사는 아무것도 모른 채 오직 그녀의 그곳을 탐할 뿐이었다. 이지를 상실한 두 눈에는 욕망이 가득할 뿐이다.

"쓸모없는 놈 같으니. 꺼져 버렷!"

설여상이 날카롭게 외치고 한 발로 그런 젊은 도사의 가슴을 걷어찼다.

픽! 하는 소리와 함께 그가 외마디 비명을 터뜨리고 뒤로 날려가 다시 개울에 처박혔다. 죽었는지 꼼짝도 하지 않는다.

징그러운 일을 당했다는 듯 낯을 찌푸렸던 설여상이 다시 장팔봉을 보았을 때는 언제 무슨 일이 있었느냐는 얼굴이 되었다.

배시시 웃는 것이 수줍어하는 것도 같고, 유혹하는 것도 같다.

그녀가 다섯 걸음 앞까지 다가왔을 때에 장팔봉이 무겁게 가라앉은 음성으로 천천히 말했다.

"당신은 세상에 존재해서는 안 될 요녀로군."

"호호, 그게 무슨 상관이야? 이 세상에서 나보다 더 너를 즐겁고 기쁘게 해줄 여자는 없을 텐데 말이야. 조금 뒤에는 나를 보살처럼 여기게 될걸?"

"동정의 여지도, 인정을 베풀어줄 가치도 없는 계집이구나."

지독한 경멸과 모욕이 담긴 말에 설여상의 미간에 싸늘한 살기가 어린다. 그러나 그녀의 눈과 입은 여전히 요염한 유혹을 담고 있었다.

장팔봉이 천천히 칼을 들어 올려 그녀의 덜렁거리는 가슴을 가리켰다.

"죽이겠다."

"흥!"

설여상이 코웃음을 쳤다. 여태까지의 그 요염하기 짝이 없던 얼굴이 한순간에 싸늘해진다.

장팔봉이 끝내 자신의 미령마안에 걸려들지 않았고, 앞으로도 그럴 것임을 깨달은 것이다.

이 녀석은 목석같은 심장을 지녔거나, 아니면 지극히 큰 정력(定力)을 지닌 자라는 걸 인정하지 않을 수 없다.

그러자 살심이 크게 일었다. 이와 같은 놈은 절대로 살려둘 수 없다고 생각했다. 게다가 자신을 이렇게 모욕하니 더욱 그렇다.

"애송이가 이 누님이 귀여워해 주려고 하건만 말귀를 못 알아듣고 기어이 죽기를 원하는구나. 그렇다면 네 뜻대로 해주마."

알몸을 부끄러워하지도 않고 천천히 손을 들어 올려 공력을 싣는다.

장팔봉의 입가에 싸늘한 비웃음이 떠올랐다.

그녀는 꼴이 이렇지만 그래도 마계오천의 천주 중 한 명이 아닌가. 섭혼술 외에도 지난바 무공이 초인지경에 이르렀을 것임을 짐작할 수 있다.

장팔봉은 그녀야말로 새롭게 탈바꿈한 삼절도법의 위력을 시험해 볼 가장 좋은 상대라고 생각했다. 마음껏 삼절도법을 펼칠 작정으로 진원지기를 한껏 끌어올렸다.

"네 이름이 뭐지?"

죽이기 전에 이름이라도 알아두겠다는 듯 말하자 장팔봉이 서슴없이 대답했다.

"장팔봉."

"응?"

그 순간 설여상의 눈이 커졌다. 그리고 믿을 수 없다는 듯 고개를 갸웃거렸다.

"다시 말해봐라. 내가 잘못 들었는가 보다."

"장팔봉."

"……!"

"열 번이라도 말해주마. 나는 장팔봉이다."

"네, 네가 정말 장팔봉이라고? 풍운조의 조장이었다가 풍향사의 군주가 되었고, 지옥에 떨어졌다던 그 장팔봉?"

"그렇다."

"그놈은 기련산에서 죽었다던데?"

"그럼 유령이라고 생각해라."

"네놈이 살아 있었단 말이냐? 호호, 이건 정말 뜻밖의 일이구나."

설여상의 눈이 반짝였다. 이놈을 사로잡아 끌고 간다면 련주가 매우 기뻐할 것이라는 생각이 들어서였다.

'잘됐네. 장구봉이라는 놈을 잡아갈 수 없게 되었으니 이놈이라도 끌고 가야겠다. 그러면 련주 오라버니가 오히려 더 좋아할지도 모르겠는걸?'

그런 생각으로 기뻐서 배시시 웃던 설여상이 갑자기 벼락처럼 일장을 뿌리며 달려들었다.

"받아라!"

그녀의 날카로운 외침이 들렸을 때는 벌써 강맹한 일장이 가슴에 쇠뇌처럼 꽂히고 있었다.

설여상에게는 부끄러움이라는 말 자체가 존재하지 않는 것 같았다.

제가 알몸이라는 것도 개의치 않는 게 그랬고, 강호에서의 제 명성을 생각하지 않고 이처럼 기습을 하는 것도 그랬다.

그게 오히려 그녀의 악독한 심성에 어울리는 일인지도 모른다.

"흥!"

장팔봉이 코웃음과 함께 미끄러지듯 옆으로 물러서며 한 바퀴 맴돌았다.

쾅! 쾅! 쾅!

매섭고 날카롭기 짝이 없는 설여상의 장력과 지풍이 소나기처럼 퍼부어지지만 환영마보를 십이성 끌어올린 장팔봉의 움직임을 잡지는 못했다.

무영혈마 양괴철의 환영마보(幻影魔步)는 과연 절세의 절기였다. 그것과 삼절도법이 절묘한 조화를 이룬다는 걸 장팔봉은 새삼 느꼈다.

삼절도법을 펼칠 때마다 신법에 있어서 어딘가 답답하다는 느낌을 받았는데, 양괴철의 환영마보에 따라 움직이며 도법을 떠올리고 그 길을 생각하자 머릿속이 환해진다.

설여상의 장력 속에서 이리저리 피하고 있는 장팔봉의 움직임이 부드러운 중에 힘차고 아름다웠다. 마치 급류를 유유히 헤엄쳐 올라가는 금빛 잉어 같고, 폭우 속을 흘러가는 한줄기 연기 같다.

"이놈이!"

그런 장팔봉의 신법에 심상치 않음을 느낀 설여상이 자신의 절기인 나찰신장(羅札神掌)을 한껏 펼쳤다.

그것에 자신만의 절세신공인 빙옥신공을 십성 실었으므로 내뻗는 손짓 하나하나에 가공할 위력이 더해진다.

은은한 뇌성과 함께 사방이 그녀의 싸늘한 빙장(氷掌)으로 뒤덮였다.

그것을 장팔봉이 칼을 휘둘러 하나하나 끊고 부순다.

때로는 그녀의 줄기줄기 뻗어 나오는 빙옥신공의 차가운 기운을 거슬러 올라가 위협적인 반격을 하기도 한다.

강호에서 삼류로 치부되던 삼절도법의 초식 하나하나가 그 어떤 절세의 도법보다 더욱 매섭고 효과적으로 설여상의 나찰신장을 파훼하고 있었다.

그 놀라운 사실에 설여상은 당황하지 않을 수 없었다.

"너, 그게 정말 삼절도법이란 말이냐?"

그녀도 삼절도법에 대해서는 익히 들어 알고 있었다. 하지만 이처럼 직접 대해보자 마도 중의 마도라고 불리는 마환천주 도적성의 마중천도(魔中天刀)보다 오히려 위력과 정교함이 앞서는 것 같다.

'이건 보통 일이 아니다.'

설여상의 마음속에 불같이 급한 생각이 들었다. 장팔봉의 존재를 패천마련에 알려야 한다는 것도 그렇지만, 그의 도법이 이처럼 무섭다는 걸 알려야 한다.

이건 어쩌면 이놈이 기련산 풍화곡에서 삼절도법의 정수를 얻은 때문인지도 모른다는 생각이 들었던 것이다.

그러자 련주인 거령신마 무극전의 얼굴이 떠올랐다.

강호의 전설에는 삼절도법이야말로 천하제일의 도법이라고 했다. 그것을 대성하는 자 천하에 홀로 우뚝 설 것이라고 하지 않았던가.

그것이 봉명도에 새겨져 있기 때문에 누구나 혈안이 되어 그것을 찾았고, 기어이 무극전의 손에 들어갔다.

하지만 무려 반년 가까이 삼절도법을 연구하고 익혔던 그는 그것이 완전한 초식이 아니라며 한탄했다.

그리고 다시는 봉명도를 들지 않았고, 삼절도법을 연구하지 않았다.

그런데 지금, 이렇게 장팔봉의 도법을 대하니 과연 세상에 이것보다 무섭고 위력적인 도법이 또 있을까 싶다.

그래서 설여상은 장팔봉이 삼절도법의 완전한 걸 얻었다고 지레짐작했다. 무극전이 한탄했던 그것, 봉명도만으로는 부족했던 무엇을 얻은 게 틀림없다고 믿는다.

그렇지 않고서야 어찌 자신의 나찰신장을 이처럼 쉽게 깨뜨릴 수 있을 것인가 하고 생각하자 마음이 더욱 급해졌다.

게다가 어린놈이 어찌 그리 교활한지 자신의 속임수, 허초가 조금도 통하지 않으니 짜증이 난다.

그녀는 장팔봉이 실전 경험에 있어서만은 오히려 자신보다 한 수 위라는 것조차 모르는 것이다.

수많은 실전을 통해 부딪쳤던 그 많은 상황과 변수들에 대한 경험이 풍부한데다가, 유달리 발달한 직감이 있으며, 타고난 영악함이 있으니 장팔봉의 노련함은 오히려 설여상을 내려다볼 정도였다.

갈수록 윙윙거리며 사방에서 번쩍이는 칼 빛에 설여상은 저도 모르는 사이에 조금씩 위축되어 가고 있었다.

여전히 나찰신장의 위력이 극강하고, 그것에 실린 빙옥신공이 위협적이기는 했다. 그래서 겉으로 보기에는 싸움의 주도권이 여전히 그녀에게 있는 것 같았다.

하지만 장팔봉의 칼 빛이 미치고, 그것의 위력이 닿는 부분이 조금씩 넓어지고 있었다.

눈에 띄지 않을 만큼 미세하게 진행되고 있는 터라 맞서 싸우고 있는 설여상은 그것을 눈치채지 못했지만 한 사람은 그러한 변화를 잘 살펴볼 수 있었다.

개울에서 꿈틀거리며 몸을 일으킨 젊은 도사다.

그는 자신의 처지도 잊은 채 황홀한 눈으로 설여상을 바라보기만 했다.

이처럼 어둠이 짙어져 가는 숲 속, 개울가에서 벌거벗은 채 이리저리 뛰고 미끄러지며 장력을 펼치는 그녀의 모습은 마치 선녀가 알몸으로 춤을 추는 것 같았다.

그녀가 초식을 펼칠 때마다 탄력있는 가슴과 엉덩이가, 온몸이 강한 중에 부드러운 율동으로 물결치듯 움직이니 눈을 뗄 수가 없다.

게다가 다리를 번쩍 들어 걷어차고, 칼을 피하여 허리를 굽히고 맴돌 때는 그 모습에 정신이 아찔해지고 가슴이 방망이질 친다.

그녀가 그렇게 움직일 때마다 긴 머리카락이 폭풍에 흔들리는 수풀처럼 마구 출렁거리며 이리저리 흩어지니 더욱 미칠 지경이 된다.

장팔봉과 설여상, 두 사람은 자신들을 지켜보는 사람이 있다는 걸 미처 의식하지 못했다.

젊은 도사가 죽었을 것이라고 믿었던데다가, 조금도 한눈을 팔 수 없을 만큼 싸움이 치열하고 위험하니 그렇다.

그래서 그들은 그 젊은 도사가 엉금엉금 기어 개울을 벗어나 가까이 다가오고 있다는 걸 까맣게 알지 못했다.

두 사람의 싸움은 갈수록 치열해져 주변을 온통 기의 폭풍과 살기의 소용돌이로 뒤덮었다.

흙먼지가 구름처럼 피어나고, 번쩍이는 칼 빛이 뇌전인 양 떨어진다. 그 속에서 우르릉거리는 장력의 폭발음이 끊이지 않으니 그야말로 천계의 신들이 싸우고 있는 것 같았다.

장팔봉의 삼절도법은 갈수록 그 위력이 더해졌다. 초식의 능숙함이 처음과 사뭇 달라진다.

그는 혼자서 허공을 상대로 하여 도법을 연습할 때보다 지금 더 많은 걸 깨닫고 있었다. 백 번의 연습보다 한 번의 실전이 소중하다는 말을 실감한다.

장팔봉의 칼이 위력을 더해갈수록 설여상의 장력이 미치는 범위는 더욱 좁혀졌다.

그녀는 비로소 제가 장팔봉의 도법에 압도당하고 있다는 걸 느꼈다. 초조해진다. 자신의 무지막지한 내력으로도 장팔봉을 물리치지 못하니 더욱 그렇다.

그녀는 불길함을 느끼고 마음이 급해지는데, 그런 느낌은 어느덧 싸움의 권역 가까이 기어온 젊은 도사도 느낄 수 있었다.

장팔봉의 등을 노려보는 그의 눈에 살기가 이글거렸다.

그에게 있어서 지금 장팔봉은 저의 사랑하는 여인을 죽이려고 하는 원수일 뿐이었다. 다른 건 아무것도 생각하지 못한다.

"이 나쁜 놈!"

그가 벌떡 몸을 일으키며 소리쳤다. 그리고 주먹만 한 차돌을 집어 장팔봉의 뒤통수와 등짝을 노리고 사정없이 던져

댔다.

"응?"

막 설여상을 향해 칼을 내려치던 장팔봉이 의외의 사태에 깜짝 놀랐다.

비록 그 차돌이 자신을 해치지는 못할 테지만 본능적으로 몸을 움찔거리고 피하려는 움직임을 취하게 된다. 그러자 설여상을 치던 칼의 위력이 현저하게 떨어졌다. 방향마저 잃고 흔들린다.

그 절호의 틈을 놓칠 설여상이 아니었다.

"죽엇!"

그녀가 앙칼지게 소리치며 혼신의 힘을 다해 나찰신장의 절초인 혈옥십지(血獄十指)를 펼쳤다.

부챗살처럼 활짝 편 열 손가락을 흔들며 사나운 바람처럼 달려드는데, 줄기줄기 뻗어 나오는 지풍의 냉랭함이 만년 빙굴에서 쏟아지는 음풍과 같았다.

그것이 열 개의 방위를 완벽하게 차단하며 쇄도해 드니 어느 쪽으로도 몸을 피할 수 없었다. 마치 활짝 퍼진 그물이 하늘에서 떨어지는 것 같다.

"음!"

장팔봉이 자신의 잠깐 실수를 깨달았을 때는 이미 설여상의 혈옥십지가 토해내는 지독한 음한지기에 갇힌 뒤였다.

벗어날 수가 없다.

"호호호—"

그녀의 득의에 찬 날카로운 웃음소리가 고막을 찌른다.

설여상은 자신의 이 한 수로 장팔봉을 죽이거나 중상을 입힐 수 있다고 믿어 의심치 않았다. 죽이지 않고 사로잡을 수 있으면 더욱 좋을 것이다.

그녀의 음한지기가 몸을 꿰뚫을 것처럼 쇄도해 들자 장팔봉은 삼절도법만으로는 그것을 막기에 늦었다는 걸 깨달았다. 그 즉시 팽이처럼 맴돌며 온몸에 호신지기를 더욱 맹렬하게 끌어올린다.

왜마왕 염철석의 화염신공을 운기하자 그의 몸을 감싸고 있는 공기가 용광로에서 막 빠져나온 것 같은 열기로 후끈하게 달구어졌다.

그것이 간발의 차이로 설여상의 혈옥십지에 실려 있는 음한지기를 막아냈다.

펑! 펑! 펑! 하고 바람이 가득 든 가죽 포대를 잇달아 터뜨리는 것 같은 소리가 쉴 새 없이 터져 나오고, 그때마다 장팔봉의 몸이 설여상의 지력에 밀려 비틀거렸다.

그러나 그녀가 뻗어낸 빙옥신공의 음한지기는 장팔봉의 화염신공에 닿기가 무섭게 소멸되어 버렸다.

오히려 뜨거운 열기가 지력을 타고 거슬러 오는 통에 설여상이 깜짝 놀랐다.

"화염신공!"

그녀가 대경실색하여 외칠 때 장팔봉은 거푸 여덟 번을 맴돌고 다섯 번 방위를 바꾸고 있었다.

그의 그림자를 뚫고 줄기줄기 매서운 지력이 뻗어나간다.

따당!

그리고 마지막 한 가닥이 기어이 장팔봉의 칼에 끊어지며 낭랑한 울림을 토해냈다.

한순간에 죽음의 목전까지 내몰렸던 장팔봉은 온몸에 식은 땀이 배어났다. 그리고 울화통이 터졌다.

설여상은 설여상대로 얼떨떨한 상태가 되어서 저도 모르게 공세가 둔해지고 말았다. 장팔봉에게서 화염신공을 보았기 때문이다.

그건 오직 장구봉이라는 자에게만 있다고 믿었지 않았던가. 그러니 어리둥절한 중에 혼란스럽기 짝이 없다.

"너, 네가 어떻게 화염신공을 알지?"

그녀가 빈틈을 파고드는 장팔봉의 칼을 피해 물러서며 악을 썼다.

"내가 바로 장구봉이니까."

"뭐라고?"

장팔봉의 그 한마디는 설여상에게 있어서 청천벽력 같은 소리였다.

한순간 고막이 멍해지고, 뒤통수를 세게 맞은 것처럼 정신이 멍해진다.

그리고 장팔봉의 매서운 칼이 그녀의 몸뚱이에 떨어졌다.

"으악!"

설여상이 비명을 지르며 본능적으로 한 팔을 들어 칼을 막으며 몸을 뺐다.

서걱!

그녀의 오른팔이 팔꿈치 위에서 뎅겅 잘려 떨어지고, 흰 몸
뚱이가 이내 붉은 선혈로 뒤덮인다.

비틀거리며 가까스로 몸을 뺀 그녀가 뒤도 돌아보지 않고
달아났다.

"이놈! 두고 보자!"

어둠 속에서 이를 바드득 가는 소리와 함께 그녀의 원독에
가득 찬 고함 소리가 들려왔지만 장팔봉은 뒤쫓지 않았다. 그
가 노리던 바이기도 했기 때문이다.

그녀는 이제 더 이상 마녀요, 요녀의 역할을 하지 못할 것이
다. 더 이상 무서워할 필요도 없다.

그리고 무엇보다 그녀의 입을 통해 패천마련에 제가 살아
돌아왔다는 말이 전해질 것이 아닌가.

장팔봉이 처음부터 계획한 건 바로 그것이었다. 굳이 그녀
를 죽여 저의 칼을 더럽힐 생각이 없었던 것이다.

장구봉과 장팔봉이 동일 인물이라는 걸 패천마련에서도 알
게 될 테니 조만간 오랜 침묵을 깨고 준동할 것이다.

장팔봉은 그걸 원하고 있었다. 이제는 떳떳하게 저를 밝히
고 제 힘으로 대신의가산의 패천마련 총단을 향해 한 걸음씩
걸어 나아가려는 것이다.

그러니 설여상에게 제 정체를 밝히고 그녀를 살려 보낸 건
곧 패천마련과 거령신마 무극전에게 선전포고를 한 것과 다름

없었다.

"이, 이놈, 이 나쁜 놈……."

우뚝 서서 멍하니 그녀와의 일전을 더듬어 생각해 보고 있던 장팔봉이 천천히 고개를 돌렸다.

거기 알몸의 젊은 도사가 잘려진 설여상의 오른팔을 들고 온몸을 덜덜 떨며 장팔봉을 노려보고 있었다.

장팔봉은 그가 정신이 나갔다는 걸 알았다. 그렇지 않고서야 피가 뚝뚝 떨어지고 있는 설여상의 팔을 저렇게 제 볼에 비벼대면서 히죽히죽 웃고, 울 리가 없다.

그러다가 장팔봉을 노려볼 때에는 그 눈에서 원독의 불길이 활활 타올랐다.

"네가, 네가 감히 나의 그녀를 이렇게 만들다니…… 너 때문에 나의 그녀가 나를 떠났어……."

중얼거리더니 이마저 빠드득 갈아댄다.

장팔봉은 저렇게 살도록 내버려두느니 차라리 죽여주는 게 저놈을 위해서도 좋은 일을 하는 게 아닐까 하고 잠깐 생각했다.

이미 피를 묻힌 칼이니 한 명의 피를 더 본다고 해서 거리낄 것도 없다.

하지만 그는 끝내 그렇게 하지 못했다. 그러기에는 젊은 도사의 처지가 너무나 불쌍했던 것이다.

"쯧쯧—"

혀를 찬 그가 칼을 거두었다.

하긴, 저렇게 살더라도 목숨을 부지하고 있는 게 죽는 것보다는 나을지도 모른다고 생각한다.

"살다 보면 다시 정신을 차릴 때도 있겠지. 그러면 제가 한 짓을 부끄러워할 것이다."

중얼거린 장팔봉이 미련없이 그곳을 떠났다.

그의 등을 노려보는 젊은 도사의 두 눈에 원한의 광망이 이글거렸다.

"이놈…… 반드시 내가, 이 조척량이…… 그녀의 복수를…… 해주고 말 테다. 두고 봐……."

젊은 도사 조척량(曹陟梁)이 중얼거리다가 맥없이 돌아서서 어둠 속으로 멀어져 갔다. 여전히 설여상의 잘려진 팔을 소중한 보물처럼 품에 꼭 안은 채다.

설여상의 섭혼마공에 신지를 완전히 상실한 그는 오직 그녀와의 쾌락을 잊지 못하고 장차 희대의 색마로 변하게 된다.

그리하여 강호에 숱한 불행과 비극을 가져다주고, 그로 인해 강호가 한차례 피바람에 잠기게 되리라는 걸 장팔봉은 짐작도 하지 못했다.

그건 저렇게 멀어지고 있는 젊은 도사 본인도 그랬다.

자신의 앞날을 알고 살아가는 자가 어디 있을 것인가.

第八章

구천수라신교(九天修羅神敎)의 부활

鳳鳴刀
봉명도

구천수라신교(九天修羅神敎)의 부활

　－장팔봉이 돌아왔다. 기련산에서 죽은 게 아니었다.

　－그가 실은 구천상단을 일으킨 장구봉이라더라.

　－사천의 등 대인과 장구봉, 장팔봉이 결국 한 사람이었다.

　－그가 봉명삼절도법을 완전히 익혀 천하무적의 고수가 되었다.

　－패천마련의 다섯 천주 중 한 명인 마요선고 설여상이 그의 도법에 일패도지하여 겨우 목숨만 건져 달아났다더라.

　강호에 그런 말들이 빠르게 퍼져 나갔다.

　장팔봉을 모르는 사람들은 그가 마요선고 설여상을 불구로 만들었다는 말에 고개를 갸웃거렸고, 그를 아는 사람들은 그가 기련산에서 죽지 않고 돌아온 건 물론, 봉명삼절도법을 대성했다는 데에 적지 않은 충격을 받았다.

　─조만간 패천마련에서 움직일 것이다.

　강호에 또 하나의 소문이 퍼졌다.

　그동안 거대한 바위 봉우리처럼 꿈쩍하지 않고 오연하게 버티고 있던 패천마련에서 움직이기 시작하리라는 건 이제 기정사실처럼 되었다.

　그건 강호에 커다란 두려움을 가져다주었다. 게다가 그들이 본격적으로 강호에 나오기 전에 먼저 들려온 거령신마 무극전의 포효 때문에 더욱 그렇다.

　─누구든지 장팔봉을 도와주거나 그에게 협조하는 자는 곧 패천마련에 반기를 든 것으로 간주하고 엄중히 문책할 것이다.

　무극전의 그 말은 곧 장팔봉을 무림공적으로 삼는다는 것과 다르지 않았다. 그가 이 시대의 강호를 지배하는 절대자이니 그렇다.

　그의 말에 따르지 않는 자나 방회, 문파는 패천마련에 의해 멸망하게 될 것이다.

　강호가 숨을 죽였다. 납작 엎드려서 패천마련과 련주인 무극전의 눈치를 볼 뿐, 누구도 이 일에 끼어들 생각을 하지 못했다.

무극전의 그 선포는 구천상단의 운영에도 적지 않은 영향을 미쳤다.

아니, 구천상단은 개점휴업 상태에 들어간 것이나 다름없었다. 아무도 구천상단을 이용하려 들지 않았기 때문이다.

그러니 중원의 물류 유통이 꽉 막혀 버렸다. 물자와 산물의 흐름이 통제를 잃고 제멋대로 움직이니 어떤 곳에서는 두어 달이 지나도록 생필품조차 구할 수 없었다.

어떤 곳에서는 식자재가 산처럼 쌓여서 그대로 썩어가기도 하니 일반 백성들의 원성이 날로 높아졌다.

그건 무역으로 생업을 삼고 있는 중원의 대상들도 다르지 않았다.

그들은 구천상단이라는 조직이 압박을 받자 당장 서역과의 교역에 막대한 타격을 입었던 것이다.

그러니 백성과 상인들의 원성이 하늘을 찌를 수밖에 없었다. 그들이 황제에게 이와 같은 부당함을 상소한다는 말까지 공공연히 나돌았다.

패천마련으로서는 짐이 되지 않을 수 없는 일이다.

그래서 무극전은 다시 천하무림에 공포했다.

─구천상단은 별개로 친다. 상업과 강호의 일은 분리하여 처리한다.

그 말은 백성과 상인들에게 숨통을 터주었다.

구천상단은 인정하되, 그곳의 총단주인 장팔봉은 인정하지 않겠다는 이율배반의 선포이지만 패천마련으로서는 어쩔 수 없었던 것이다.

백성들의 원성을 사면서까지 독패한다면 결국 이 넓은 천하에서 발 디딜 곳이 없게 되리라는 걸 무극전은 잘 알고 있었다.

그래서 구천상단은 예전과 같은 활기를 되찾고 여전히 부의 정점에 군림했다. 그러나 장팔봉과 그를 따르는 몇몇 고수들은 그렇지 못했다. 그들은 강호의 인물이자 패천마련에 반항하는 적대 세력으로 간주되었던 것이다.

목숨을 걱정하고 처지를 원망할 만도 하건만 성도의 대장원 구천상가는 평온하기만 했다. 패천마련의 공포와는 아무 상관도 없는 별도의 세상 같다.

세상이 그렇게 어수선할 때, 장팔봉은 구천상가를 떠나 섬서와 하남의 경계에 있는 설화산 기슭의 고가촌에 와 있었다. 제 사문인 삼절문으로 다시 돌아온 것이다.

그곳은 고가촌에서도 뚝 떨어진 산기슭에 숨듯이 자리 잡고 있는 곳이다.

삼절문이 봉문하다시피 한 이후로 인적이 없어 늘 조용한 절간 같던 그곳이 많은 사람들로 북적이고 있었다.

장팔봉의 정체가 온 천하에 알려졌듯이 이제는 삼절문에 인연을 두고 있는 자들 모두에게도 알려져 있었다.

그들 중 장팔봉의 귀환을 가장 먼저 알고 있었던 구천수라신교의 장로들조차 그가 풍화곡에서 신교의 비전을 모두 물려받았다는 건 그동안 알지 못하고 있었다.

그러므로 새롭게 밝혀진 사실에 놀라는 한편, 기쁨으로 들떠서 어쩔 줄 모르고 좋아했다.

장팔봉이 구천수라신교 최고의 비전이자 경전인 수라신경마저 얻었다는 데에는 다들 입을 딱 벌릴 따름이다.

드디어 장팔봉의 대에서 구천수라신교의 부활이 이루어지게 되었다며 좋아한다. 눈물을 흘리며 기뻐한다.

"어디, 어디, 그걸 좀 보자."

사부인 왕 노인이 짓무른 눈에 가득 고인 눈물을 찍어내며 재촉했다.

그를 둘러싸고 있는 만고사의 만성 노스님과 도사 건풍, 그리고 당가휘 등도 잔뜩 기대한 얼굴로 장팔봉을 바라본다.

꿀꺽, 하고 마른침 삼키는 소리가 우렛소리처럼 들렸다.

그들을 멀뚱하게 바라보던 장팔봉이 고개를 가로저었다.

"없는데요?"

"엥? 없어?"

"진본을 가져본들 까막눈인 저에게 무슨 소용이겠습니까?"

"그래서? 버렸어?"

"누굴 줘버렸지요."

"뭣이라?"

당장 왕 노인의 안색이 새파랗게 질렸고, 다른 세 명의 장로도 사색이 되어서 장팔봉을 노려본다.

"에라, 이 싸가지없는 놈 같으니! 그게 어떤 물건인 줄 뻔히 알면서 그래 누굴 줘버렸어? 저리 비켜! 내가 오늘 저놈을 기어이 때려 죽여 버리고 말 테다!"

멍하니 장팔봉의 얼굴만 바라보던 왕 노인이 기어이 울화통을 터뜨렸다. 옷소매를 둘둘 말아 올려 앙상한 팔뚝을 드러내며 악을 쓴다.

아무도 그를 가로막지 않았다. 즉각 비켜준다. 그래서 장팔봉의 멱살은 왕 노인의 것이 되었다.

퍽! 퍽! 퍽!

노인의 깡마르고 힘없는 주먹질이 장팔봉의 볼퉁이며 이마며 가슴을 두드려 댔다.

장팔봉은 저에게 매달리다시피 한 사부를 그저 멀뚱히 바라볼 뿐이다.

가슴이 아팠다.

사부의 주먹에 맞아서가 아니라, 그것에 실려 있는 힘이 너무 보잘것없었기 때문이다.

제가 어렸을 때는 사부의 주먹과 회초리가 그렇게 무서웠지 않던가. 한 대 맞으면 당장 머리통에 주먹만 한 혹이 부풀어 올랐고, 종아리에 핏줄이 생겼다.

그런데 지금 이렇게 잔뜩 화가 나서 노성을 지르며 때려대는 사부의 주먹질에는 그때의 그런 힘이 없었다. 하나도 아프지 않다.

어느새 사부가 이처럼 늙은 노인이 되었으니 살날도 얼마 남지 않았다는 사실을 새삼 깨닫고 가슴이 그 어느 때보다 아파온다.

"사부님."

장팔봉이 제 가슴에 매달려 있는 사부를 와락 끌어안았다. 품에 가두고 눈물을 흘린다.

"놔라, 이 못된 놈! 이 죽일 놈!"

사부 왕 노인이 몸부림을 치지만 장팔봉의 억센 팔에서 빠져나올 수가 없다.

"사부님, 이렇게 연로하시도록 사부님 혼자 팽개쳐 두고 곁에서 한번 제대로 모시지도 못했으니 이 불효를, 불효를⋯⋯."

"상관없다, 이놈아! 너는 우리 구천수라신교의 역적 같은 놈이야! 수라신경을 남에게 냉큼 줘버려? 에라, 이 쳐 죽여도 시원찮을 놈아! 못 놓냐? 숨 막힌다."

"누구에게 주었는지 물어보셔야지요. 그래야 가서 도로 빼앗아오기라도 할 것 아닙니까?"

"그래, 누구에게 주었는데?"

"백 사고요."

"엥?"

장팔봉의 말에 다들 입을 딱 벌렸다. 어이없어서 할 말을 잃은 얼굴들이다.

왕 노인이 주먹질을 멈추고 확인하듯 물었다.

"그러니까 정말 백무향, 그 요망한 것에게 주었단 말이지?"

"그렇다니까요. 저한테는 아무짝에도 쓸모없는 거잖아요. 하지만 그 내용은 여기 그대로 다 새겨져 있으니 걱정 마세요."

장팔봉이 제 머리통을 툭툭 쳐 보이며 하는 말에 비로소 모두 안도의 한숨을 쉬었다.

사부 왕 노인이 고개를 갸웃거렸다.

"어떻게? 네놈은 제 이름 석 자 외에는 하늘 천 자도 읽을 줄 모르는 무식한 놈인데?"

"백 사고가 읽어주고 해석까지 해주었지요."

"응, 그랬구나."

진작 말하지 그랬냐는 듯 눈을 흘기고 슬그머니 물러선다.

*   *   *

구천수라신교가 다시 나타났다.

새롭게 교를 세웠으니 제이의 창교(創敎)라고 해야 할 것이다.

그 출발지는 바로 삼절문이었다.

그곳에 제일장로인 왕 노인이 있고, 아직 살아 있는 다른 세 명의 장로가 있다. 그리고 그곳이 바로 구천수라신교의 모든 걸 물려받은 장팔봉의 사문이기도 하지 않은가. 그러니 그곳에 신교의 깃발이 다시 나부끼는 게 당연하리라.

장팔봉은 제가 이 모든 일에 휘말린 원인이자 동기이기도 한 그곳에서 구천수라신교를 열었다.

그리고 모든 걸 정리하고 봉명도를 되찾아온 다음에는 사천의 구천상가로 옮겨가 그곳에 총교당을 둘 작정이었다. 그때까지는 삼절문이 임시 총교당 역할을 하기에 가장 적합하다고 생각했다.

그런 장팔봉의 생각에 누구도 토를 달지 않았으므로 그렇게 결정이 되었다.

한때 세상을 두렵게 하기도 했고, 세상의 모든 관심이 집중되기도 했던 구천수라신교가 모습을 감춘 지도 어언 오십여 년이 되었다.

세간의 관심조차도 이제는 사라져 누구도 신경 쓰지 않는 존재, 그것이 지금의 구천수라신교의 모습이었다.

그래서 삼절문의 현판을 내리고 구천수라신교의 현판을 거는 날, 그곳에 참석한 사람들은 네 명의 장로와 장팔봉과 당가휘의 수하들뿐이었다.

하지만 그들에게 그날은 영원히 잊지 못할 뜻 깊은 날이 틀림없었다. 비록 초라한 창교식이지만 어쨌든 구천수라신교의 맥이 다시 이어지게 되었기 때문이다.

교주를 누구로 모시느냐 하는 문제를 두고 논쟁이 있었고, 결국 구천수라신경을 가지고 있는 백무향을 교주로 삼아야 한다는 장팔봉과 왕 노인의 의견이 관철되었다.

처음에는 다들 수석 장로인 왕 노인을 교주로 삼아 새 출발을 하자고 했으나 왕 노인이 한사코 거절한 결과이기도 하다.

그는, 자신은 처음부터 수석 장로였고 앞으로도 영원히 그럴 것이라는 말로 완고한 고집을 꺾지 않았던 것이다.

그다음으로 거론된 사람이 장팔봉이었다. 그가 구천수라신교의 비전을 물려받은데다가 수라신경의 경문까지 모두 머릿속에 담아두고 있으니 적임자라는 게 이유였다.

장팔봉이 펄쩍 뛰었다.

그랬다가는 구천수라신교고 뭐고 다 때려치우고 달아나서 영영 돌아오지 않겠노라고 협박을 하는 데에는 당할 자가 없었다. 그래서 그도 교주 후보에서 뺐다.

장팔봉에게 있어 교주가 된다는 건 끔찍한 일이었다.

황제를 시켜준다고 해도 끔찍하기는 마찬가지였을 것이다. 왜 이 자유로운 몸을 틀에 가두고 살 것인가.

그래서 장로들은 백무향을 교주로 추대하기로 결정했는데, 문제는 그녀가 지금 이곳에 없다는 것이었다. 또 그녀의 의견을 듣지도 못했다.

막무가내로 결정해 버렸으니 나중에라도 그녀가 싫다고 뻗대면 곤란한 일이었다.

거기에 대해서는 장팔봉이 책임을 지겠노라고 자신했다. 자칫 저에게 돌아올지도 모르는 짐을 누군가에게 떠넘겨야 하는데, 이곳에 없는 백무향이야말로 제격이 아닌가 하는 그의 생각까지는 아무도 알 수 없는 일이었다.

그렇게 해서 교주가 없는 창교식이 조촐하게 끝났다.

선조들에게 제이의 창교를 고하고, 하늘과 땅의 가호를 빌며 구천수라신교의 밝은 뜻을 세상에 널리 전파하는 데에 전력을 다하겠다는 맹세를 한 것이다.

그런 모든 절차를 마치는 데 한 시진도 채 걸리지 않았으니 참으로 초라하고 볼품없는 창교식이었다.

그러나 삼절문의 대문에 당당하게 걸린 구천수라신교의 현판을 보는 사람들의 감회는 남달랐다. 왕 노인과 세 명의 장로는 흐르는 눈물을 주체하지 못할 정도로 감격했고, 장팔봉은 엄숙한 중에 막중한 책임감을 느끼기도 했다.

"무엇보다 패천마련의 지하 뇌옥 안에 갇혀 있는 그들 다섯 괴물을 빨리 데려와야 해. 그래야 신교가 비로소 본래의 위엄을 되찾게 될 것이야."

사부의 말에 장팔봉은 그 일을 할 사람은 바로 자기뿐이라는 걸 느꼈다.

그들 다섯 노사부가 장로로 복귀한다면 그때에는 세상 누구도 구천수라신교를 우습게 여기지 못할 것 아닌가.

당가휘는 모든 게 안정되면 제 사부인 능파경의 뒤를 이어 풍화곡을 지키는 호법사자가 되겠노라고 자청했다.

한번 풍화곡에 들어가면 다시는 세상에 나올 수 없다는 걸 알면서도 그 길을 택한 건 그곳에서 좌화한 사부에 대한 그리움과 구천수라신교에 대한 충정 때문이었다.

당가휘가 그 말을 했을 때 다들 그래서 숙연해졌다.

*　　　*　　　*

"너 혼자의 힘으로는 불가능해."

"그럼 어쩌라고?"

"그게……."

"관병이라도 동원하리? 황제에게 뇌물을 잔뜩 먹여서?"

"말이 되는 소리를 해라."

"그러니까 대책이 없는 거잖아. 결국 나 혼자서 할 수밖에."

"끄응─"

장팔봉의 고집에 당가휘가 한숨을 내쉬었다.

하지만 그로서도 뾰족한 대책이 있을 리 없었다.

패천마련은 현재 강호를 지배하고 있는 거대한 세력이었다. 누구도 부정하지 못한다. 거대하고 유일한 세력인 것이다.

구파일방마저 꼼짝하지 못하게 억누르고 있는 그들의 막강한 위세 앞에서 장팔봉 한 사람은 그야말로 티끌 같은 존재처럼 여겨질 수밖에 없다.

그런데 그 티끌 같은 존재가 저 혼자의 힘으로 패천마련을 박살 내겠노라고 이렇게 고집을 부려대고 있으니 한숨만 나온다.

"이럴 때 백도의 무리가 호응해 준다면 일이 훨씬 쉬워지련만……."

당가휘의 그런 아쉬움은 누구에게나 마찬가지였다.

그러나 백도는 패천마련과 거령신마 무극전의 위세에 눌려 꼼짝도 하지 못하고 있는 게 현실이었다. 그것을 깨뜨릴 수가 없다.

"내가 해."

장팔봉이 주먹을 불끈 쥐고 일어섰다.

"숨겨놓은 대책이라도 있는 거냐?"

그럴 리가 없다는 걸 다 안다는 듯한 당가휘의 얼굴을 물끄러미 바라보던 장팔봉이 씩 웃었다.

"없어."

"하—"

"내가 언제 대책 세워놓고 뭘 하디? 무계획이야말로 가장 훌륭한 계획이고, 무대책이야말로 가장 뛰어난 대책이라는 게 변함없는 내 신념이다."

"파하—"

"임기응변, 임시변통. 궁하면 통한다. 그것보다 확실한 게 어디 있어? 안 그래?"

"끄응—"

당가휘의 한숨에 지붕이 내려앉을 것 같다.

"본 교의 총교당을 잘 지키고 있어라. 다녀오마."

장팔봉이 두 팔을 활개 치며 씩씩하게 사문을 떠났다. 올 때 혼자 왔듯이 갈 때도 그렇게 혼자서 간다.

그런 장팔봉을 바라보는 사부 왕 노인과 당가휘는 기가 막혀 아무 말도 하지 못했다.

　장팔봉이 고가촌을 벗어날 때쯤이었다.

　저쪽 우물가에 쪼그리고 앉아 아낙네들과 시시덕거리던 한
사람이 슬그머니 일어섰다. 목랍길이다.

　그가 곁에 따라붙자 장팔봉이 매섭게 흘겨본다.

　"왜 왔어?"

　"반갑지 않습니까?"

　"전혀."

　"얼굴은 그렇지 않은뎁쇼? 무언가 시킬 일이 있었던 것 아
닙니까?"

　"썩을 놈."

　흘겨보는 장팔봉의 눈에 웃음이 가득하다.

　사실 그는 제일 먼저 목랍길을 찾을 작정이었다. 그런데 그
가 미리 알고 이렇게 찾아와서 기다리고 있었으니 기특하기만
하다.

　'이놈은 정말 여우 같단 말이야. 내 속을 훤히 들여다보고
있잖아?'

　속으로는 그런 목랍길이 반갑기 짝이 없지만 겉으로는 여전
히 무덤덤하기만 하다. 그렇게 삼문협 아래쪽의 황하를 건너
대우진으로 나왔다.

　거기 있는 만인객잔에 들 때까지도 장팔봉은 아무 말도 하
지 않았고, 목랍길 또한 말없이 일정한 거리를 둔 채 뒤따를 뿐

이었다.

두 사람은 마치 서로 제각각의 길을 가는 낯선 사람들인 것 같았다.

만인객잔에 들어서자 제일 먼저 회계대에 앉아 있던 장궤가 장팔봉을 반겼다.

다시 객잔으로 돌아와 천연덕스럽게 주인 노릇을 하고 있는 서문한이었다.

"대협, 기다리고 있었습니다."

"이층으로 올라와."

장팔봉이 던지듯 말하고 이층으로 향했다. 황대려 또한 점소이의 신분으로 돌아와 시치미 뚝 떼고 있었는데, 이층을 바쁘게 정리하다가 그리로 올라오는 장팔봉을 알아보고 즉시 달려와 머리를 조아렸다.

"장 대협을 뵙습니다."

그 대협이라는 말이 영 귀에 거슬렸지만 장팔봉은 지금 거기에까지 신경을 쓸 마음의 여유가 없었다.

황대려가 즉시 그를 별실로 안내한다.

잠시 후 두 사람이 슬며시 그곳으로 들어섰다. 대우진에서 기다리고 있던 백목위리와 나가철기다. 뒤이어 목랍길과 서문한이 들어왔고, 황대려가 들어왔다.

별실에 들어온 즉시 서문한과 황대려의 모습이 변했다. 회계대에 무료하게 앉아 있던 구부정한 뚱보 주인이 아니고, 늘 헤프게 웃으며 손님들의 탁자나 치우던 점소이 황대려가 아닌 것 같다.

허리를 쭉 펴고 입을 꾹 다문 그들의 눈빛이 정광을 가득 담고 번쩍였다. 누구도 무시할 수 없는 고수의 당당한 풍모를 되찾은 것이다.

그들이 모두 자리를 잡고 앉아 장팔봉의 말을 기다린다. 장팔봉은 입을 꾹 다문 채 지그시 눈마저 감고 있었다.

서문한이 조심스럽게 물었다.

"누구 또 올 사람이 있습니까?"

대답은 목랍길이 했다.

"조금만 기다려 보면 알 겁니다."

그리고 일각쯤 지났을까, 과연 두 사람이 더 찾아왔다.

일남일녀였는데, 서문한과 황대려는 그들이 처음 보는 사람들이라 어리둥절했다.

서안에 있어야 할 흑련귀 고흑성과 성도에 있어야 할 찰리가화였던 것이다.

목랍길이 서둘러 그들과 서문한 등을 인사시키고 나자 장팔봉이 비로소 모두를 둘러보며 입을 열었다.

"이제부터 모두 여기 서 형의 지시에 따르도록 하시오."

그 말에 서문한이 벌떡 일어나 홰홰 손사래를 쳤다. 정색을 하고 말한다.

"당치도 않으신 말씀입니다. 제가 어찌 흑련귀 고 형에게 이래라저래라 할 수 있단 말입니까?"

그도 서안의 흑련귀 고흑성이 흑도의 절정고수라는 말을 익히 들어 알고 있었던 것이다. 찰리가화는 모르지만 고흑성이라면 껄끄럽기 짝이 없는 인물이다.

그런 서문한의 마음을 안다는 듯 고흑성이 빙긋 웃었다.

"소생도 주공으로부터 서 형제의 말을 많이 들었소이다. 서 형제의 무공이 뛰어나 천검보의 공자인 옥기린 곽서언의 간담을 서늘하게 했다는 말을 들었지요."

서문한이 낯을 붉혔다.

"그 일은 그저 객기였을 뿐입니다. 부끄럽군요."

"그렇지 않소. 과연 강호에 혼자서 천검보의 검사들 속으로 뛰어들어 가 곽서언을 놀라게 하고 유유히 빠져나올 수 있는 사람이 몇이나 되겠소?"

서문한이 두툼한 목까지 붉힌 채 어쩔 줄 몰라 하자 성큼 다가간 고흑성이 그의 손을 잡았다.

"주공으로부터 그 말을 들었을 때 반드시 한 번 서 형제를 만나봐야겠다고 결심했다오. 이렇게 소원이 이루어졌으니 기쁘기 짝이 없소이다."

"이런, 이런 과찬을…… 감당할 수 없소이다."

서문한의 얼굴이 더욱 붉어진다.

장팔봉이 흐뭇한 눈길로 그들을 바라보다가 다시 말했다.

"이곳의 지리는 서 형만큼 잘 아는 사람이 없지. 그러니 역시 모두는 서 형의 지시를 따라 움직이는 게 좋을 것이야."

그 말이 끝나기가 무섭게 찰리가화가 발딱 일어섰다. 서문한을 향해 포권하고 활짝 웃으며 말한다.

"멀리 청해에서 온 찰리가화라고 해요. 서 대협의 지도를 잘 부탁드리겠어요."

"응?"

그녀의 돌변한 태도에 정작 서문한보다 장팔봉이 더 놀라 눈을 크게 떴다. 도도하고 오만한 그녀의 원래 성품대로라면 콧방귀를 뀌며 서문한을 무시했어야 옳았기 때문이다.

찰리가화가 생글생글 웃었다.

"패천마련의 마졸들을 잡는 일인데 당연히 모두의 힘을 모아야 할 것이고, 그러기 위해서는 통솔자가 있어야 할 것 아니겠어요? 이곳에서는 서 대협보다 나은 사람이 없을 테니 잘된 일이예요. 무슨 일이든 명령만 하세요. 저와 제 수하들은 목숨을 아끼지 않을 테니까요."

그녀는 성도의 구천상가에 머물고 있던 서른 명의 청년 고수를 모두 이끌고 왔던 것이다.

서문한이 비로소 정색을 하고 위엄을 갖추어 말했다.

"그렇게 말씀하신다니 소생이 중책을 맡겠습니다. 여러 대협들이 도와주시니 패천마련의 마졸들은 한 놈도 이 대우진을 지나가지 못할 것입니다. 신명을 바쳐 그 일을 하도록 하겠습니다."

장팔봉이 그들을 이곳에 모이도록 한 건 머지않아 있을 싸움을 준비하기 위해서였다.

조만간 설화산 기슭의 고가촌 밖, 삼절문에서 구천수라신교가 부활했다는 소식이 패천마련에 전해질 것이다. 그러면 련주인 무극전이 마졸들을 보내서 구천수라신교를 짓밟으려고 할 게 뻔하지 않은가.

대우진은 삼절문으로 가기 위해 반드시 지나야 하는 관문 같은 곳이었다. 그러니 이곳을 철통같이 지켜야 하는데, 그 일을 믿고 맡기기에는 역시 서문한만 한 자가 없었다.

흡족한 얼굴을 한 장팔봉이 서문한에게 넌지시 물었다.

"서 형은 이미 마음속에 계획을 세워두고 있는 것 같군요?"

서문한이 포권하고 공손하게 대답한다.

"찰리 아가씨의 수하 고수들과 이곳에 있는 저의 수하들을 합치면 오십여 명이 됩니다. 그 숫자면 충분하다고 생각합니다."

"그들은 수백 명이 몰려올지도 모르는데… 어쩌면 마계오천의 천주 중 한 명이 직접 나설지도 모르지 않소?"

"상관없습니다."

서문한이 빙긋 웃었다. 자신감이 넘쳐나고 있다.

"그들이 두 발로 땅을 딛고 있을 때는 당할 수 없을지 몰라도 저 급한 황하의 물줄기 위에서도 과연 그럴지는 알 수 없지 않습니까?"

"하하하, 이제 보니 서 형은 마졸들을 모조리 수장시킬 작정이로군?"

"장 대협에게 달리 좋으신 생각이 있다면 그걸 따르도록 하겠습니다."

"없소, 없어. 내 생각에도 서 형의 그 계획보다 좋은 건 없을 것 같군요."

비록 삼문협의 급류에 비할 바는 못 되지만, 대우진 앞의 강물도 급하고 빠르며 물길이 험했다. 게다가 삼문협과는 비교할 수 없이 강폭이 넓다.

패천마련의 마졸들 중 과연 몇 명이나 그런 물길에 익숙할지는 알 수 없으나, 물에 빠진다면 그 도도하고 급한 탁류 속에서 열에 아홉은 목숨을 잃고 말 것이다.

장팔봉은 강을 건너는 그들을 공격한다는 서문한의 계획이 반드시 성공할 것이라고 믿어 의심치 않았다.

적은 수로 큰 효과를 거둘 게 확실한 것이다.

第九章

나 홀로 길을 간다

鳳鳴刀
봉명도

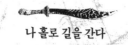

나 홀로 길을 간다

"차라리 제가 따라가겠어요. 그래야 마음이 놓일 거예요."

찰리가화의 그 커다란 눈에 눈물이 가득하다.

장팔봉이 그런 그녀를 물끄러미 바라보다가 혀를 찼다.

찰리가화의 변한 모습이 의외이기는 하지만 아직 경계하는 마음이 다 사라지지 않은 것이다.

"몰라서 하는 소리냐? 내가 있어봐야 오히려 짐이 될 뿐이야. 그냥 여기서 푹 쉬고 있어라. 그게 나를 도와주는 거니까."

화가 날 만큼 서운하고 야박한 말이다. 평소의 찰리가화라면 그 말에 길길이 날뛰며 너 죽고 나 죽자고 달려들어야 옳다. 하지만 목랍길에게서 남녀 간의 사랑에 대해 한 수 배우고 난 뒤로 그녀는 확실히 달라져 있었다.

찰리가화가 제 서운함은 감춘 채 야속하고 슬프다는 얼굴로 장팔봉을 바라보았다. 그 모습이 애처롭기 짝이 없는 것이어서 장팔봉은 내심 당황하고 있었다.

"뭐야, 이러지 마라. 무섭다."

늘 윽박지르고 무시하기만 하던 그가 이제는 정말 무섭다는 듯이 주춤거리며 물러선다.

찰리가화가 옷소매를 들어 눈물을 찍어내며 처연하게 말했다.

"오라버니 혼자서 대신의가산으로 가는 길은 분명 도산검림(刀山劍林)일 거예요. 만약에, 만약에……."

"만약에 뭐?"

"그럴 리는 없겠지만, 만약에……."

"그러니까 뭐?"

"안 좋은 일이라도 생기면 저는, 저는……."

"내가 죽기라도 할 거란 말이냐?"

"흑—"

찰리가화가 두 손으로 얼굴을 감싸고 기어이 울음을 터뜨린다.

그런 그녀를 지그시 째려보는 장팔봉이 속으로 중얼거렸다.

'여우 같은 년. 그런다고 내가 홀릴 줄 아니? 네가 아무리 그럴듯하게 연극을 해도 네 속을 훤히 들여다보고 있다, 이것아. 그러니 제발 정신 좀 차려라.'

하지만 상상도 하지 못했던 찰리가화의 그런 모습에 적잖이 당황한 건 사실이었다. 대체 저 야생마 같고 신경질 난 고양이 같던 아가씨가 왜 갑자기 저렇게 돌변한 건지 어리둥절하기만 하다.

찰리가화가 남자에 대해서 숙맥이듯이 장팔봉 또한 여자에 대해서는 벽창호나 마찬가지였다. 그걸 감추기 위해서 여자라면 신물이 난다는 것처럼 굴 뿐이다.

그런 장팔봉도 이제는 찰리가화의 마음이 어떤 건지 어렴풋이나마 알 수 있게 되었다.

그녀가 드러내 놓고 멸시할 때는 오기가 생겨서 함부로 대했고, 노골적으로 좋은 기색을 드러내며 따라다닐 때는 귀찮아서 달아나기만 했다.

그러나 이렇게 한없이 약한 모습을 보이고 은근한 정을 내비치자 어떻게 반응해야 하는 건지 알 수 없어서 당황한다.

'제기랄, 여자란 정말 가까이하지 말아야 할 요상한 동물이다. 늘 나를 헷갈리게만 해. 그리고 결국에는 내 여린 가슴에 상처를 줄 뿐이니 아예 처음부터 무시하고 사는 게 속 편한 거야.'

그런 생각을 하지만 눈길은 자꾸만 찰리가화에게로 갔다. 다가가서 어깨라도 보듬고 다독이며 위로해 주고 싶은 마음이 굴뚝같았다. 그러나 차마 발이 떨어지지 않는다.

"커흠!"

요란하게 헛기침을 한 장팔봉이 한껏 의젓한 태를 내며 말했다.

"내가 누구냐? 지옥에서도 살아 나오고, 그 무서운 풍화곡에서도 유일하게 살아 나온 사람이다. 패천마련 따위가 나를 어쩔 수 있겠어? 걱정 말고 대우진이나 잘 지켜라. 만약 마졸 중 한 놈이라도 삼절문, 아니지, 수라신교의 총교당에 난입하는 놈이 생긴다면 그때는 제일 먼저 너에게 죄를 물을 테다."

"너무하세요."

"뭐가?"

"몰라욧!"

언제 그토록 처연한 모습을 보였느냐는 듯 찰리가화가 고개를 발딱 들고 노려본다.

"흥!"

그러더니 쌀쌀맞은 코웃음과 함께 싹 돌아서는 것이 아닌가.

그녀의 그런 돌변한 모습에 장팔봉은 다시 어리둥절해지고 말았다.

'대체 어떤 게 이 까다로운 아가씨의 본래 모습이란 말이냐? 이제는 알 수가 없구나.'

한숨이 절로 나올 뿐이다.

머리를 설레설레 흔들며 멀어지는 장팔봉의 모습을 찰리가화는 소나무 뒤에 숨어서 바라보고 있었다.

"바보, 멍청이. 가다가 콱 넘어져 코나 깨먹어라. 흥! 나중에 반드시 나에게 울며불며 매달릴 날이 오고야 말걸? 흥! 그때는 내가 오늘처럼 제대로 무안을 주고야 말 테다. 복수할 거야!"

입술을 잘근잘근 깨물며 온갖 원망과 푸념을 하지만 어느덧 그녀의 두 볼에는 눈물이 주르륵 흘러내리고 있었다.

"죽기만 해봐. 내가 가만 안 둘 거야."

"아가씨, 이제 그만 돌아가시지요."

저만큼 떨어진 곳에서 지켜보고 있던 백목위리와 나가철기가 다가와 부드럽게 말했다.

그들은 찰리가화의 이런 모습이 안쓰러웠고, 저렇게 뒤도 돌아보지 않고 멀어지는 장팔봉이 야속하기만 했다.

호위로 늘 데리고 다니던 자신들마저 한사코 떼어놓고 저렇게 홀로 떠나는 장팔봉의 마음을 잘 알기에 원망은 할 수 없지만 야속한 마음도 버릴 수가 없는 것이다.

나가철기가 다시 부드럽게 말했다.

"주공께서 우리마저 이곳에 떼어놓으신 건 그만큼 이곳을 지키는 일이 중요하기 때문 아니겠습니까? 아가씨에게도 그런 마음이실 것입니다."

"알아."

찰리가화가 쌀쌀맞게 쏘아댄다.

"하지만 얄미운 건 얄미운 거야."

그녀의 야무진 말에 나가철기가 입을 다물고 슬그머니 시선을 피했다.

"가자. 그가 돌아왔을 때 큰소리칠 수 있으려면 철저히 준비를 해놓고 있어야지. 여기서 이렇게 시간을 보낼 새가 어디 있어?"

언제 눈물을 뚝뚝 떨어뜨렸냐는 듯이 씩씩하게 떠나간다.

백목위리와 나가철기가 서로를 바라보고 빙긋 웃었다.

장팔봉을 생각하는 찰리가화의 마음이 저토록 깊고 크니 격정이 되기도 하면서 은근히 그들 두 사람에게 좋은 일이 생기기를 염원하게 된다.

그런 찰리가화의 마음을 알 리 없는 장팔봉은 저의 이 발길이 강호에 새로운 신화를 만들어가는 대단하고 의미있는 걸음이 되리라는 생각에 가슴이 벅차오르기만 했다.

*　　　*　　　*

장팔봉이 홀로 대신의가산의 패천마련 총단을 향해 떠났다는 소문이 강호를 들썩이게 했다.

암중에서 숨을 죽이고 있는 백도의 제 문파와 방회, 고수들의 이목이 온통 장팔봉의 행보에 집중된다.

그들은 장팔봉의 그와 같이 무모한 짓이 안타까워 혀를 차면서 한편으로는 과연 그가 패천마련을 얼마나 흔들어줄지 궁금해서 한시도 눈과 귀를 떼지 못하는 것이다.

사람들의 그런 마음속에는 패천마련에 대한 미움과 증오가 깃들어 있었다.

그들이 흔들리는 기색이 보이기를 잔뜩 기대하고 있는 것이다.

그러므로 장팔봉은 비록 혼자서 터벅터벅 걸어가고 있지만 혼자가 아니었다. 백도의 그 많은 눈과 기대를 한 몸에 받고 있기 때문이다.

장팔봉이 당가휘에게 무대책이야말로 제일 좋은 대책이라고 큰소리쳤던 데에는 사실 그와 같은 내심이 숨겨져 있었다.

그는 제가 다만 이 싸움의 선봉에 나섰을 뿐이라는 걸 잘 알고 있었다.

실은 무림맹과 패천마련이 천하무림의 패권을 두고 싸우던 바로 그 정사대전이 또다시 시작되는 것과 다름없다고 여긴다.

장팔봉은 그러므로 저의 역할이 더욱 중요하다는 걸 절감했다.

만약 맥없이 죽어버린다면 백도는 더욱 위축되어 영영 부활하지 못할지도 모른다.

그러나 첫 싸움에서 보기 좋게 승리한다면 백도의 사기가 한껏 살아날 것이다.

그러면 그들은 용기를 내어 과감하게 어둠을 박차고 뛰어나올 게 틀림없다.

사기가 되살아난 백도의 연합 세력은 노도처럼 패천마련을 몰아붙일 것이고, 그러면 승리의 기회가 활짝 열리리라.

장팔봉은 제가 해야 하는 일이 바로 그것이라는 걸 잘 알고 있었다.

위축되어 숨어 있는 백도의 제 문파와 방회, 고수들에게 전의를 일깨워 주는 것이다.

그러기 위해서는 역시 첫 싸움이 중요하다는 걸 거듭 자기 자신에게 주지시킨다.

그것에서 통쾌하게 승리하거나 아니면 장렬하게 죽어야 하는 것이다.

선봉의 역할이라는 게 바로 그것 아니던가.

그리고 장팔봉이 긴장과 흥분 속에서 비장한 마음까지 간직하고 기다리던 그 첫 싸움의 조짐이 구체적으로 드러나기 시작했다.

"놈."

이를 갈며 저 먼 산봉우리들을 노려보고 있는 흑의노인.

등 뒤로 가라앉고 있는 석양의 노을빛을 받아 장엄하게 빛나는 기상을 드러내고 있는 검은 수염의 노인이었다.

사천과 섬서, 감숙의 패권을 쥐고 있는 마검천주 구숙종이다.

혈안검마라는 외호처럼 그의 얼굴과 살빛은 붉은 기운을 띠고 있었다. 노을에 물든 것 같아 보인다.

노인임에도 불구하고 검은 머리카락과 검은 수염은 붉은 얼굴과 함께 그를 한창때의 장정으로 보이게 했다.

활기가 넘쳐 나는 만큼 불같은 성격을 가지고 있기도 한 이 시대의 다섯 초인 중 한 명이 이렇게 나와 있는 것이다.

마계오천 중 마검천은 마환천과 함께 실질적으로 패천마련의 힘을 상징하는 집단이었다. 가장 강력한 무력을 지닌 집단인 것이다.

그 마검천주 혈안검마 구숙종이 장팔봉을 상대하기 위해 이처럼 몸소 나섰다는 건 누구라도 쉽게 믿지 못할 일이었다.

그가 일천여 명에 이르는 정예 고수들을 거느린 채 진 치고 있는 곳은 여량산 기슭이었다.

성도에서 호북의 대신의가산에 이르는 길목이기도 하다.

여량산은 대파산맥(大巴山脈)의 칠십 개 주봉 중 하나인 여량봉을 가지고 있는 산이었다.

대파산의 주맥에서 남쪽으로 갈라져 나온 지맥이기도 하다.

그러므로 성도에서 호북에 곧장 이르려면 대파산맥과 여량산이 갈라지는 곳을 지나지 않을 수 없다.

그곳은 깊은 협곡과 험한 능선, 높은 봉우리들로 하늘이 가려진 천험의 요새 같은 곳이었다.

그리로 한줄기 위태로운 길이 나 있는데, 말도 낙타도 넘기 힘든 고생길이다.

그래서 사람들은 그 길을 검각을 넘는 촉도(蜀道)와 함께 천하의 이대험로(二代險路)라고 했다.

하늘을 보며 부르짖어 원망하고 끊어진 땅에서 울음을 터뜨린다는, '망천호원(望天號怨) 절지규곡(絶地叫哭)'이라는 말이 괜히 생겨난 게 아니다.

그 길을 지금 장팔봉이 터덜터덜 걸어오고 있는 중이었다.

차가운 바람이 사납게 몰아치고 있는 여량봉 꼭대기에서 구숙종은 어둠에 잠겨가는 저 아래의 수많은 봉우리들을 노려보고 있었다.

지금 장팔봉이 그 봉우리들 사이 어디엔가에서 이 밤을 맞을 준비를 하고 있을 것이다.

"놈."

그 생각만 해도 이가 갈리는 구숙종이었다.

젊었을 때부터 은근히 마음에 담아두고 있던 마요선고 설여상이 한 팔을 잃은 채 겨우 목숨만 건져서 살아 돌아왔을 때, 구숙종은 제 혈육을 잃은 것처럼 광분했다.

"그놈은 반드시 내 손으로 갈가리 찢어 죽이고 말 테다!"

구숙종의 그런 노여움은 거령신마 무극전조차 말릴 수가 없었다.

출전을 허락하지 않으면 항명이라도 불사할 듯한 구숙종을 보면서 거령신마는 탄식했다.

서두르는 자에게 기회는 멀다는 걸 잘 알지만 어떤 말로도 구숙종을 달랠 수가 없었던 것이다.

그가 수하 고수들을 이끌고 대신의가산을 구르듯 달려 내려가고 나서야 무극전은 탄식과 함께 뒷일을 준비할 수밖에 없었다.

"이제는 당신밖에 믿을 사람이 없소."

거령신마 무극전의 말에 마환천주 도적성이 고개를 숙였다.

"심려 놓으소서. 그 아이는 결코 마검천을 넘지 못할 것입니다."

"그러길 바라오."

도적성은 그렇게 말하는 무극전의 얼굴에 언뜻 그늘이 드리우는 걸 보았다.

그런 일은 한 번도 없었기에 가슴이 철렁 내려앉는다.

언제나 무심하고, 그 무심함 속에 세상을 오시하는 자신감과 고독함이 깃들어 있던 거령신마 무극전이 아니던가.

그런 그의 얼굴에 드리운 그늘이 장팔봉 때문이라는 건 마환천주 도적성에게 적지 않게 충격적이었다.

'그놈이 어느새 이렇게까지 컸단 말인가? 허, 세월이 그 녀석에게는 약이었고, 우리 늙은 몇 명에게는 독이었던 게로구나.'

절로 그런 탄식을 하게 된다.

그건 도적성이 무극전의 내심을 알지 못하기에 하는 탄식이었다.

무극전은 장팔봉이 구천수라신교의 모든 것을 물려받았다는 소문이 거짓이기를 바라고 있었다.

만약 정말 그렇다면 이제는 누구도 장팔봉을 막을 수 없을 것이기 때문이다.

세상의 그 누구보다 구천수라신교의 힘을 잘 알고 있는 무극전이기에 그런 생각을 하게 되는 것이다.

무극전이 그런 수심에 잠겨 있을 때, 대신의가산을 내려온 구숙종은 밤낮을 가리지 않고 달려 이틀 만에 이곳 여량산에 이르렀다.

그리고 장팔봉이 다가오기를 기다리고 있다.

이제 날은 완전히 어두워져 다섯 걸음 앞이 보이지 않을 지경이 되었다.

여량봉 정상에는 여전히 날 선 바람이 몰아쳤고, 구숙종은 그 속에 옷자락을 펄럭이며 굳은 것처럼 서있었다.

'놈, 네 뼈를 갈아서 이곳에 뿌리고 말 테다.'

들창 밖의 숲이 어둠에 가려졌다.

아무것도 보이지 않는 그 어둠 속에서 밤부엉이가 운다.

여량봉을 지척에 둔 산 골짜기였다.

오가는 사냥꾼과 약초 채집꾼, 그리고 드물게 찾아오는 나그네를 상대하는 유일한 객잔이 거기 있었다.

낡은 나무집이고, 덧문을 밖으로 밀어 올려 작대기로 받쳐 놓는 들창을 가지고 있는 집이었다.

장팔봉은 날이 저물자 오늘 밤 이곳에서 묵어 갈 작정으로 들어왔다.

객잔은 텅 비어서 손님이라고는 오직 장팔봉 한 사람뿐이었다.

나이 든 주인 내외가 귀 떨어진 쟁반에 술과 몇 가지 안주를 가져다주고 안채로 들어가더니 다시는 나오지 않았다.

그 텅 빈 주청을 혼자 차지하고 앉아서 장팔봉은 멍하니 창밖을 바라보고 있었다.

이렇게 들창을 열고 고요한 숲의 적막과 거기 깃들어 있는 어둠을 보자 머릿속에 잊을 수 없는 한곳이 가득 떠올랐다.

풍우주가.

불귀림 깊은 곳, 귀택호 곁에 있던 그 낡고 고요하던 띠집을 잊을 수가 없다.

그리고 그곳을 떠올리면 한 사람의 얼굴이 덩달아 떠올랐다.

진소소. 그때는 말없는 벙어리 아가씨라고만 여겼던 그 순박하고 아름답던 소녀의 모습이 가슴 가득 들어찬다.

그러자 몇 사람의 얼굴이 뒤이어 떠올랐다.

그녀에게 손대면 죽이겠다고 위협하던 음울한 얼굴의 병서생 지마 종자허의 누렇게 뜬 얼굴이 가장 먼저 떠올랐고, 언제나 창가의 자리를 지키고 종일 말없이 앉아 있던 중년의 검사 청면검호 가중악의 푸른 얼굴이 떠오른다.

그리고 또 한 사람. 음모의 냄새를 감추고 있던 음침한 눈빛의 사내 불견자 풍곡양의 얼굴도 하나 가득 떠올랐다.

"모두 죽었지."

장팔봉이 한숨과 함께 음울하게 중얼거렸다.

그들은 모두 강호를 진동시킬 만한 절세적인 고수들이었으나 풍화곡 안에서 덧없이 죽었다.

그곳의 빙동과 증동에서 살아 나오지 못한 것이다.

오래전에 좌화한 교주 목극탑과 육수천이라고 알고 있었던 능파경이 그렇게 했다.

그들은 죽어서도 살아 있는 그 많은 고수들을 남김없이 죽였으니 과연 구천수라신교의 힘이 대단하다는 걸 새삼 느끼기도 한다.

얼마 전까지만 해도 그 풍우주가와 진소소를 생각하면 노여움으로 머리카락이 치솟았던 장팔봉이다.

그런데 지금은 그곳과 진소소에 대하여 애잔한 그리움이 분노를 대신한다.

진소소가 이미 모든 것을 잃고 강호를 떠나 풍우주가에 은거해 있다는 소식을 듣고 난 다음부터 그녀에 대한 원한 대신 연민지정이 생겼던 것이다.

장팔봉은 그것이 제가 아직도 그녀를 사랑하고 있기 때문이라는 걸 알았다.

그토록 깊었던 미움과 증오도 실은 사랑 때문이었던 것이다.

'언제든 한번 찾아가 봐야 하지 않을까?'

불쑥 그런 생각이 들었다. 하지만 한편으로는 '내가 왜?' 하는 반발심도 여전히 남아 있다.

그래서 장팔봉은 제 마음을 정하지 못하고 수심에 잠겨 하염없이 어두운 창밖의 숲만 바라보고 앉아 있었다.

그러던 그의 눈빛이 반짝 빛났다. 살짝 눈살을 찌푸리더니 천천히 빈 잔에 술을 따르고 그것을 입술에 가져간다.

그때였다.

와장창!

사변의 벽과 천장이 뚫리며 그리로 시커먼 그림자들이 쏜살처럼 들이닥쳤다.

하나같이 검은 무복에 검은 두건을 쓰고 번쩍이는 검을 움켜쥔 수상한 자들.

일견 십여 명이나 되는 그런 자들이 오직 장팔봉을 목표로 하고 곧장 날아들었다.

싸늘한 검광에 어두침침하던 주청이 대낮처럼 밝아진다.

순간적인 일이었다.

허공에 옷자락 펄럭이는 소리가 가득해지고, 얼음처럼 차가운 살기가 가득했다. 그 속에서 장팔봉은 여전히 태연하게 앉아 있었다. 아무것도 알지 못하는 천치 같다.

술잔이 천천히 기울어지며 입술에 닿는다.

쉬아앙―

그리고 비단 폭을 찢는 것 같은 파공성을 내며 날카로운 검봉이 사방에서 쇄도해 들어왔다. 장팔봉은 그대로 온몸이 검에 찔려 벌집처럼 숭숭 구멍이 뚫린 채 쓰러질 것 같았다.

퍽!

십여 자루의 검이 그의 몸을 관통했다.

하지만 그곳에 장팔봉은 없었다. 그들이 찔렀다고 여긴 건 그가 남긴 잔상에 지나지 않았다.

둥실.

그들의 머리 위, 시커먼 천장에 매달린 것처럼 장팔봉이 그렇게 허공에 떠 있었다. 앉아 있던 자세 그대로다.

비로소 자신들이 허상을 찔렀다는 걸 느낀 자들이 일제히 고개를 들어 장팔봉을 바라본다.

팅―

그들을 향해 술이 뿌려졌다. 술잔에 반쯤 남아 있던 것이다.

그것들이 방울방울 사방으로 뿌려진다. 영롱한 구슬을 뿌리는 것 같았다.

"으아악!"

그리고 최초의 비명성이 터져 나왔다. 어리둥절해 있던 자가 무언지도 모르고 그 술 방울에 맞은 것인데, 이마를 뚫고 들어온 그것이 머리통을 관통하여 뒤통수로 흘러내렸다.

그와 동시에 쨍강거리는 요란한 소리가 주청에 가득 찼다.

놀란 암습자들이 일제히 검을 휘둘러 술 방울들을 쳐냈던 것이다. 그 소리가 수많은 종들을 일제히 흔들어대는 것처럼 짜라랑거리며 주청을 메운다.

그리고 처절한 비명성이 잇달아 터져 나오기 시작했다.

쾅! 쾅! 쾅!

장팔봉이 쳐내는 장력과 지풍이 뇌전처럼 사방을 두드렸고, 그는 흐느적거리는 허깨비인 것처럼 허공을 쏜살같이 가로지르며 종횡으로 움직였다.

공중에 매달린 인형이 바람을 맞아 팔다리를 제멋대로 흔들며 춤을 추는 것 같기도 했다.

염왕진무.

독안효 공자청의 절세 절기가 그렇게 허공중에서 펼쳐졌는데, 그건 단순한 춤사위가 아니었다.

가볍게 뿌리고 내젓는 손짓 하나마다 엄청난 경기가 실려 사방으로 폭사되어 나간다.

슬쩍 가리키고 튕겨내는 손가락은 무정철수 곽대련의 마정 십지였다.

그것들에 장팔봉이 자신의 무지막지한 진원지기를 실어 뿌리니 그것들은 보이지 않는 쇠뇌가 되었고, 불화살이 되었다.

검을 들어 가로막으면 그것을 동강 내며 그대로 가슴을 뚫어버리고, 주먹을 뻗어 마주 후려치면 주먹과 함께 머리통을 통째로 으깨어 버린다.

아무도 장팔봉의 그 가벼운 손짓과 움직임에서 자유로울 수 없었다.

그의 숨결 하나하나가 그대로 사신(死神)의 노여움이 되어서 쏟아진다.

퍼버버벅―!

요란한 격타음이 종소리 대신 허공에 가득 찼다. 그리고 그 다음에는 무섭도록 적막한 고요가 밀려들었다.

장팔봉을 급습했던 십여 명의 암습자. 그들은 장팔봉이 앉아 있던 탁자를 중심으로 꽃잎이 활짝 벌어진 것처럼 십면을 향해 쓰러져 있었다.

한 명도 살아서 숨 쉬는 자가 없다.

원래 제가 앉아 있던 자리에 내려앉은 장팔봉의 눈빛이 무심하기 짝이 없었다. 입가에 한줄기 싸늘한 조소를 매달고 있다.

"흥, 고작 이 정도란 말이지? 이건 너무 섭섭한걸?"

자신을 맞이하기 위해 나온 자들이 너무도 시시하다고 생각한다.

"십면검호가 몰살을 당했다고?"

광대뼈가 두드러지게 튀어나온 깡마른 중년인이 저도 모르게 버럭 소리치며 뛰어 일어났다.

마검천의 제일대이자 전위대인 검옥(劍獄)의 옥주 구양생(具陽生)이다.

강호에서는 그의 검을 일컬어 파천뇌검(破天雷劍)이라고 했다. 그만큼 막중한 위력과 파괴력을 가지고 있는 중검(重劍)을 애병으로 삼고 있다는 점에서도 그는 단연 돋보이는 마도의 검사였다.

검을 잡으면 하늘도 두렵지 않다고 하는 절세적인 마도 검객.

그가 눈을 부릅뜨고 입술을 악무는 건 바로 그들 열 명, 장팔봉에게 일시에 죽임을 당한 혹의 암습자들 때문이었다.

그들은 검옥의 이백여 명이나 되는 검사 중에서도 수위의 열 명이었다. 그래서 검옥의 십면검호(十面劍豪)라고 부르는 것이다.

그들 열 명이 기습한다면 장팔봉이 아무리 천하무적의 고수라고 해도 결코 살아날 수 없을 것이라고 자신했는데, 오히려 그들이 몰살을 당했다니 기가 막힐 뿐이다.

"내가 직접 가겠다!"

한동안 얼이 빠져 있던 파천뇌검 구양생이 버럭 외치고 검을 잡았다.

무려 이십여 근이나 나가는 거무튀튀한 묵철중검(墨鐵重劍)을 손에 쥐자 패도적인 기운이 불붙 듯이 피어나 구양생을 전혀 다른 사람으로 보이게 했다.

그가 숙영지를 박차고 뛰어나가자 삼십여 명의 마검사들이 뒤따라 몸을 날린다.

그들은 거대한 야조(夜鳥)처럼 칠흑의 어둠 속을 훌훌 날아 장팔봉이 있는 객잔으로 향했다.

두 개의 산 능선을 넘고 골짜기를 건너는 데 고작 두어 식경밖에 걸리지 않았을 만큼 쾌속한 이동이었다.

그리고 저 멀리 붉은 불빛이 보이는 언덕에 이르러서 걸음을 멈춘 그들은 먼 길을 급하게 달려온 자들답지 않게 여전히 호흡이 안정되어 있었다.

"저놈이?"

이맛살을 모으고 어둠 속에 둥둥 떠 있는 것 같은 불빛을 유심히 바라보던 구양생이 빠드득 이를 갈았다.

그는 밝은 안력으로 그것이 횃불의 불빛이라는 걸 알아본 것이다.

모두 십여 개의 횃불이 밝혀져 있는 곳은 바로 장팔봉이 머물고 있다는 그 객잔이었다.

그리고 그 불빛의 한복판에 우뚝 서 있는 한 사람도 알아보왔다. 그가 장팔봉일 것이라고 확신한다.

그렇다면 자신이 이렇게 달려올 것을 미리 짐작하고 기다리고 있었다는 것 아닌가.

그 사실이 구양생을 화나게 했다. 장팔봉이 두려워 숨기는커녕 저렇게 불마저 밝혀놓고 기다리고 있으니 그렇다.

저놈이 저를 무시한다는 생각을 하지 않을 수 없었던 것이다.

다시 한 번 빠드득 이를 갈아붙인 구양생이 언덕을 박차고 몸을 날렸다.

삐이이이—

허공에 긴 휘파람 소리 같은 괴이한 소리가 걸린다.

그것이 서로 신호를 주고받는 호각 소리라는 걸 알아챈 장팔봉이 흰 이를 드러내고 소리없이 웃었다.

그는 객잔 앞의 마당 복판에 우뚝 서 있었다. 사방에 십여 개의 횃불을 밝혀놓아서 주위가 대낮처럼 밝다.

"어서 와라. 장팔봉이 어떤 사람인지 똑똑히 가르쳐 줄 테니까."

허리의 칼집을 툭툭 두드리며 중얼거린다.

그의 중얼거림이 끝나고 나자 검은 허공 가득 요란하게 옷자락 펄럭이는 소리가 들려왔다.

후루룩거리며 검은 바윗덩이들이 떨어지듯이 장팔봉의 사방을 가득 메우고 서른 명의 흑의검사가 떨어져 내렸다.

두 겹으로 두텁게 장팔봉을 에워싼 것이다.

장팔봉은 턱을 치켜든 채 오연한 모습으로 검은 하늘을 바라보고 있을 뿐, 그들에게는 눈길조차 주지 않았다.

가벼운 바람 소리와 함께 한 사람이 뒤늦게 뚝 떨어져 내렸다.

검옥의 옥주이자 묵철중검의 고수인 파천뇌검 구양생이다.

그가 이글거리는 눈으로 말없이 장팔봉을 노려보지만 장팔봉은 무심하게 가라앉은 눈길을 여전히 검은 하늘에 던지고 있을 뿐이었다.

눈앞에 아무도 없다는 듯 지극히 오만해 보이는 모습이다.

그런 장팔봉의 느긋함에 더욱 분노가 솟구친 구양생이 어금니 사이로 시린 웃음을 흘렸다.

"흐흐흐— 이제 보니 겁없는 애송이였구나."

장팔봉이 비로소 천천히 시선을 옮겨 구양생을 직시했다. 차갑게 웃어 보인다.

"모두 한꺼번에 할 테냐, 아니면 먼저 내 칼을 받아볼 테냐?"

"너는 내가 누구인지 알고는 있는 것이냐?"

"패천마련의 마졸이 분명할 터. 그것이면 내가 칼을 뽑아 들 이유가 충분하다. 네가 누구이든 그런 건 상관없어."

"이런, 죽일 놈."

장팔봉의 느물거리는 말에 버럭 화가 난 구양생이 주위의 수하들에게 소리쳤다.

"다들 물러서! 이놈에게 파천뇌검 구양생이 누구인지 똑똑히 가르쳐 줄 테다!"

쾅!

그가 중검을 뽑아 들기가 무섭게 벼락처럼 내뻗었다. 장팔봉에게서 십여 장이나 떨어져 있는 커다란 바위를 향해서였다.

그러자 중검을 타고 뻗어나간 한줄기 강맹한 검기가 그것을 그대로 깨뜨려 버렸다.

그 요란한 소리가 폭약이 터진 것처럼 사방에 진동하고, 크고 작은 돌 부스러기기 허공 높이 치솟았다가 우박처럼 쏟아진다.

와드드드—

객잔의 지붕이 돌조각에 맞아 박살나더니 기어이 요란한 소리를 내며 무너졌다.

사방을 뒤덮고 소나기처럼 쏟아지는 그 돌 조각들은 그러나 장팔봉과 구양생의 털끝 하나 건드리지 못했다.

그들을 둘러싸고 있는 강력한 호신지기에 부딪치기 무섭게 튕겨져 나간다.

자신의 위력을 과시해 보인 구양생이 득의의 음소를 흘렸다. 이만하면 저 어린놈이 겁을 먹었을 것이라고 여긴다.

그러나 장팔봉은 검집을 두드리며 태연히 서 있을 뿐이었다. 조금도 놀라거나 당황한 기색이 없다.

또 한 번 무시당한 것 같은 모욕감을 느낀 구양생이 이번에는 장팔봉을 향해서 벼락처럼 묵철중검을 내뻗었다.

"차핫!"

그의 기합성이 뇌성처럼 하늘에 진동한다.

그때 장팔봉은 한 가지 생각을 하고 있었다.

'당 노사부의 파천도법을 시험해 볼 적당한 상대로군.'

그는 강호에 나온 이래 처음으로 절세신마 당백련의 칠십이로(七十二路) 파천도법(破天刀法)을 시험해 보기로 한 것이다.

장팔봉의 손이 칼을 잡았다.

파앗―

그리고 칼집에서 벗어난 그것이 눈부신 빛을 뿌리며 뇌전처럼 허공에 희고 찬란한 궤적을 그렸다.

第十章
무너진 두 개의 하늘

鳳鳴刀
봉명도

무너진 두 개의 하늘

쉬앙—

장팔봉이 뚫고 지나간 공간에 귀를 먹먹하게 하는 휘파람 소리가 남아 한동안 떠돈다.

몸이 둘로 나뉘어 제가 흘린 질펀한 핏물 속에 처박혀 있는 구양생을 두고 장팔봉은 어둠을 향해 솟구쳐 올랐다.

아직 얼떨떨해 있는 서른 명의 마검사는 장팔봉을 뒤쫓아야 할지, 전주인 구양생의 명령을 기다려야 할지 판단하지 못하고 있었다.

그들은 저기 저렇게 엎어져 있는 구양생이 죽었다고 믿을 수 없었던 것이다. 혼란스럽다.

그가 장팔봉의 일격을 견디지 못하고 저렇게 두 토막이 되었다는 게 그렇고, 눈 깜짝할 사이에 벌어진 그 일격의 부딪침이 현실이었던 것인지, 아니면 환상이었던 것인지 아직도 구분하지 못하고 있었다.

그만큼 놀라움이 컸던 것이다. 그리고 그만큼 빠르게 벌어진 일이었기 때문이다.

그들이 어리둥절해 있는 사이에 장팔봉의 모습은 이미 어둠 깊숙이 파묻혀 보이지 않았고, 허공에 걸려 있던 휘파람 소리도 사라지고 없었다.

장팔봉이 향하는 곳은 여량산이었다.

거기 진을 치고 있을 마검천의 무리 속으로 아무 두려움 없이 뛰어들려는 것이다.

무영혈마 양괴철의 환영마보를 경신술로 운용하자 그는 마치 형체가 없는 한줄기 질풍으로 화한 것 같았다.

숲을 만나면 높이 뛰어올라 나뭇가지 끝을 살짝살짝 디디며 훌훌 날아 넘고, 골짜기를 만나면 길게 들이켠 호흡을 천천히 내뱉으며 그대로 건너뛰었다.

그럴 때의 장팔봉은 날개를 활짝 편 검은 독수리 같았다. 골짜기에서 불어오는 미약한 바람 한줄기를 타고 자유롭게 난다.

"엇?"

자신들 앞을 핑— 하고 지나가는 검은 형체를 본 자들이 놀란 외침을 터뜨렸다.

마검천의 전초에 나와 매복하고 있던 첨병들이다.

그들은 무엇이 눈 부릅뜨고 있는 자신들 앞을 지나갔는지 미처 알아보지 못했다.

이 산에 사는 짐승인가 하고 의아해할 뿐이다.

장팔봉이 그렇게 몇 개의 매복을 거침없이 뚫고 지나갔지만 한 놈도 경고의 호각을 불지 않았다.

쾅!

요란한 폭발음이 들리고 화염이 솟구쳐 올라 주위를 붉게 밝혔다.

그때에야 비로소 침입자가 있다는 걸 깨달은 자들이 젖은 땅에 뉘었던 몸을 일으켰다. 펄쩍 뛰어 일어난다.

쾅!

다시 폭발음이 들리고 화염이 솟구쳤다.

숙영지에는 번을 서는 검사들을 빼고 모두 맨땅에 몸을 붙인 채 잠을 자고 있는 중이었다.

그들 속으로 불길이 사납게 번져 가자 여기저기에서 아우성과 비명 소리가 들려오기 시작했다.

쾅!

장팔봉은 지니고 왔던 세 개의 폭열탄을 모두 던져 버렸다.

삼면이 온통 불바다가 되면서 그 불길이 숲을 태우고 하늘로 무섭게 솟구친다.

그 갑작스런 일에 마검천의 검사들은 미처 사태를 파악할 경황도 없이 우왕좌왕했다.

타 죽는 자가 늘어나고, 정신을 차린 자들은 불길을 피하기 위해 이리 뛰고 저리 뛸 뿐, 침입자를 잡을 생각조차 하지 못했다.

그들 속을 장팔봉은 마음껏 휘젓고 다녔다. 붉은 불길 속에서 그의 칼 빛이 번쩍일 때마다 여지없이 몇 명의 목숨이 끊어진다.

마검천의 검사들은 불길에 쫓기고 장팔봉에게 쫓기며 더욱 허둥댈 뿐이다.

"정신 차려라! 당황하지 마라! 상대는 한 명일 뿐이다!"

그 혼란 속에서 누군가가 버럭 소리쳤다.

막 또 한 놈의 목을 쳐 날린 장팔봉이 그곳을 돌아보았다.

북쪽, 바위 위였다.

활활 타오르는 불길을 두려워하지 않는 자 한 명이 거기 우뚝 서서 호령을 하고 있었다.

푸른빛이 감도는 한 자루의 보검을 쥔 사십대의 장한이었다.

날렵한 몸매와 번쩍이는 눈빛이 예사롭지 않은 자.

구숙종을 따라온 노광원(盧光元)이라는 자였다.

마검천의 우두머리 중 한 명으로서 검각의 각주이기도 하다.

강호에서는 오래전부터 기환검마(奇幻劍魔)라는 외호로 불리는 절정의 고수다.

검법의 화려함과 기이한 변화가 대단해서 강호의 일절로 꼽히는 마검객.

파천뇌검 구양생이 죽은 지금 그가 마검천의 무리를 통솔할 유일한 두령이었다.

그것을 재빨리 알아챈 장팔봉이 힘껏 몸을 날렸다.

기환검마 노광원이 미처 그를 알아보기도 전에 면전에 뚝 떨어져 내린다.

"이놈!"

노광원이 대성일갈하며 검을 후려쳤다.

쉬이이―

검봉에서 쏟아져 나오는 차가운 검기가 이리저리 휘어지며 즉각 장팔봉을 휘감았다. 마치 수십 개의 부드러운 채찍을 휘둘러 옥죄는 것 같다.

번쩍!

장팔봉의 칼이 그런 노광원의 검기들을 가르고 뇌전처럼 꽂혔다.

잘 드는 보도를 휘둘러 단번에 촘촘한 그물을 찢어버리는 것 같은 형상이었다.

절세신마 당백련의 칠십이로 파천도법 중 절정의 쾌속함을 자랑하는 일로분천(一路分天)이라는 초식이다.

단순하기 짝이 없고, 그런 만큼 오직 쾌속함과 격렬한 힘을 극대화한 도법이다.

그것이 정수리 위로 떨어지는 걸 노광원은 멍하니 바라보고 있을 수밖에 없었다.

그가 반응하기에는 너무나 빠르고 강력한 일격이었던 것이다.

게다가 그것에 실려 쏟아지는 힘이 천 근의 압력으로 온몸을 짓누르니 숨조차 쉴 수가 없다.

"으악!"

절정의 고수로 강호에 군림하던 마도의 검객이 또 한 명 장팔봉의 무시무시한 칼에 목숨을 잃었다.

단 일격이었다. 그리고 절세신마 당백련의 위세가 과거에 어떠했을지 알려주기에 충분한 도법이기도 했다.

자신들의 수장이 장팔봉의 일격에 머리통이 두 쪽이 되어 바위 아래의 불길 속으로 떨어지는 걸 본 자들이 모두 두려움에 질렸다.

명령을 내려줄 수장이 없으니 제멋대로 불과 두려움을 피해 날뛸 뿐, 이제는 더 이상 마검천의 정예 고수들이 아니었다.

장팔봉은 그들을 상관하지 않았다. 고개를 들어 저 멀리 우뚝 솟아 있는 여량봉을 바라본다.

그리고 그 여량봉 정상에서 구숙종 또한 장팔봉을 바라보고 있었다.

저 아래 자신의 수하들이 진치고 있는 야영지가 온통 불바다가 되어가는 걸 무심하게 바라보고 있는 것이다.

"놈, 어서 와라."

구숙종이 주먹을 불끈 쥐었다.

그는 알고 있었다. 장팔봉이 곧 찾아올 것이고, 그와의 싸움이 제 일생에 있어서 마지막 싸움이 되리라는 것을.

여한없이, 마음껏 자신의 검법을 펼쳐 상대해 주리라는 결의로 어금니를 악문다.

＊　　　＊　　　＊

그 시간에 또 하나의 싸움은 대우진 앞의 누런 강물 위에서도 벌어지고 있었다.

비명과 아우성이 밤하늘을 찌를 듯이 솟구치고, 그것보다 더 높이 불길이 솟구치는 곳에는 십여 척의 배가 불덩이가 되어 가라앉고 있었다.

패천마련의 제사천, 마력천(魔力天)의 천주인 대력마신(大力魔神) 흑수곤(黑水坤).

그가 갑판 위에 버티고 서서 이글거리는 눈으로 죽어가는 수하들의 모습을 바라보고 있었다.

마력천에 속한 정예 고수 이백여 명을 거느리고 대우진으로 쏟아져 들어온 게 저물녘이었다.

대우진은 평온하기 짝이 없었다. 어디에도 강호의 무리로 보이는 자가 없다.

그래서 대력마신 흑수곤은 득의의 미소를 지었다. 아직 강 건너에 있다는 구천수라신교의 잔당들이 자신의 도착을 알지 못한다고 확신했기 때문이다.

"쳇, 그런 별 볼일 없는 놈들을 잡자고 내가 이렇게 달려와야 했단 말이냐?"

은근히 련주인 거령신마 무극전에 대한 불만마저 생겼다.

"련주도 이제는 늙은 거야. 그러니 겁과 잔걱정이 많아질 수밖에 없지."

투덜거리는 흑수곤은 육십대의 초로인이었다.

그러나 나이가 그럴 뿐, 그의 외모는 사십대의 장한과 다름없었다.

거대하고 건장한 몸은 그 자체로 청동의 역사상(力士像)을 닮아 있다.

금강불괴를 이룬 몸이라 도검을 두려워하지 않았고, 타고난 천력이 바위를 두 팔로 껴안아 부술 만했다.

그는 자신했다. 새롭게 문호를 열었다는 구천수라신교쯤은 간단하게 짓밟아 버리고 다시 대우진으로 돌아와 아침 식사를 하리라고.

그러기 위해서는 우선 넓고 호호탕탕한 황하의 누런 물줄기를 건너는 게 문제였다.

수하들을 시켜 대우진을 장악하게 하고 나룻배를 모두 끌어내자 크고 작은 배가 이십여 척 되었다. 그것이면 이백 명의 수하를 한 번에 태우고 강을 건널 수 있다.

그래서 흑수곤은 또 한 번 득의의 미소를 지었다.

"어려운 일이라고는 하나도 없군."

대신의가산의 총단을 내려와 이곳까지 오는 길이 탄탄대로였듯이, 강을 건너 구천수라신교의 총교당까지 가는 길도 그럴 것이라고 믿어 의심치 않는다.

"구천수라신교는 절대로 무시할 수 없는 곳이다. 그들이 오십여 년 만에 다시 나타났으니 역시 조심하는 게 좋을 것이야."

거령신마 무극전이 그렇게 당부했지만 흑수곤은 대우진에 와 보고 그 말조차 무시했다.

어디에도 구천수라신교의 위엄이라고는 없지 않은가.

그런 데가 있다는 걸 아는 사람조차 없으니 하품만 나온다.

그는 제가 대우진에서 만나고 형세를 물어본 사람들이 모두 서문한의 수하들이라고는 조금도 알지 못하고 있었다. 그저 순박한 대우진의 촌민들이라고 믿은 게 돌이킬 수 없는 실수였다.

배를 저을 줄 아는 자들을 잡아들이니 모두 사십 명이었다. 한 배에 두 명의 사공을 둘 수 있으니 딱 맞아떨어지는 숫자다.

거기서 처음 의심을 해볼 만도 하건만 흑수곤은 그러지 않았다. 물론 그 뱃사람으로 잡혀온 자들이 모두 서문한의 수하들이라는 것도 까맣게 모른다.

이백 명의 수하를 이십 척의 배에 나누어 태우고 기세 좋게 강을 건널 때까지도 흑수곤은 콧노래를 흥얼거리고 있었다.

그리고 그것은 배들이 절반쯤 강을 건넜을 때 사라졌다.

꽝!

선두의 배를 몰던 두 명의 사공이 강물 속으로 뛰어든 것과 동시에 이물 쪽에서 폭음과 함께 불길이 치솟았다.

그게 시작이었다.

나머지 배의 사공들도 일제히 강으로 뛰어들었고, 일제히 폭음과 불길이 치솟았다.

강 한복판에서 사공을 잃은 이십 척의 배는 빠른 물살에 밀려 맴돌며 서로 부딪치고 깨졌다. 그 와중에 불길마저 맹렬하게 번지니 살길이라고는 보이지 않는다.

급하게 된 마력천의 마졸들이 앞뒤 가리지 않고 강물로 뛰어들었다. 그리고 열에 아홉은 물살에 휩쓸려 떠내려가거나 깊이 가라앉아 다시는 떠오르지 못했다.

비로소 함정에 빠졌다는 걸 안 흑수곤이 눈을 부라리고 정신 차리라고 고함을 질렀지만 소용없었다.

눈 깜짝할 사이에 일어난 그 어처구니없는 일에 기가 막힌다.

그러는 동안 흑수곤의 배도 불길에 휩싸이고 있었다. 기우뚱하고 기우는 것이 곧 물에 잠겨 버리고 말 것 같다.

"천주, 어서!"

마웅각(魔雄閣)의 각주인 노권마호(怒拳魔豪) 사제헌(史提憲)이 다급한 음성으로 재촉을 한다.

"음."

흑수곤이 건성으로 대답했다. 여전히 뱃머리에 우뚝 서서 물에 빠져 허우적거리거나 떠내려가고 있는 수하들을 멍하니 바라보고 있다.

그는 물과는 상극이었다. 이런 일을 당하자 어떻게 해야 할지 아무런 생각도 나지 않는다.

으르렁거리며 콸콸 흘러가고 있는 누런 강물을 바라보기만해도 어지럼증이 났다.

"천주, 배가 곧 가라앉을 겁니다."

"음—"

할 수 없다는 듯 사제헌이 뱃전에 일장을 후려쳤다. 쾅! 하는 요란한 소리와 함께 그것이 산산조각이 나며 나뭇조각들이 강물 위로 떨어진다.

"천주! 어서!"

사제헌의 재촉에 흑수곤이 그 나뭇조각들을 바라보았다. 그중 제법 큰 조각이 빠르게 떠내려가고 있다. 저 정도의 나뭇조각이라면 괜찮을 것도 같다.

더 머뭇거릴 수 없게 된 흑수곤이 눈을 질끈 감고 힘껏 뱃전을 박찼다.

나뭇조각은 벌써 십여 장 밖으로 떠내려가고 있었는데, 그것의 위에 내려서자 그의 체중을 이기지 못하고 나뭇조각이 쑥 가라앉아 버렸다.

"으악!"

흑수곤은 저도 모르게 비명을 터뜨렸다.

급히 운기하여 몸을 솟구치자 다시 그것이 떠오른다.

"천주, 그걸 붙잡고 매달리셔야 합니다!"

저쪽, 다른 나뭇조각을 붙잡고 매달려 있는 사제헌이 다급하게 소리쳤다. 그는 온몸을 물속에 둔 채 나뭇조각을 단단히 안고 있었다.

그것을 본 흑수곤이 한숨을 쉬었다. 비록 체면이야 말할 수 없이 구겨지겠지만 그래도 죽는 것보다는 나을 것이 아닌가.

다시 나뭇조각 위로 떨어져 내린 흑수곤이 몸을 물속에 미끄러뜨리고 사제헌이 한 것처럼 두 팔로 그것을 꽉 움켜잡았다. 간신히 매달릴 수 있게 된다.

그가 마력천의 천주라는 신분과는 상관없이 물 밖으로 목만 내놓은 채 빠르게 떠내려갔다.

두 발로 물을 차며 가까이 다가온 사제헌이 그런 흑수곤을 붙잡았다. 그리고 그를 밀며 온 힘을 다해 물을 차기 시작했다.

그는 내공이 두터운 사람이다. 한 번 물을 찰 때마다 누런 파도를 헤치고 앞으로 쑥쑥 나아갔다.

그것을 본 흑수곤도 요령을 알게 되었다. 두 손으로는 나뭇조각을 꽉 움켜쥔 채 두 발을 번갈아 움직여 물을 찬다. 그러자 그와 사제헌은 더욱 빠르게 강을 건너가게 되었다.

그때 상류 쪽에서 십여 척의 작은 쾌선이 날듯이 다가왔다. 각각의 쾌선 위에는 한 사람의 수부와 장창을 든 세 명의 장한이 타고 있었다.

파도를 이리저리 가르며 자유롭게 움직이는 걸로 보아 쾌선을 움직이고 있는 수부들의 솜씨가 최고인 게 틀림없었다.

쾌선은 물에 빠져 허우적거리고 있는 마력천의 마졸들을 찾아다니고 있었다.

그곳에 타고 있는 자들은 저승사자들이었다. 물에 떠 있는 마졸들을 보는 대로 장창을 뻗어 찔러 죽인다.

마치 사나운 말을 타고 전장을 달리며 달아나는 적병들의 등을 찔러대고 있는 기마병들 같았다. 무자비하다.

"저놈들이!"

그것을 본 흑수곤이 부드득 이를 갈았지만 제 처지로는 지금 아무것도 할 수가 없었다. 그게 더욱 분하고 원통하기만 하다.

"저기 있다!"

한 척의 쾌선 위에서 누군가가 흑수곤을 가리키며 소리쳤다. 그러자 세 척의 쾌선이 일제히 뱃머리를 돌려 미끄러져 오기 시작했다.

흑수곤의 낯빛이 새파랗게 질린다.

선두의 뱃머리에 우뚝 서 있는 사람은 서문한이었다. 나머지 배에 타고 있는 사람들도 모두 그의 부하들이다.

그들은 물길에 잉어처럼 익숙한 장정들이었다. 껄껄 웃으며 물에 빠진 쥐새끼처럼 된 흑수곤을 비웃는다.

"천주께서도 이런 날을 당할 때가 있구려? 하긴, 천주는 하늘에 있어야 하니 물과는 상극이겠지. 조금만 기다리시오. 내가 천주를 원래 있던 하늘로 돌려보내 드리리다!"

황대려가 소리치며 사공을 더욱 재촉해 쏜살처럼 다가왔다.

"천주, 저놈들은 제가 어떻게든 막고 있겠습니다. 천주께서는 무슨 일이 있더라도 강을 건너가십시오. 뒤돌아보지도 말아야 합니다."

사제헌이 비장하게 말하고 온 힘을 다해 흑수곤을 떠밀었다. 그러자 흑수곤의 거구가 마치 쾌선이라도 된 것처럼 물살을 가르며 빠르게 멀어진다.

흑수곤도 사태의 심상치 않음을 잘 알고 있었다. 지금은 모욕을 참아야 할 때다.

그는 사제헌의 말처럼 뒤도 돌아보지 않고, 오직 저 앞에 보이는 강 언덕을 향하여 온 힘을 다해 물을 찼다.

지칠 줄 모르는 그의 내공은 두 발을 힘찬 노처럼 만들어주었다. 쾌선이 쫓아오지 못할 정도로 재빠르게 물살을 갸르며 강을 건너간다.

뒤에서 아우성과 호통 소리가 으르렁거리는 물소리와 뒤섞여 어지럽게 들려오더니 기어이 '으악!' 하는 사제헌의 비명 소리가 들려왔다.

흑수곤의 두 눈에서 분노의 불길이 활활 타올랐다.

그리고 곧 두 발이 바닥에 닿았다. 무사히 건너온 것이다.

그가 이를 갈며 첨벙거리고 물 밖으로 나왔다. 그러자 쾌선들은 더 이상 그를 뒤쫓지 않고 돌아가 다시 물에 둥둥 떠 있는 마졸들을 사냥한다.

죽어가는 마졸들의 비명 소리가 끊이지 않고 들려왔다.

분노와 좌절감으로 피눈물을 뿌리며 뭍에 올라온 흑수곤을 기다리고 있는 사람들이 있었다.

수라신교의 세 장로, 그리고 흑련귀 고흑성과 찰리가화다.

찰리가화가 이끌고 있는 서른 명의 장한은 강 언덕을 따라 이리저리 달리며 간신히 목숨을 구해 물에서 나오는 마력천의 마졸들을 사정없이 도륙하고 있었다.

이미 지칠 대로 지친 마졸들은 제대로 반항조차 해보지 못하고 그들의 검에 찔려 죽어나간다.

지치기는 대력마신 흑수곤도 마찬가지였다.

그는 산을 흔들 만큼 깊고 두터운 내공을 지닌 사람이지만 생전 처음 겪은 강물과의 싸움으로 인해 기진맥진해 있었다.

숨을 헐떡이는 그의 앞을 막아선 쟁쟁한 고수들에게는 그런 흑수곤이 가엾어 보이기도 했다. 하지만 동정을 베풀 수는 없지 않은가.

"여기가 당신의 막다른 길이군."

꾀죄죄한 도사 건풍의 말에 만고사의 주지, 만성 노스님이 합장을 하고 불호를 중얼거렸다.

"우리를 원망하지 말고 내세에는 부디 착한 동자로 태어나시오. 아미타불―"

"헛소리!"

흑수곤이 악을 썼다. 두 눈에 핏발을 세우며 남은 기력을 한껏 끌어올린다. 그러나 물 먹은 솜처럼 나른하게 가라앉는 피곤을 물리칠 수가 없었다.

그는 당장에라도 주저앉거나, 큰 대 자로 벌렁 누워서 쉬고만 싶었다. 한동안 그렇게 쉬어야 기력을 되찾을 수 있을 것이다.

그러나 눈앞의 상황이 그렇지 못하니 무리를 해서라도 진기를 운용할 수밖에 없다.

내내 그런 흑수곤을 노려보고 있던 당가휘가 몸을 날렸다. 눈에 보이지도 않을 정도로 빠르게 검을 뽑아 후려친다.

땅!

그것이 흑수곤의 어깨를 찍자, 쇠를 내려친 것 같은 충격이 전해져 왔다.

흑수곤이 비틀거렸고, 당가휘는 '음―' 하고 낮은 신음성을 흘리며 잔뜩 눈살을 찌푸린다.

"금강불괴!"

그것을 본 사람들이 모두 놀란 외침을 터뜨렸다. 그리고 일제히 흑수곤에게 달려들기 시작했다.

흑수곤이 사력을 다해 두 팔을 휘두르며 자신의 신공인 패천마력(覇天魔力)을 한껏 끌어올려 장력에 실어 쳐냈다.

그것이 미치는 범위마다 무지막지한 힘이 느껴지고, 우르릉거리는 기파의 진동이 폭풍처럼 터져 나온다.

지칠 대로 지쳐 있는 몸이지만 과연 대력마신이라는 별호가 부끄럽지 않은 위용이었다.

그러나 그는 싸움이 계속될수록 점점 더 지쳐 갈 수밖에 없었다. 운기를 할 새가 없기 때문이다.

흑련귀 고흑성의 칼이 정수리를 두드려 댈 때는 잠깐 동안이지만 정신이 멍해졌고, 건풍 노도의 장력에 가슴을 격타당했을 때는 숨을 쉴 수 없었다.

찰리가화의 재빠른 신법에 눈이 어지러워졌고, 만성 노스님의 청동 선장이 윙윙거리며 떨어지는 걸 뻔히 보면서도 피할 수가 없었다.

당가휘의 보검은 수시로 좌우를 찔러댔다.

그것이 물러나면 기다렸다는 듯 찰리가화의 검이 미간을 위협하고 다가오니 흑수곤으로서는 악몽도 그런 악몽이 없었다.

그러나 이대로 주저앉기에는 너무나 억울했다. 그래서 흑수곤은 이를 악물고 전력을 다해 버티는 중인데, 몇 사람의 조력자가 다시 가세하는 것 아닌가.

서문한과 황대려였다. 물에 떠 있던 마졸들을 모조리 도살하고 강을 건너온 것이다.

그리고 강 언덕을 따라 내닫던 서른 명의 장한이 속속 모여드는 걸 보면서 흑수곤은 다 틀렸다는 절망감에 휩싸였다.

자신이 데리고 온 마력천의 수하들이 전멸했다는 걸 깨닫자 더욱 맥이 풀려 버린다.

분노가 하늘을 찌를 만큼 솟구치기도 하지만 점점 더 무겁게 지쳐 가는 몸으로는 어쩔 수가 없었다.

그는 상처가 깊은 들소 같았다. 으르렁거리며 뿔을 들이밀어도 주위를 맴도는 늑대들은 더 이상 두려워하지 않는다.

그것들이 수시로 달려들어 온몸을 물어뜯고, 거대한 들소는 피를 흘리며 빠르게 지쳐 간다.

기어이 서 있을 힘마저 잃고 쓰러지면 그게 끝이 아니랴.

지금 흑수곤의 처지가 딱 그와 같았다.

한 시진 가까이 쉴 새 없이 진행되는 싸움에 이제는 견딜 수가 없었다.

두 다리에 힘이 풀려 가만 놔두어도 제대로 서 있지 못하고 비틀거린다.

금강불괴를 이룬 몸이었기에 그나마 여태까지 버텨왔지, 그렇지 않았다면 벌써 죽은 목숨이었을 것이다.

쾅!

비틀거리는 흑수곤의 뒤통수에 무지막지한 충격이 가해졌다.

배에서 뛰어내린 서문한이 날듯이 다가와 온 힘을 다해 철노(鐵櫓)를 크게 휘둘러 후려친 것이다.

무쇠를 주조해 만든 노가 엿가락처럼 휘어졌고, 흑수곤은 그 충격을 견디지 못했다.

쿵—

그의 거구가 기어이 나무토막처럼 쓰러져 강변의 모래 속에 푹 파묻혔다.

사람들이 모두 그를 둘러싸고 헐떡거렸다. 기어이 자신들의 손으로 패천마련의 다섯 천주 중 한 명을 잡았다는 기쁨에 가슴이 터질 것 같다.

"그 철노를 발에 매달아서 강 복판에 빠뜨려 버리세. 그렇게 하지 않고서는 이 미련한 놈을 죽일 수 없을 거야."

"아미타불—"

무정한 건풍 노도의 말에 만성 노스님이 합장하고 불호를 외운다.

"그 수밖에 없겠군요."

땀을 훔치며 다가온 당가휘가 즉시 철로를 집어 들었고, 황대려는 재빠른 걸음으로 배에서 쇠사슬을 가져왔다.

여러 사람이 달려들어 그것으로 흑수곤을 꽁꽁 묶고, 그 발에는 무거운 철노를 매달았다.

고흑성과 서문한이 두 배나 더 무게가 나가게 된 흑수곤을 끙끙거리며 배로 옮겼다. 그리고 황대려가 몸소 노를 잡아 재빨리 배를 저어 누런 황하의 복판으로 몰고 갔다.

그곳에서 흑수곤을 굴려 빠뜨려 버린다.

첨벙!

누런 물방울이 높이 튀어 오르고, 흑수곤은 이내 강물에 잠겨 보이지 않게 되었다.

마계오천의 천주.

천하의 오대고수 중 한 명으로 꼽히는 대마존.

대력마신 흑수곤이 세상에서 사라져 버린 것이다.

*   *   *

그리고 또 한 명, 마검천의 천주인 혈안검마 구숙종.

그도 최후를 맞이하고 있었다.

여전히 폭풍 같은 바람이 휩쓸어가고 있는 여량봉의 정상에서였다.

구숙종은 손에 부러진 보검을 쥐고 있었다.

제 뼈가 잘려진 것처럼 고통스러워하는 눈으로 그것을 바라본다.

평생을 저와 함께했고, 그래서 이제는 제 분신이나 다름없는 절세의 보검 색혈마검(索血魔劍).

그것이 동강 났다는 건 제 목숨이 그렇게 되었다는 것과 다르지 않았다.

그는 실제로 자신의 보검과 함께 죽음을 향해 빠르게 침몰해 가고 있는 중이었다.

여기저기 찢어져 깃발처럼 펄럭이고 있는 흑의 자락 사이로 붉은 핏방울이 뚝뚝 떨어지고 있다.

구숙종이 곤혹스러워하는 얼굴을 들어 장팔봉을 바라보았다.

그는 십여 걸음 앞에 우뚝 서 있었다.

늘어뜨린 칼의 혈조를 타고 핏물이 방울져 떨어지고 있다.

구숙종은 그것이 자신의 피라는 걸 여전히 믿을 수 없었다.

"너는……."

그가 어눌한 음성으로 말했다.

"절세신마 당백련의 진전을 이어받았구나."

"그렇소."

"음—"

침음성을 발하고 잔뜩 낯을 찌푸렸던 구숙종이 쿨럭쿨럭 몇 번 기침을 하고 나서 다시 입을 열었다.

"지하 뇌옥에 있는 다섯 마존의 절기를 모두 물려받았다는 말이 사실이었군."

"그렇소."

"음—"

구숙종의 얼굴빛이 참담해졌다. 자신의 패배를 인정하고 싶지 않지만 현실을 받아들이지 않을 수도 없다.

"다행이다."

한참 동안 침묵하던 그가 간신히 그 한마디를 했다.

자신의 검법을 깨뜨린 게 절세신마 당백련의 칠십이로 파천도법이라는 걸 위안으로 삼고, 자신을 꺾은 자가 한때 천하를 두려움에 떨게 했던 다섯 마존의 전인이라는 걸 위로로 삼는다.

그들의 전인이라면 적어도 자신의 패배가 수치스럽지 않은 것이라고 애써 생각한다.

"우리는…… 너에 대해서 몰라도 너무 모르고 있었다. 네가 이 정도의 고수라는 걸 알았더라면……."

아쉬움이 많이 남았다.

그랬더라면 마요선고 설여상이 그처럼 쉽게 당하지 않았을 것이고, 자신 또한 이처럼 덧없는 패배를 당하지 않았을 것이라는 불만이 생긴다.

하지만 구숙종은 그런 자신의 생각을 곧 어리석은 것으로 돌렸다.

'하긴, 알았더라도 결과는 똑같았겠지.'

비로소 인정하고 다시 몇 번의 밭은기침을 했다.

그리고 툴툴 웃는다.

"련주께서…… 고생을 좀 하시겠구나."

장팔봉이 이 정도라면 거령신마 무극전이라고 해도 쉽게 그를 제압할 수 없을 거라는 생각이 들었다.

아니, 어쩌면 거령신마마저도 패하게 될지 모른다는 불길한 느낌이 불쑥 솟구친다.

그건 이 한순간의 격렬한 싸움에서도 아무런 손상도 입지 않고 저렇게 우뚝 서 있는 장팔봉의 태연한 모습 때문이었다. 그것을 보고 갑자기 밀려든 느낌이었다.

털썩.

마계오천의 다섯 천주 중 두 번째로 강한 인물.

절대자로 불리기에 손색이 없는 마도의 위대한 검종(劍宗).

그가 부러진 칼에 의지하여 무릎을 꿇었다. 더 이상 서 있을 기력조차 잃은 것이다.

무너지는 그를 보면서 장팔봉은 환희와 허무를 동시에 느꼈다.

자신의 성취에 대한 기쁨과 함께, 언젠가는 저도 구숙종처럼 저렇게 쓰러질 날이 올 것이라는 생각이 들었던 것이다.

영원한 강자가 어디 있을 것인가.

살아서 적수를 찾아볼 수 없다 해도 결국은 세월 앞에 무릎을 꿇어야 할 것이다.

그렇다면 눈앞의 승리가 과연 무슨 의미가 있고 가치가 있을 것인가.

第十一章

안타까운 만남

鳳鳴刀
봉명도

안타까운 만남

—마검천과 마력천이 동시에 무너졌다.

—마검천주 구숙종과 마력천주 흑수곤 또한 죽임을 당했다.

그 소문이 바람처럼 빠르게 사천무림에 퍼져 나갔다.

강호가 온통 흥분으로 들뜬다.

마검천주 구숙종을 죽인 게 천화상단의 총단주인 장 대인, 장구봉이고, 그가 곧 장팔봉이라는 데에 사람들은 벌어진 입을 다물지 못했다.

그 못지않은 충격은 대우진에서의 대학살에 대한 소식이었다.

새롭게 문호를 연 구천수라신교의 몇 명이 수공으로 마력천의 마졸들을 수장시키고 천주인 대력마신 흑수곤을 죽였다는 건 너무 의외의 일이었던 것이다.

그 소식은 그동안 음지에서 숨죽이고 있던 백도의 무리에게 불같은 희망을 가져다주었다.

절세고수가 아니더라도 힘을 합하면 그처럼 승리하고, 천주급의 마도 고수를 죽일 수 있다는 건 어둠 속에서 보게 된 밝은 빛과 같았다.

강호가 술렁거린다.

패천마련이 드디어 전성기를 지나 쇠퇴기로 접어들었다는 생각을 모두가 하게 된 것이다. 달도 차면 이지러지기 마련이고, 해도 뜨면 지는 것 아니던가.

그런 희망을 갖게 되자 백도의 고수, 명숙들에게는 장팔봉이라는 이름이 우레처럼 큰 위용을 갖게 되었다.

백도무림 전체가 감당하지 못했던 일을 장팔봉이 혼자서 저렇게 훌륭하게 해내고 있다고 생각하자 그를 영웅시하지 않을 수 없다.

제일 먼저 봉기한 것은 사천의 아미파와 청성파, 그리고 당문이었다.

그들이 일제히 들고 일어났는데, 당문은 제일 먼저 사천무림을 억압하고 있던 패천마련의 지부, 마황보를 목표로 삼았다.

그동안 황천광도 양원생에 대한 서운함이 얼마나 컸던가. 비록 그가 적성채를 치다가 검봉 아래의 골짜기에서 장팔봉에게 죽임을 당했지만 마황보는 여전했다.

사흘 동안 당문은 총력을 기울여 그 마황보를 공격했다.

그곳을 지키던 마졸들은 양원생이라는 든든한 배경을 잃은 데다가 패천마련의 위기를 전해 들은 터라 사기가 바닥으로 떨어져 있었다.

집사인 서문갈과 총관인 일검쟁천 백무랑이 마졸들을 독려하며 사력을 다해 버텼으나 사흘째 되는 날 끝내 무너지고 말았다.

모두 마황보 안에서 장렬하게 전사했으니 그만하면 마졸들 치고는 최선을 다해 용감하게 싸웠다고 해야 하리라.

아미와 청성파도 그에 뒤질세라 사천무림의 곳곳에 흩어져 있던 패천마련의 잔여 세력들을 집중 공격했고, 은거하고 있던 백도의 협사, 명숙들도 모두 나와서 패천마련의 잔당들에 대한 토벌에 열을 올렸다.

사천무림이 그렇게 하여 불과 며칠 사이에 깨끗이 청소되자 그 여파는 중원 전체에 퍼졌다.

북으로는 섬서와 하북에서 남으로는 운남과 해남도에 이르기까지, 천하의 구석구석에 박혀 있던 패천마련의 지부와 동조 세력들이 백도의 무서운 공격을 받기 시작했다.

강호 전체가 마도와 백도 간의 전면적인 싸움으로 혼란에 빠지게 된 것이다.

한껏 움츠리고 있던 백도의 제 문파와 방회는 그동안 힘을 비축해 두고 있었다.

패천마련의 강력한 통제 아래에서 문파 간의 알력이나 분쟁을 일으킬 수 없으니 봉문하고 자신들의 힘을 기르는 데에 전력을 쏟을 수 있었기 때문이다.

그것이 일시에 터져 나오자 그 위력은 백도무림인들 스스로가 깜짝 놀랄 지경이었다.

곧 천하무림을 백도가 되찾을 것으로 보였는데, 그게 모두 장팔봉이 단신일도(單身一刀)로 대신의가산에 있는 패천마련의 정예한 힘을 붙잡아둔 대가였다.

그와 그의 동료들에 의해 마계오천 중 삼천의 천주가 제거되었으니 그렇다.

졸지에 우두머리를 잃은 그들, 마계삼천의 혼란은 갈수록 가중되기만 했다. 그러니 비록 그 마계삼천에 속해 있는 마졸들이 아직 수천 명이나 남아 있다고 해도 제대로 힘을 쓰지 못한다.

그 여파가 천하무림의 대세를 뒤집었음은 물론, 총단이 있는 대신의가산마저 들끓게 하고 있었다.

백도의 무리가 속속 대신의가산을 향해 모여들었다.

가장 먼저 그곳에 이른 곳은 역시 대신의가산이 있는 호북성의 무당파였다. 그들이 거리상으로 가장 가까운 곳에 있었던 것이다.

무당파가 봉문했던 산문을 활짝 열고 기지개를 켜자 무당산 자락 일천여 리에 걸쳐 깔려 있던 수많은 방회와 보, 장원들이 만세를 부르며 일어섰다.

그들은 모두 무당파의 영향을 받고 있는 세가들이었다. 무당파의 속가제자들이 세운 곳이 많기 때문이다.

그들이 밀물처럼 대신의가산을 향해 나아갔고, 그 길에 있는 패천마련의 지부와 동조 세력들을 남김없이 쓸어버렸다.

다음으로 발 빠르게 움직인 곳은 역시 사천무림이었다. 대신의가산이 호북과 사천의 경계에 있는 만큼 당문과 아미, 청성을 비롯한 사천의 제 문파, 방회가 신속하게 이동했던 것이다.

그러므로 장팔봉은 이제 혼자가 아니었다. 등 뒤에 백만 대군을 두고 있는 장수와도 같다.

그가 당당한 걸음으로 대신의가산을 향해 오늘도 나아가고 있었다.

*   *   *

장팔봉에 대한 말들은 그 고요하고 적막한 송림 깊은 곳에도 흘러들었다.

불귀림(不歸林).

절강성, 부춘강(富春江)을 끼고 있는 육동산(六洞山) 아래의 순림(巡林)을 사람들은 여전히 그렇게 부른다.

그곳에 귀택호(鬼宅湖)가 있고, 아침과 저녁이면 호수에서 피어오르는 물안개로 촉촉하게 젖어드는 억새밭 너머에 풍우주가(風雨酒家)가 있다.

예나 지금이나 그곳은 고요하고 적막하기가 깊은 산중의 절간과도 같았다.

풍우주가의 벙어리소녀에 대한 전설은 여전히 전해지고 있었지만 그곳에는 이제 더 이상 벙어리소녀가 없었다.

대신 경국지색이라는 말이 부족할 만큼 아리따운 아가씨가 추괴한 노파와 함께 살고 있다.

천하제일미라는 이름으로 지금도 많은 사람들의 입에 오르내리는 여인, 삼선밀교(三仙蜜嬌) 진소소(秦素昭).

여전히 강호삼보 중 당당히 두 번째 자리를 차지하고 있는 그녀가 있지만 이제 더 이상 그녀를 보기 위해 찾아오는 사람은 없었다.

그 적막한 세월이 일 년 가까이 되어간다.

그곳에서 진소소는 그동안 자신이 누렸던 모든 부귀영화와 권세를 잊기 위해 애쓰고 있었다.

이제 더 이상 천화상단의 총단주가 아니고, 강호의 여걸이 아닌 한 사람의 평범한 여인으로 남기를 원했던 것이다.

그러므로 지난 일 년여는 그녀에게 있어서 스스로를 돌아보고 정리하며 수양하는 세월이었다. 도를 닦는 심정으로 말없이 숨어 살았다.

그런 그녀에게 장팔봉의 부활과 눈부신 활약에 대한 소식은 청천벽력과도 같았다.

"그이가 정말 살아 있었구나."

중얼거리는 그녀의 가슴이 사뭇 뛰었다. 안색마저 창백해진다.

장팔봉이 살아서 당당하게 패천마련과 싸우고, 그가 곧 구천상단의 총단주인 장구봉이었으며, 구천수라신교의 비전을 물려받은 전인이라는 그 모든 말들이 꿈속의 속삭임인 것처럼 머릿속에 웅웅 울렸다.

그에 의해 자신의 천화상단이 몰락하고, 그 많은 수하들이 모두 죽었으며 자신의 처지가 이처럼 처량하게 되었다는 원망이 고개를 들지 않을 수 없다.

"하지만 그건 모두 내가 불러들인 화에 불과해. 내가 그에게 한 짓을 생각해 봐."

한동안 고개를 숙이고 눈물만 뚝뚝 떨어뜨리고 있던 진소소가 그렇게 중얼거렸다.

끝까지 그를 속였고, 풍화곡의 그 바위 절벽 위에서 기어이 그의 등에 일장을 때려 떨어뜨렸던 그 일이 원망보다 더 큰 아픔으로 그녀를 괴롭게 한다.

그때는 장팔봉이 영락없이 죽었을 것이라고 믿어 의심치 않았다.

그처럼 모질 수 있었던 자기 자신이 죽이고 싶도록 밉기도 했다. 그래서 봉명도를 끌어안고 엎드려 얼마나 목 놓아 울었던가.

그 뒤로 몇 년의 세월이 지났지만 그때의 기억은 아직도 생생했다.

그 일이 꿈에서도 반복되어 가위눌렸던 적이 몇 번이었던지

셀 수도 없다.

장팔봉에게 그런 말을 하고 싶었다. 무릎을 꿇고 용서를 빌고 싶었다. 하지만 이제 그는 너무 멀리 있는 사람이었다.

결코 자신을 받아들이지 않을 것이라는 절망감 때문에 다시 뜨거운 눈물을 뚝뚝 떨어뜨린다.

그날, 천화상단이 마지막을 고하던 그날, 자신을 바라보던 장팔봉의 그 싸늘하고 무섭던 눈길을 잊어버릴 수가 없다.

그가 그 자리에서 자기를 죽이지 않은 건 그나마 그에게 남아 있던 마지막 연민이자 정이었을 것이라고 생각한다.

그걸로 끝이었던 것이다.

이제 다시는 그에게로 돌아갈 수 없다는 게 그녀를 그동안 겪었던 그 어떤 슬픔보다 더 비통하게 했다.

가슴이 무너지는 것 같다.

부끄러움과 후회와 그리고 원망이 밀물처럼 가슴속으로 밀려들었다. 그래서 진소소는 창가에 앉아 날이 저무는 것도 잊은 채 하염없이 바깥을 내다보며 뜨거운 눈물을 흘리고 있었다.

활짝 열려 있는 들창으로 물안개가 소리없이 밀려들고 있는 밤이었다.

그렇게 밤새 창가에 앉아 울고 난 아침.

햇살 비쳐드는 소나무 숲 가득 맑은 새소리가 울려 퍼지는 그런 시간이었다.

두 사람의 낯선 방문객이 새벽안개를 헤치며 그 소나무 숲을 나오고 있었다. 붉은 옷이 인상적인 한 명의 아리따운 아가씨와 서른 살 남짓해 보이는 평범한 인상의 사내였다.

그들을 태운 말이 흰 콧김을 훅훅 뿜어내며 머리를 끄덕거렸다. 먼 길을 달려오느라 지친 기색이 완연한 모습이다.

진소소는 멍하니 그들을 바라보고 있었다.

"당신이 진소소인가요? 나를 알아보겠어요?"

기둥에 말을 묶어두고 주청으로 들어선 붉은 옷의 아가씨가 대뜸 그렇게 말을 건네왔다.

진소소가 천천히 눈길을 돌려 그녀를 바라본다. 그리고 '아!' 하는 작은 탄성을 발했다.

"알고말고요. 당신은 바로 그녀로군요?"

"그래요. 내가 그때의 바로 그 사람이랍니다."

"……"

알 수 없는 말을 주고받은 두 사람 사이에 무거운 침묵이 흘렀다.

진소소가 흘러내린 머리카락 몇 올을 쓸어 올리고 나서 애써 웃어 보였다. 그 모습이 처연해 보이는지라 붉은 옷의 아가씨가 살짝 눈살을 찌푸린다.

"그가 보내서 왔나요?"

진소소의 말에 붉은 옷의 아가씨가 가만히 고개를 가로저었다.

"내 눈으로 직접 당신을 확인해 보고 싶어서 왔답니다. 그때는 당신을 똑똑히 볼 수 없었거든요."

"그렇지요."

진소소가 비로소 천천히 일어나 낯선 방문객들에게 자리를 권했다.

"내 이름은 찰리가화라고 해요. 청해 창응방의 사람이랍니다."

"그렇군요. 그럼 그때의 그 용맹하던 청년 고수들도 모두 창응방의 무사들이었겠군요?"

"맞아요."

"그랬군요. 창응방의 무사들이 하나같이 용맹하고 무용이 뛰어나다더니 사실이었어요."

"당신은 그때의 일로 나를 원망하나요?"

찰리가화의 말에 진소소가 처연한 미소를 지으며 머리를 가로저었다.

"이미 지난 일인데 원망한들 무슨 소용이 있겠어요? 그리고 그때는 목숨을 걸고 싸우던 때이니 서로 최선을 다할 수밖에 없었지요. 그 결과 당신은 승리했고 나는 패배했을 뿐이에요."

"우리에게는 준비가 되어 있었고, 당신에게는 그렇지 못했던 거지요."

"위로해 주는 거라면 고맙게 받아들이겠어요."

진소소의 웃음 앞에서 찰리가화는 다시 말문이 막혔다.

그때까지 말없이 그들 두 명의 꽃보다 아름다운 아가씨를 번갈아 바라보기만 하던 사내가 비로소 포권하고 말했다.

"소생은 목랍길이라고 합니다. 창응방에서부터 장 대형을 모시고 왔지요."

진소소의 얼굴이 더욱 어두워졌다. 그가 말하는 장 대형이 바로 장팔봉이라는 걸 알았기 때문이다. 이제는 그 이름을 듣거나 떠올리기만 해도 가슴이 답답해졌다. 고개를 들 수가 없다.

"소생이 아가씨를 찾아온 목적을 짐작하시겠습니까?"

"말해주세요."

"장 대형이 누구인지는 이제 진 아가씨도 아셨을 겁니다. 그러니……."

"그와의 관계를 깨끗이 잊고 포기하라는 말이군요?"

"그렇습니다."

목랍길이 악역을 작정한 듯 냉정하게 말했다. 진소소가 처연하게 웃었다.

"괜한 수고를 했군요. 그 사람의 마음속에 이미 나라는 존재가 없는데 내가 뭘 할 수 있겠어요? 당신은 걱정하지 않아도 돼요."

"그렇지 않으니 제가 이렇게 찾아온 것 아니겠습니까?"

"……?"

진소소의 눈이 동그래졌다. 목랍길이 그런 그녀를 똑바로 바라보며 냉정하게 말한다.

"겉으로는 아니라고 하지만 나는 장 대형의 마음을 내 마음처럼 들여다볼 수 있지요. 장 대형의 마음속에는 아직도 아가씨에 대한 사랑이 너무도 크게 자리 잡고 있습니다. 그건 누가 아무리 뭐라고 해도 어쩔 수 없는 것이지요."

"그런⋯⋯."

진소소의 눈이 더욱 커졌다. 믿을 수 없다는 것 같기도 하고, 감격했기 때문인 것도 같은 그런 얼굴이다. 그럴수록 그녀를 쏘아보는 찰리가화의 얼굴은 싸늘해져 갔고, 목랍길의 눈길 또한 그랬다.

그가 더욱 차갑게 말한다.

"진 아가씨는 장 대형을 한 번 버렸습니다. 두 번 버린다고 해서 이상할 것도 없지요. 장 대형의 미래를 생각한다면 그렇게 해주시기 바랍니다."

"그건, 그건⋯⋯."

"장 대형의 마음속에는 우리 아가씨가 들어 있는데, 진 아가씨 당신 때문에 내색을 하지 못하고 있답니다. 천화상단은 이제 사라지고 없지만, 찰리 아가씨에게는 창웅방이 있습니다."

"⋯⋯."

진소소가 입술을 깨물었다. 목랍길의 말이 모욕적이었던 것이다. 그가 굳이 천화상단의 일을 들먹이지 않아도 그녀 스스로가 제 처지를 잘 알고 있기에 더욱 그렇다.

이제는 의지할 곳 하나 없는 가여운 처지 아니던가.

목랍길이 그녀의 서운함은 외면한 채 차갑고 무심한 말을 이어갔다.

"장 대형의 손에 의해 패천마련 또한 사라지게 될 것입니다. 그러면 진 아가씨는 빈털터리나 마찬가지가 되겠지요. 장 대형에게는 그런 아가씨의 존재가 짐이 될 것입니다. 하지만 찰리 아가씨는 다릅니다."

"……."

"창응방은 머지않아 새외를 장악하는 거대한 세력이 될 것입니다. 장 대형이 찰리 아가씨와 맺어진다면 그 창응방을 얻게 됩니다. 중원과 새외를 손아귀에 넣는 전무후무한 사람이 되는 것이지요."

"그렇군요."

"어떻습니까? 장 대형에 대해서 미안해하는 마음이 있다면, 아니, 그를 아직 사랑하고 있다면 이제는 진 아가씨가 그분을 위해서 희생을 해야 하지 않겠습니까?"

진소소가 고개를 푹 숙였다. 입이 열 개라도 할 말이 없는 처지라는 게 이처럼 서러운 것일 줄 몰랐다는 듯 눈물만 뚝뚝 떨어뜨린다.

찰리가화는 그런 진소소의 모습에 가슴이 아팠다.

이곳에 찾아올 때는 진소소의 그 뻔뻔한 얼굴을 똑똑히 봐주고, 그녀에게 장팔봉을 포기할 것을 당당하게 요구할 작정이었다.

진소소는 마땅히 그래야 하고, 자기에게는 그럴 권리가 있다고 굳게 믿었다.

그 믿음은 사라지지 않았지만, 목랍길의 냉정한 말을 듣고 진소소의 처연한 모습을 보자 연민의 마음이 생기지 않을 수 없었다.

'내가 이와 같은 처지였다면? 내가 진소소였다면 어땠을 것인가?'

누군가에게 그런 모욕을 받고, 아픈 상처를 드러내야 했다면 아마도 지금의 진소소처럼 눈물만 뚝뚝 떨어뜨리지는 않고 있을 것이라고 생각한다.

이를 악물고 포악을 떨며 죽기 살기로 싸워댔을 것이다.

그런 것을 생각하자 진소소에 대한 연민이 더 커졌고, 그녀의 처연한 감정이 저에게로 옮겨져 온 것 같아서 눈시울을 붉힌다.

그때였다.

"아가씨, 손님이 오셨으면 기별을 했어야지요. 그래야 아침 식사를 사람 수에 맞게 준비할 것 아니겠어요?"

안에서 쉰 음성과 함께 추파파가 구부정한 허리를 하고 걸어나왔다.

진소소와 찰리가화를 보고 목랍길을 보더니 대번에 낯빛이 싸늘해진다.

"흥, 이제 보니 귀찮은 손님들이었군? 그렇다면 밥 대신 회초리를 내줄 수밖에 없지."

싸늘하게 말하더니 허리춤에 꽂고 있던 가느다란 회초리를 뽑아 들었다.

장팔봉이 처음 이 풍우주가에 왔을 때 그를 진땀이 나도록 혼내주었던 바로 그 한철침봉(寒鐵針棒)이다.

그때, 복면을 하고 한밤중에 찾아왔던 추파파의 그 기기묘

묘한 수법에 장팔봉은 등짝이 서늘해지도록 놀라지 않았던가.

비록 다섯 노괴물 사부들의 절묘한 초식으로 추파파를 물리치기는 했어도 그 수법의 무서움에 진정으로 감탄했었다.

한철 회초리를 손에 들고 허리를 쭉 펴자 추파파는 전혀 다른 사람이 되었다. 냉엄하고 고약한 기세를 날 선 칼날처럼 세운다.

목랍길과 찰리가화가 깜짝 놀라 자리를 박차고 일어섰다. 추괴한 할망구의 기세가 저와 같으니 절로 긴장하게 된다.

진소소가 막 걸음을 옮기려는 추파파를 만류했다.

"유모, 그만두세요. 내 집에서 더 이상 추한 꼴을 보이고 싶지 않아요."

"아가씨……."

"유모도 알잖아요. 이게 다 나의 죄업 때문이고 자업자득이라는 걸. 그들을 그냥 내버려 두세요."

"……."

추파파의 얼굴이 침통해졌다. 어두워지더니 길게 탄식하고 회초리를 거둔다.

그때 자박거리는 발소리와 함께 높고 맑은 음성이 짜랑짜랑하게 울렸다.

"엄마, 나는 배가 고픈데 엄마는 그렇지 않은 모양이지요? 하지만 소운이를 위해서 지금 아침밥을 먹으면 안 될까요?"

콩콩거리며 미동(美童)이 뛰어나왔다. 네 살이 되었을까 말까 한 귀여운 아이였다.

'엄마?'

찰리가화가 멍한 얼굴로 그 아이를 바라보았다.

"엇?"

뜻밖이라는 듯 목랍길도 입을 딱 벌린 채 세상에서 제일 귀여울 것 같은 꼬마 아이를 멍하니 바라본다.

진소소의 품에 뛰어들어 안긴 미동이 그런 찰리가화와 목랍길을 호기심 가득한 눈으로 빤히 올려다보았다.

*   *   *

"한 잔 더 마시겠느냐?"

"그럽시다, 까짓 거."

"흘흘, 그 녀석, 참."

흐뭇한 듯 미소를 짓는 사람이 마환천주 도적성이라는 걸 그들을 둘러싸고 있는 마환천의 고수들은 절대로 믿을 수 없었다.

언제 자신들의 천주가 저런 모습을 보인 적이 있던가.

그는 괴팍하고, 상대하기가 이 세상에서 가장 까다로우며 어려운 사람이었다.

마음에 들지 않으면 아무리 신임을 받던 수하라고 해도 서슴없이 죽여 버리는 폭군이자 절대적인 군주. 그게 마환천의 마졸들이 익히 아는 도적성의 모습이었다.

그래서 천주의 앞에만 서면 너나 할 것 없이 잔뜩 긴장하여 목을 움츠렸다. 그곳을 무사히 벗어날 때까지는 제가 살았다고 할 수 없었던 것이다.

그런 폭군임에도 불구하고 마환천의 마졸들이 아무 소리도 하지 못했던 건 도적성이라는 이름이 갖는 무게 때문이었다.

그는 패천마련 내에서 련주인 거령신마 무극전을 빼고 가장 무공이 뛰어난 사람이었던 것이다. 패천마련을 이끄는 실질적인 힘이라고 해도 과언이 아니다.

어느덧 련주는 그 자체로서 강호의 살아 있는 전설이자 상징적인 존재로 되어버렸기 때문이다.

그러므로 패천마련의 마두와 마졸들에게 있어서 련주가 하늘이라면 마환천주 도적성은 그를 섬기는 제사장 같은 인물이었다.

실권은 언제나 제사장에게 있지 않던가.

그 도적성 앞에 앉아 태연히 그와 대작하고 있는 얄미운 자, 장팔봉에 대해서도 놀랍기는 마찬가지였다.

그들은 마치 오랜만에 만난 동향의 친구들 같았다. 할아버지와 손자라고 해야 좋을 나이의 차이 따위는 처음부터 없는 것 같다.

사실 도적성은 장팔봉에 대하여 오래전부터 남다른 호감을 가지고 있었다. 그가 무림맹 소속 풍운조의 조장으로 있을 때부터이다.

그때 장팔봉과 그의 풍운조가 도적성이 이끌고 나온 마환천을 얼마나 괴롭혔던가. 장팔봉 때문에 도적성은 한 달이나 전진을 멈추고 있어야 했다.

처음에는 그런 풍운조와 얄밉도록 제 수하들을 괴롭히는 장팔봉이라는 놈에 대해서 이를 갈 만큼 미워했다. 그래서 그의 목에 황금 삼십 관이라는 어마어마한 현상금까지 걸었다.

하지만 싸움이 거듭되고, 장팔봉의 신출귀몰하는 활약상에 대하여 보고를 받을 때마다 호기심이 점점 커져 갔다.

그리하여 기어이 제 눈으로 도대체 어떻게 생겨먹은 놈인지 보겠다며 달랑 수하 두 명만 데리고 마환천을 나서기도 했었다.

그리고 풍운당이 장악하고 있던 우성현으로 찾아가 그곳의 주루에서 처음 장팔봉을 보았다. 그때 장팔봉의 그 당돌하고 거침없는 말과 행동에 어리둥절해하다가 파안대소를 터뜨리지 않았던가.

그 즉시 장팔봉이라는 자를 달리 보게 되었고, 마음에 들어했다. 탐내기도 했다.

그래서, '이런 놈이 어떻게 무림맹에 있단 말이냐? 그것보다는 내 밑에 있었으면 더 어울릴 놈 아닌가?' 하는 엉뚱한 생각까지 했었다.

그때부터 도적성은 장팔봉에 대해서 친근한 감정과 함께, '이놈은 나와 같은 부류의 인간이야' 하는 동류의식마저 갖게 되었다.

장팔봉에게도 그런 생각이 있었다. 더욱이 도살 부부에게 사로잡혀 만두소가 될 위기에서 구해준 게 바로 도적성이 아니던가.

그것이 봉명도 때문이었다고는 해도 어쨌든 제 목숨을 구해 준 은혜는 은혜다.

하지만 지금은 무찔러야 하는 적이었다. 그건 도적성에게도 마찬가지일 것이다. 그러니 이 술자리가 그들 두 사람의 우정을 나누는 마지막 자리가 되리라는 걸 장팔봉도, 도적성도 잘 알았다. 그래서 더욱 이 자리가 아쉽고 안타깝기만 하다.

"한 잔 더 받을 테냐?"

"아니, 이번에는 내가 노인장에게 술을 따라 올릴 차례가 아니오? 설마 취할까 봐 겁을 내는 건 아니겠지요?"

"허허, 그놈 참. 오냐, 그럼 어디 따라봐라."

도적성이 작은 잔을 버리고 밑이 우묵한 그릇을 불쑥 내밀었다. 장팔봉이 그 속에 독한 백주를 철철 넘치도록 따라준다.

"꿀꺽꿀꺽―"

숨도 쉬지 않고 한 사발의 독주를 마셔 버린 도적성이 이번에는 빈 그릇을 불쑥 장팔봉에게 내밀었다. 그리고 넘치도록 술을 따라 준다.

그다음부터 두 사람은 말없이 주거니 받거니 술을 마셔대기만 했다. 세 단지의 술이 바닥났지만 멈출 생각을 하지 않는다.

마치 이렇게 술로써 목숨을 가르는 승부를 내려는 것 같았다. 그래서 그들을 바라보고 있는 마환천의 마두들은 어리둥절한 한편, 어이없기도 했다.

"인연이란 무엇이냐?"

도적성이 불쑥 물었다. 장팔봉이 서슴없이 대답한다.

"아침 물안개 같은 것이지요. 농밀하게 엉켜 있다가도 해가 뜨면 곧 증발해 버려서 있었던 건지 없었던 건지 알 수 없게 되는 것, 그게 바로 인연이라는 요상한 것 아니겠습니까?"

"좋구나. 내 마음에 쏙 든다. 그럼 정이란 무엇이냐?"

"염병하게 깊은 우물 같은 것 아니겠습니까?"

"아무리 들여다보아도 바닥이 보이지 않으니 그 끝을 알 수 없고, 그렇다고 풍덩 뛰어들었다가는 영영 빠져나올 수 없으니 그건 곧 함정 같은 것이겠구나?"

"하하, 도 노인께서는 내 마음을 너무 잘 아시는군요."

"흘흘, 그건 내가 네놈에게 해주고 싶은 말이니라."

"이번에는 소생이 묻겠습니다. 은원이란 무엇입니까?"

"개똥같은 것이지."

"어째서 그렇습니까?"

도적성이 붉어진 얼굴과 눈으로 장팔봉을 뚫어지게 바라보았다. 한동안 지루하고 무거운 침묵이 흐른다.

한참 뒤에 그가 음침하게 말했다.

"아무짝에도 쓸모없으니 그렇다. 그놈 앞에서는 인연도 정도 죄다 부질없는 것이 되어버리지 않느냐? 은혜 앞에서는 초라해질 뿐이고 원한 앞에서는 포악해질 뿐이니 어디에 은근한 정과 따뜻한 우정이 깃들 수 있겠느냐? 그러니 개똥같은 것일 수밖에. 차라리 없는 게 낫다."

"휴—"

장팔봉이 길게 탄식했다. 그리고 입을 꾹 다물어 버린다.

두 사람 사이에 다시 무거운 침묵이 지루하게 계속되었다.

불쑥.

도적성이 사발을 팽개치고 술 항아리 한 개를 집어 들어 장팔봉에게 내밀었다.

그것을 받아 든 장팔봉이 들이붓 듯이 마셔댄다. 한참을 그렇게 마시더니 다시 도적성에게 불쑥 내민다. 말없이 받아 든 도적성도 장팔봉처럼 마셔댔다.

몇 번 그렇게 주고받자 한 항아리의 술이 깨끗하게 비어버린다.

그러는 사이에 밤이 서서히 물러나고 있었다. 동쪽 창문이 희끄무레하게 밝아오기 시작했다.

"밤이 너무 짧구나."

빈 항아리를 내던진 도적성이 혀 꼬부라진 소리를 했다. 장팔봉도 충혈된 눈을 비비며 투덜거렸다.

"아침은 너무 빨리 오는군요. 제기랄, 빌어먹을."

第十二章

그렇게 사는 거지

鳳鳴刀
봉명도

그렇게 사는 거지

대신의가산 앞의 만석평(萬石坪).

드넓은 평야 지대인데, 크고 작은 돌기둥들이 불쑥불쑥 솟아나 아무짝에도 쓸모없는 버려진 땅이었다.

큰 것은 그 높이가 십여 장이나 되고, 작은 것은 어린아이 키만 했다. 그런 돌기둥들이 수십만 개나 삐죽삐죽 솟아나 있으므로 위에서 내려다본다면 마치 뾰족한 송곳을 무수히 박아 놓은 것처럼 보인다.

그 만석평이 함성과 고함 소리, 비명과 호통 소리들로 들끓고 있었다.

이리저리 달리는 사람들과 번쩍이는 창검의 살기가 만석평을 뒤덮는다.

그 속에서 벌써 얼마나 많은 사람들이 죽었는지 모른다. 그들이 흘린 피로 만석평이 붉게 물들었을 지경이다.

패천마련의 마지막 보루였다.

그곳을 지키기 위해서 마환천에 속한 삼천 명의 마졸이 모두 필사적으로 싸우고 있었다. 그들을 사방에서 몰아치고 있는 자들은 백도 대연합이라고 해야 할 무리들이었다.

누가 시킨 것도 아니고 사전에 그렇게 하자고 약속한 것도 아니건만, 앞 다투어 대신의가산으로 몰려들었던 백도의 제문, 제파의 무리와 협객들이 파도처럼 마환천의 마졸들을 협공하고 있었다.

통솔하는 수장(首將)은 없었다. 제각각이다. 각자가 속한 방회나 문파, 장원이나 보의 우두머리를 따라 각자 싸울 뿐인데도 그 어떤 때보다 손발이 잘 맞고 의견이 잘 통했다.

무림맹을 결성하고 맹주를 추대해 그의 명령을 받을 때보다 오히려 용맹했다. 더욱 질서정연하고 단결이 잘된다.

그건 그들에게 오직 한 가지의 목표가 있을 뿐이기 때문이었다. 바로 패천마련을 물리친다는 것이다. 그들을 몰아내고 강호의 정기를 되찾는다는 것. 그것보다 군웅들을 더 훌륭하게 통솔하고 단합시킬 수장은 달리 없을 것이다.

어제부터 마환천의 삼천 마졸들이 만석평 북쪽에 진을 쳤고, 날이 밝기가 무섭게 각처에서 백도의 무리가 속속 만석평에 도착했다.

각자 편한 곳에 알아서 진을 치며 기다리더니, 아침 겸 점심

밥을 지어 먹고 나자 누가 시킨 것도 아닌데 일시에 함성을 지르며 쏟아져 나갔다. 그리고 각자 열심히 용맹을 다해서 싸워댔다.

왼쪽이 위태로워지면 알아서 그곳으로 달려가고, 무당파의 도사들이 힘들어하면 알아서 소림사의 무승들이 힘을 빌려준다.

누가 시키고 명령한다고 해도 그처럼 손발이 잘 맞아주지는 않을 것이다.

공통된 목표를 가지고 오직 그것만을 생각하는 사람들의 힘이 얼마나 크고 위대할 수 있는지 잘 보여주는 그런 싸움이었다.

오후가 되면서 마환천의 마졸들이 밀리는 기색이 역력해졌다. 기세에서 벌써 차이가 났던 것이다. 그 결과 싸움의 주도권이 빠르게 백도연합의 무리에게로 넘어가고 있었다.

마환천에는 내로라하는 마두, 절정고수들이 수두룩했다. 그들 한 명 한 명이 일파의 장문이나 명숙들보다 오히려 강할 것이다.

하지만 싸움의 기세를 잃고 나자 개개인의 무공은 별 소용이 없었다. 이와 같은 집단전에서는 더욱 그렇다. 때문에 홀로 강호를 주유한다면 만인에게 두려움과 공포를 심어주었을 마두들이 속절없이 죽어나갔다.

그러나 등을 보이고 달아나는 자는 한 명도 없었다. 밀리면서도 끝까지, 악착같이 싸우다가 죽는다. 그런 마졸들의 용맹은 역시 마환천주 도적성이 평소에 그들을 무시무시하게 통솔했던 결과일 것이다. 악과 오기와 독기를 극대화시켜 놓았던 것이다.

그래서 마환천의 마졸들은 악과 오기로, 백도의 군웅들은 공통된 목표를 달성하고야 말겠다는 일념으로 싸우는 싸움이 되었다. 그리고 일치된 힘이 악과 오기를 밀어붙이고 있었다.

치열하고 처절한 전장(戰場)이 내려다보이는 서쪽 언덕 위에 두 사람이 서 있었다. 저 아래 펼쳐지고 있는 살육의 현장을 묵묵히 바라본다.

한군데로 몰려 갇히게 된 마환천의 마졸들 한 무리가 백도의 군웅들에게 몰살을 당하고 있는 모습이 보였다.

사분오열된 마환천의 무리는 그렇게 여기저기에서 고립된 섬처럼 갇혀 있었다. 파도처럼 몰아치는 백도 군웅들의 공세속에 갇혀 속절없이 죽어간다.

"곧 무너지겠군."

도적성이 무심하게 말했다. 장팔봉을 바라본다.

장팔봉도 무심한 얼굴로 고개를 끄덕였다.

"한 시진 안에 끝나겠군요."

"흘흘, 언젠가는 이런 날이 올 줄 알았지. 하지만 역시 분하구나."

"지금이라도 내려가서 수하들을 도와 싸우면 될 것 아닙니까?"

도적성의 주름진 얼굴에 씁쓸한 미소가 떠올랐다.

"소용없는 짓이야. 마찬가지일 텐데 뭘. 안 그러냐?"

장팔봉이 말없이 고개를 끄덕였다. 하긴 그렇다고 생각한 것이다.

도적성이 달려 내려가면 어쩔 수 없이 저 또한 달려 내려가 백도의 군웅들을 도와 싸우게 될 것이다. 그러면 결국 도적성과 지금처럼 이렇게 마주 설 수밖에 없다.

지금과 그때가 무엇이 다를 것인가.

"우리도 슬슬 할 일을 해야겠지?"

도적성이 웃으며 말했다. 마치 손자에게 장난이라도 거는 짓궂은 할아버지 같다.

장팔봉이 잔뜩 인상을 쓰고 그런 도적성을 째려보았다.

"애들처럼 정말 이러실 겁니까?"

"뭐가 말이냐? 나는 지키려고 이곳에 서 있고, 너는 빼앗으려고 거기 서 있는 것 아니냐? 그러니 싸워야지."

"우리 솔직하게 툭툭 털어놓고 말해봅시다."

"그래라."

"나를 정말 죽이실 겁니까?"

"그건…… 너는 어떠냐?"

"솔직하게 말하겠습니다. 나는 당신을 죽이고 싶지 않습니다. 아무리 생각해 봐도 그럴 수가 없겠더군요."

"흘흘, 네놈에게 그럴 만한 실력은 있고?"

"그럼 시험해 보시든지."

도적성이 이글거리는 눈으로 장팔봉을 노려보았다. 장팔봉도 잔뜩 긴장하여 그를 마주 본다. 두 사람 사이에 팽팽한 긴장이 지루하게 흘러갔다.

이제 만석평에서는 함성이 빠르게 잦아들고 있었다. 도적성이 천천히 고개를 돌려 그곳을 바라본다.

어디에도 마환천의 무리는 보이지 않았다. 전멸했거나, 소수의 생존자가 간신히 포위망을 뚫고 달아났을 것이다.

"이것으로 패천마련의 독패천하도 끝난 것인가?"

도적성의 얼굴에 씁쓸한 기색이 가득해졌다. 허무를 느끼는 것이다.

"너는 기어이 련주와 싸워야겠느냐?"

"그는 사문의 배신자요. 나에게는 반드시 그를 죽여 문호를 정리해야 할 의무가 있습니다."

"구천수라신교의 부활이라……."

도적성의 얼굴에 씁쓸한 기색이 더욱 짙어졌다. 한순간에 십 년은 더 늙어 보인다.

"내가 이곳에 있어야 할 의미가 이제는 없어졌군."

도적성이 몸의 힘을 풀었다. 그리고 돌아선다. 장팔봉은 그를 막지 않았다. 오히려 차라리 잘된 일이라는 안도의 한숨을 쉰다.

"조심해라. 련주의 무공은 상상 이상이다. 하지만 네가 봉명도법을 대성했다면 또 모르지."

"부디 보중하시기 바랍니다."

"흘흘, 또 만나게 될 거야."

도적성이 손을 흔들어 보이고 느릿느릿 대신의가산의 능선을 떠나기 시작했다. 장팔봉은 멀어지는 그의 뒷모습을 오랫동안 바라보았다. 이제는 완연히 늙은 노인의 쓸쓸한 모습이라 마음에 애틋한 감회가 가득해진다.

패천마련의 총단이 기어이 백도의 군웅들에게 점령되었다. 하지만 어디에서도 거령신마 무극전은 찾을 수 없었다.

백도의 군웅들은 안도의 한숨을 쉬면서 그 즉시 지하 뇌옥을 파옥했다.

그 안에 갇혀 있던 자들 중 대부분은 오랫동안 백도에서 찾았던 각파의 명숙이거나 협사들이었다.

그들이 모두 풀려났다. 그리고 다섯 마존들. 절세신마 당백련과 독안효 공자청, 왜마왕 염철석, 무정철수 곽대련, 무영혈마 양괴철도 바깥세상으로 나올 수 있었다.

실로 오십여 년 만에 청청한 하늘과 맑은 공기를 다시 보고 들이켤 수 있게 된 것이다.

그들은 지하 뇌옥이 깨진 즉시 몸을 날려 다섯 방향으로 사라졌는데, 어찌나 빠르고 맹렬하게 사라진 것인지 백도의 군웅들은 어리둥절할 뿐이었다. 누구인지 제대로 알아본 사람이 아무도 없다.

그리고 마환천주인 도적성과 마밀천주인 맹달도 찾지 못했다. 군웅들은 그들이 거령신마 무극전과 함께 어디론가 떠났다고 믿었다.

더 이상 싸우지 않아도 된다는 게 군웅들로서는 가슴을 쓸어내릴 만큼 다행스런 일이었다. 그래서 다들 안도의 한숨을 쉬었다.

그리고 오늘을 있게 한 영웅, 장팔봉을 찾았으나 그도 어디로 사라졌는지 보이지 않았다.

*　　　*　　　*

장팔봉은 흰 눈이 가득 덮여 있는 신의봉 정상에 우뚝 서 있었다.

살을 에일 것 같은 바람이 사납게 불어 숨을 쉬기 힘들 지경이다. 차가운 기운이 내쉬는 숨결마저 금방 얼려 버린다. 그래서 얼굴이 온통 하얀 서리로 뒤덮였다.

하지만 장팔봉은 움직이지 않았다. 그 심한 냉풍과 추위 속에서 그대로 얼어버린 것 같다.

그리로 몇 사람이 훌훌 날아올랐다. 제일 먼저 도착한 사람은 청해에 있어야 할 염라화 백무향이었다.

"기어이 해냈구나!"

그녀가 떨리는 음성으로 장팔봉을 불렀다. 장팔봉이 입술을 움직여 웃었다.

"사고, 무공을 되찾으셨군요. 축하합니다."

"그 사람 덕분이지."

백무향이 얼굴을 붉혔다. 더 말하지 않아도 장팔봉은 그동 안의 일을 짐작할 수 있었다.

청해 창응방의 방주인 찰리가륵이 자신의 진원지기를 희생 해 가며 백무향의 회복을 도와주었으리라. 그만큼 그녀에 대 한 사랑이 깊으니 백무향은 행복한 말년을 맞았다고 해야 할 것이다.

찰리가륵의 진원지기로 자신의 기운을 되찾게 되자 백무향 은 수라신경상의 운기 비법대로 서서히 내공을 회복해 갔을 게 틀림없다. 그리고 이제는 예전보다 더욱 강해졌다.

장팔봉을 바라보는 그녀의 두 눈에 기쁨이 가득했다. 따뜻 한 정감이 넘쳐난다.

그리고 백무향을 뒤따라 올라온 다섯 사람. 지하 뇌옥에서 빠져나온 그들 다섯 명의 마존에게도 그랬다.

"저놈이 해낼 줄 알았다니까."

"그런데 그 찢어 죽일 놈은 왜 아직도 안 나타나는 것이냐?"

그들은 장팔봉과 함께한 사람을 기다리고 있었다. 구천수라 신교의 배신자이면서 자신들을 지난 오십여 년 동안 지하 뇌 옥에 가두어두었던 철천지원수. 바로 거령신마 무극전이다.

백무향이 이를 바드득바드득 갈아대는 그들을 향해 쌀쌀맞 게 말했다.

"이건 저 아이의 일이야. 당신들은 나서면 안 돼."

"저놈이 실패하면?"

"그때는 나도 당신들과 합세할 테니까 걱정 마."

"백 누이가 그렇게 말하면 그런 거지, 뭐. 누가 반대하겠어?"

독안효 공자청이 하나뿐인 눈에 은근한 정을 가득 담고 그렇게 말했다. 그걸로 결정되었다.

그리고 드디어 그들이 기다리고 있는 그 사람이 모습을 드러냈다.

거령신마 무극전.

이 시대의 최강자.

구천수라신교의 배신자이면서 제 사부를 시해한 배덕자.

그리고 무너져 버린 패천마련의 련주.

그가 맞은편 봉우리 위에 우뚝 솟아난 것처럼 나타난 것이다.

지독한 눈보라가 휘날리기 시작했다. 그 매서운 바람 소리를 뚫고 무극전의 음성이 우렛소리처럼 은은히 울렸다.

"사매, 그리고 여러 장로들이여, 오랜만에 다시 보게 되는구려. 다들 안녕하셨소?"

"죽일 놈!"

"네놈의 주둥아리를 뭉개고 그 뻔뻔한 낯짝을 갈아버리고 말 테다!"

"뼈다귀 한 조각 남기지 않고 오도독오도독 씹어 먹어버리고 말겠어!"

"에그, 저놈도 늙어서 꼬부라졌는데 무슨 맛이 있겠느냐? 너 혼자서 다 처먹어라. 나는 거들떠보기도 싫다."

"시끄럽다!"

절세신마 당백련이 버럭 소리쳤다.

"너희들 중 저놈을 꺾을 자신이 있는 놈이 누구냐?"

그 말에 아무도 대답을 하지 못한다. 당백련이 코웃음을 치고 다시 말했다.

"우리 중에서 그 일을 할 수 있는 사람은 딱 한 명뿐이다."

모두 장팔봉을 바라본다. 그리고 더 이상 떠들어 말하지 않았다.

그러는 동안 무극전이 그들에게로 다가왔다.

눈보라가 휘몰아치고 태풍처럼 몰아치는 그 차가운 바람을 뚫고 유유히 허공을 날아 다가온 것이다.

무려 이십여 장이나 되는 공간을 그렇게 날아왔는데, 그와 같은 경공신법은 경신술의 절세적인 고수라고 하는 무영혈마 양괴철마저 질리게 했다.

허공을 빠르게 나는 것보다 저렇게 느릿느릿 접어오는 게 몇 배는 더 어려운 일 아니던가.

다섯 노인과 백무향의 머리 위를 넘어 장팔봉 앞에 천천히 내려선 무극전은 손에 봉명도를 들고 있었다.

그가 그것으로 장팔봉을 가리키며 말했다.

"이 칼이 절세보도이면서 본 교의 상징이자 신물 같은 것임은 너도 잘 알고 있겠지?"

장팔봉은 대답하지 않았다. 이글거리는 눈으로 봉명도를 뚫어지게 바라볼 뿐이다.

가볍게 봉명도를 휘둘러 보인 무극전이 이번에는 백무향과 다섯 노인을 찬찬히 바라보며 다시 말했다.

"나는 여러분에게 한 가지 제안을 하고 싶소."

"말해봐."

백무향의 쌀쌀맞은 대꾸에 무극전이 빙그레 웃는다.

"만약 내가 진다면 기꺼이 목숨을 내놓겠지만, 내가 저 아이를 꺾는다면 사매는 수라신경을 나에게 주어야 한다."

그것이 백무향의 품속에 있다는 걸 안다는 듯 의미심장하게 바라본다. 백무향이 코웃음을 쳤다.

"홍! 좋아, 그렇게 하겠어."

만약 무극전이 장팔봉을 이기면 지금 이곳에 있는 사람들도 모두 무사하기 힘들어질 게 뻔했다.

본연의 무공에 봉명도의 위력까지 빌어 들이칠 텐데, 그러면 그의 공격을 제대로 막아낼 사람이 없는 것이다. 수라신경은 절로 그의 손에 들어가게 될 것이다.

그걸 저렇게 승리의 조건으로 내거는 건 최대한 백무향과 다섯 노인의 체면을 세워주겠다는 것밖에 되지 않는다. 그래도 한때 같은 사문에 있으면서 정분을 쌓았던 사람들에 대한 마지막 배려일 것이다.

무극전이 다시 장팔봉에게로 돌아섰다. 긴장한 모습은 조금도 찾아볼 수 없었다. 마치 사부가 제자를 지도하려고 나선 것처럼 여유가 있다.

"너는 무엇으로 싸우겠느냐?"

장팔봉이 허리에 차고 있는 칼을 두드려 대답했다. 무극전이 고개를 끄덕인다.

"그렇지. 역시 봉명삼절도법으로 싸워야겠지. 그것이 본 교의 신공들 중 으뜸이며, 천하에 그것보다 뛰어난 도법은 없을 테니까."

봉명삼절도만이 이 세상에서 유일하게 자신을 상대할 수 있는 절기라는 걸 은연중에 강조한다.

장팔봉은 물론 모두가 그 사실을 알고 있었다. 당백련 등의 다섯 마존의 절기만으로는 무극전을 꺾을 수 없는 것이다.

무극전의 무공이 그들보다 뛰어나기도 하려니와, 그가 이미 다섯 마존의 절기에 대하여 훤히 알고 있기 때문이기도 하다.

하지만 그는 봉명삼절도법 또한 제 손바닥을 들여다보듯 알고 있지 않은가.

그것을 생각한 사람들의 얼굴이 어두워졌다.

무극전이 그 사실을 제 입으로 확인시켜 준다.

"나는 봉명도를 얻은 이후 그 안의 도법을 철저히 연구했다. 어쩌면 너보다 내가 봉명삼절도법에 대하여 더 밝게 알지도 모르지. 그래도 싸우겠느냐? 지금 포기한다면 목숨은 부지할 수 있을 테지만 싸움이 시작되고 나면 그렇지 못할 것이다."

"여기까지 와서 항복한다는 건 결코 있을 수 없는 일이오."

장팔봉의 결연한 말에 무극전이 빙그레 웃었다.

"네 기백이 가상하구나. 좋다, 이것을 너에게 주지."

그가 선뜻 봉명도를 장팔봉에게 던져 주었다.

"봉명도는 절세적인 보도이니라. 하지만 그 칼로 봉명삼절도법을 펼쳐야 제대로 된 위력을 보일 수 있다."

그의 뜻밖의 행동에 모두 '아!' 하고 놀랐다. 장팔봉 또한 눈이 휘둥그레진다.

무극전이 두 팔을 활짝 벌려 아무 무기도 지니지 않았다는 걸 과시해 보이며 말했다.

"나는 봉명삼절도법을 알지만 봉명도는 네 손에 있다. 그러니 너에게 조금은 더 유리한 싸움이 되겠지?"

그의 질리도록 당당한 여유에 장팔봉은 오히려 오기가 생겼다. 입술을 악물고 천천히 봉명도를 뽑아 든다.

그것을 바라보던 무영혈마 양괴철이 불쑥 한 발 나서며 크게 소리쳤다.

"나의 경공신법은 극쾌하지만 멈추는 데에 그 묘미가 있다. 빠름이 절정에 이르면 멈춘 것과 다르지 않다는 걸 기억해라!"

그 말에 무엇을 깨달은 듯 무정철수 곽대련도 한 발 나서며 노래하듯 흥얼거렸다.

"나의 마정십지는 극강하다. 그러나 그것의 정수는 역시 부드러운 데에 있으니, 열 손가락의 교묘한 조화를 무엇이 따라갈 수 있으리."

그러자 왜마왕 염철석과 독안효 공자청, 그리고 마지막으로 절세신마 당백련이 차례차례 한 발 나서며 각자의 비결을 읊조렸다.

"화염마장은 극양의 기운이다. 태양의 뜨거움을 담았으니 어찌 사악한 것들을 태워 버리지 않으리. 불길의 맹렬함은 능히 어둠을 태우느니라."

"춤에 감추어져 있는 건 연민이다. 연민은 살기를 멈추게 한다. 그러니 염왕진무는 보살의 춤이라고 해야 옳지 않겠는가?"

"파천도법은 극강이고 극변이다. 그러나 오직 변화의 정점은 무변이라는 것만이 비결이니라."

그들의 말은 그들의 절기를 몇 마디의 말로 축약한 것과 같았다. 오의(奧義)라고 해야 할 그런 것이다.

귀 기울여 듣고 있던 무극전이 빙긋 웃었다. 그들의 그러한 절기에 대한 비전은 그 또한 익히 알고 있는 것이었기 때문이다.

백무향도 그렇게 생각했기에 매서운 눈길로 그들 다섯 마존을 노려보았다. 지금 이 심각하고 중요한 때에 무슨 엉뚱한 짓이냐고 나무라는 듯하다.

그러나 장팔봉은 그렇지 않았다.

그들이 읊조리는 구절 하나하나가 말할 수 없는 충격으로 가슴을 꽝, 꽝, 두드려 댔다.

한 사람이 말할 때마다 답답하게 막혀 있던 벽 하나가 뻥 뚫리는 것 같다. 시원하고 통쾌해진다.

그리하여 다섯 노인의 읊조림이 모두 끝났을 때 장팔봉은 머릿속이 하얗게 비어버렸다. 그들의 읊조림이 웅웅거리는 천상의 소리가 되어서 가득 찼을 뿐, 온갖 잡생각이 싹 사라졌다.

'이것이다!'

장팔봉의 가슴속에서 그런 외침이 터져 나왔다. 짙은 안개 속에 갇힌 것처럼 모호하기만 하던 생각 하나가 갑자기 그 실체를 드러낸 것이다. 광명하고 분명하다.

그건 봉명도법의 감추어진 네 번째 초식이었다. 그 다섯 조각의 비결을 하나로 꿰맞추자 절로 그렇게 된다.

그동안 그것의 비밀을 찾아내기 위해 얼마나 애썼던가. 하지만 결코 모습을 드러내지 않고 있던 그것이 다섯 노괴물 사부들이 차례차례 읊조려 준 그 말을 따라 확 드러난 것이다.

갑자기 맹렬하고 두터운 바람이 불어와 짙은 안개를 일시에 몰아내 버린 것처럼 환해진다.

'이것이다! 이것이 진정한 봉명도법의 정화다!'

장팔봉의 얼굴이 희열로 밝아졌다. 자신감도 아니고 투지도 아니고 복수심도 아닌 기쁨이다.

"엇?"

그 변화를 본 무극전이 탄성을 발했다. 의아하다는 얼굴로 장팔봉을 뚫어지게 바라본다.

장팔봉이 천천히 봉명도를 들어 그를 가리켰다.

"한 번의 공격으로 이 모든 은원의 끈을 끊어버리겠소."

"일 초로써 승부를 가리자는 것이냐?"

"일천 초를 싸워도 승리를 얻는 건 오직 한 번의 공격, 하나의 수법일 뿐인데 굳이 힘과 시간을 헛되이 버릴 필요가 있겠소?"

"그건 네 말이 옳구나."

무극전이 고개를 끄덕이며 웃었다. 두 손을 떨쳐 늘어진 옷소매를 팔목에 둘둘 말더니 가슴을 활짝 펴고 호기롭게 외친다.

"와라! 단 한 번 부딪쳐서 이 모든 걸 끝낼 수 있다니 얼마나 통쾌한 일이냐?"

후우웅—

무극전을 둘러싸고 있던 주위의 공기가 진동하며 은은한 뇌성을 터뜨렸다.

그가 절정의 무상수라신공을 운기한 것이다. 그러자 그의 전신에서 뿜어져 나오는 기운이 절로 호신강기를 형성하면서 주변의 공기마저 진동시킬 만큼 강력한 위력으로 증폭되어 갔다.

장팔봉이 어금니를 지그시 악물었다. 뻗어낸 봉명도에 혼신의 진원지기를 싣는다. 그러자 봉명도가 절로 진동을 했다.

으르렁거리는 음파가 두텁게 그의 주변을 감싸고 기이한 울림을 터뜨렸다. 구름 속에서 봉황이 우는 것 같은 소리가 은은히 들려온다.

두 개의 서로 다른 기파와 그것의 진동이 충돌했다.

쿵! 하는 울림이 있더니 엄청난 충격이 사방으로 폭사되어 나간다.

콰아아아ㅡ

그것이 눈을 뜨기 힘들 정도로 무섭게 불어오던 신의봉 정상의 칼바람마저 저 멀리 밀어냈다. 그만큼 대단한 위력의 기파였다. 해일처럼 퍼져 나가는 기의 진동이다.

"차핫!"

그 속에서 장팔봉의 낭랑한 외침이 터져 나왔다.

슈앙ㅡ

그의 몸이 허공을 접는다. 극쾌한 경공신법, 환영마보의 정화였다. 움직임이 없는 것처럼 보였다. 처음부터 그렇게 무극전의 가슴 지척에 다가서 있던 것으로 느껴진다.

그리고 봉명도가 기파의 해일을 쪼개며 떨어졌다.

콰우우우ㅡ

칼이 부서질 것처럼 진동을 하면서 귀를 찢어발길 듯한 괴성을 토해냈다. 머릿속에 우레처럼 울리고, 온 가슴속을 뒤집어놓을 것 같은 울림이다.

"흡!"

급히 호흡을 멈춘 무극전이 두 손을 뻗어냈다. 번쩍이는 수강(手罡)이 마주쳐 나간다.

봉명도의 움직임은 장팔봉이 통제하는 것 같지 않았다. 제 스스로 살아서 꿈틀거리는 신묘함으로 무극전의 수강을 끊어내고 거슬러 오르며 흩뜨려 버린다.

그리고 그것이 뿜어내는 무지막지한 열기. 그것은 극강한 칼의 기운이었고, 더할 수 없이 순수한 도법의 호흡이기도 했다.

무극전이 눈을 부릅떴다. 얼굴에 당황한 기색이 가득해진다.

"이건 내가 알던 봉명도법이 아니다!"

그가 더욱 힘을 다해 두 손을 휘둘러 봉명도의 길을 막고 밀어내며 버럭 소리쳤다.

그가 봉명도를 통해 몇 달 동안이나 침식을 잊고 연구했던 도법 어디에도 지금 장팔봉이 펼치는 것과 같은 초식은 없었던 것이다.

이를 악물고 있는 장팔봉의 얼굴이 와락 다가들었다.

"봉명도에 네 번째 초식이 있다는 걸 몰랐는가?"

그의 외침이 벼락처럼 무극전의 머리를 때렸다. 그리고 밀려들어오는 무시무시한 칼의 기운.

그건 살기가 아니었다. 무극전의 눈이 더욱 커졌다. 갑자기 눈앞에서 사라지는 칼의 살기를 느끼고 보았기 때문이다.

여태까지 제가 온 힘을 다해 상대해 왔던 그 무엇이 픽! 하고 꺼져 버린 것 같은 허탈감이 밀려들었다. 아무것도 보이지 않는 텅 빈 공간이 끝없이 펼쳐진 것 같다.

그 막막함 앞에서 무극전은 머릿속이 하얗게 탈색되었다. 무엇으로, 어떤 초식과 신공으로 그 광활한 공간을 메울 수 있을 것인지 생각이 나지 않는다.

그리고 가슴 깊숙이 틀어박히는 뜨거운 고통.

"끄으으—"

무극전의 입에서 의지와는 상관없이 한가닥 신음성이 흘러 나왔다.

그의 몸이 천천히 기울어진다.

놀람과 의혹이 가득한 눈으로 장팔봉을 바라보며 자꾸 기울어지는 것이다.

피유우우—

저만큼 밀려났던 강풍이 화풀이를 하듯이 더욱 맹렬하고 갑작스럽게 불어 닥쳤다.

그것이 무극전의 몸을 휘감아 던져 버린다.

그가 눈을 부릅뜬 채, 장팔봉에게 의아하고 놀란 시선을 고정시킨 채 천야만야한 신의봉의 벼랑 아래로 추락해 갔다.

장팔봉은 그의 마지막 시선을 똑똑히 볼 수 있었다. 희미한 웃음과 그 속에 담겨 있던 허무라고 생각한다.

깊고 무거운 침묵이 신의봉 정상을 뒤덮었다.

아무도 말하지 않았고, 아무도 움직이지 않았다.

피유우우—

매서운 바람이 눈보라를 휘말아 올리며 휩쓸고 지나간다.

*　　　　*　　　　*

"거기 뉘시오? 무슨 볼일이라도 있어서 찾아온 게요?"

문득 뒤에서 들려오는 창노한 음성에 진소소가 깜짝 놀라 돌아보았다.

왕 노인이 저쪽에서 느릿느릿 다가오고 있었다. 진소소의 아름다운 얼굴과 자태를 보더니 그녀의 손을 꼭 쥐고 있는 작은 꼬마 아이를 보고 고개를 갸웃거린다.

진소소는 대뜸 그가 누구인지 알아보았다. 얼굴을 빨갛게 붉힌 채 눈을 마주치지 못한다.

힐끔.

그런 진소소를 스쳐 지나가던 왕 노인이 그녀를 훔쳐보았다.

선녀처럼 아름답고 청초한 모습에 의아해한다. 진소소가 말없이 고개를 숙였다. 그 얼굴에 드리워져 있는 초췌함이 왕 노인의 마음을 짠하게 했다.

왕 노인이 돌아서더니 작은 사내아이의 머리를 쓰다듬어 주며 물었다.

"네 이름이 뭐냐? 나이는 몇 살이고?"

"소운이예요. 네 살. 그런데 할아버지는 누구세요?"

"흘흘, 그 녀석, 똘똘하기도 하지. 나는 여기 사는 사람이란다. 커흠."

손을 들어 삼절문의 현판을 가리킨다.

"그런데 엄마 손을 잡고 어디를 가는 길이냐?"

"몰라요."

아이, 소운이 머리를 가로저었다. 그 모습이 천진하고 귀엽기 짝이 없어서 절로 왕 노인의 입가에 사랑스런 미소가 떠올랐다.

"이놈아, 물러."

"정말 이러깁니까? 도대체 한 판 두는 데 몇 번이나 물러주어야 한단 말입니까?"

"내가 이길 때까지."

"이런 젠장, 아니, 대체 사부님은 양심이라는 게 있기는 한 겁니까?"

"뭣이라? 젠장? 아니, 이런 싸가지없는 놈을 봤나? 제 사부에게 젠장이라니? 뒈지고 싶으냐? 앙?"

"쳇."

"살고 싶으면 어여 물러."

도대체 당할 수가 없다. 매번 이런 식이니 아주 지긋지긋해진다.

장팔봉이 한껏 눈을 흘기며 대마의 숨통을 꽉 눌렀던 바둑돌 한 알을 들어냈다. 그 즉시 절세신마 당백련의 얼굴에 흐뭇한 웃음이 번졌다.

"진작 그럴 것이지. 커흠."

"기권도 받아줍니까?"

"엥? 기권?"

"내가 졌습니다. 돌 던지지요. 빌어먹을."

더 이상 바둑 둘 마음이 싹 사라진 장팔봉이 바둑판 위의 돌들을 와르르 흩어버리고 벌러덩 뒤로 누웠다. 당백련의 얼굴에 희색이 가득해진다.

"흘흘, 도대체 너는 바둑이 늘지를 않는구나. 어찌 된 게 한 번도 이기지를 못하냐? 흘흘, 내 바둑이 좀 세기는 세지."

저쪽에서 사로잡은 두더지 한 마리를 두고 서로 삿대질을 해대며 열심히 핏대를 세우고 있던 왜마왕 염철석과 독안효 공자청이 일제히 소리쳤다.

"이놈, 제자야! 이리 좀 와봐라! 이게 누구 건지 네가 말 좀 해줘!"

"얼른 안 뛰어오냐? 맞고 뛰어올래?"

그 성화에 장팔봉이 신경질적으로 제 머리를 박박 쥐어뜯으며 일어섰다.

"내가 정말 못살아. 이놈의 삼절문을 떠나든지 해야지 원……."

어슬렁거리며 뜰로 내려서던 장팔봉이 눈을 휘둥그레 떴다. 거기 사부인 왕 노인이 웬 꼬마의 손을 잡고 들어오고 있었기 때문이다.

"아니, 그 아이는 또 누굽니까? 어디서 주워온 겁니까? 설마 애먼 집 아이를 유괴해 온 건……."

"네 아들이란다. 커흠."

"예?"

왕 노인의 말에 장팔봉이 굳어버린 듯 멈추어 섰고, 주책이 갈수록 심해지기만 하는 다섯 명의 마존도 그랬다.

일제히 왕 노인을 바라보며 눈을 부릅뜬다.

획 하는 바람 소리가 나더니 무영혈마 양괴철이 눈에 보이지도 않는 속도로 왕 노인 앞에 나타났다.

"뭐라고? 이 꼬마 녀석이 저 못된 팔봉이의 아들이라고? 어디 보자. 오호, 하나도 안 닮았네. 다행이다. 저놈 닮았으면 어쩔 뻔했어? 그게 어디 사람 얼굴이야? 귀엽다!"

와락 소운을 빼앗아 끌어안고 달아난다.

그 즉시 나머지 네 명의 마존이 아우성을 치며 양괴철을 뒤쫓았다.

"나도 좀 보자! 이놈, 거기 안 서냐?"

"그 꼬마는 내 거야! 태어나기도 전부터 내가 점찍어놓고 있었단 말이다!"

"개소리 마라! 그 꼬마는 내가 키울 거다!"

삼절옥당(三絶玉堂) 앞의 넓은 마당이 이내 아수라장이 된다.

넋이 나가 있는 장팔봉의 옆구리를 쿡쿡 찌르는 손이 있었다. 왜마왕 염철석이다. 고개를 갸웃거린다.

"저 꼬마가 정말 네 아들 맞는 거냐?"

"모르겠는데요?"

장팔봉이 한숨과 함께 말했다. 그로서는 정말 모르는 일인 것이다. 하지만 눈은 자꾸만 아이를 안고 이리저리 달아나고 있는 무영혈마에게로 향했다. 그 품에 안겨 있는 소운이 재미있어 죽겠다는 듯 까르르 웃는데 그 소리가 그렇게 귀에 즐거울 수가 없다.

"어허, 이거참, 별일이네."

장팔봉이 제 머리통을 툭툭 쳤다.

"그럼 내가 가져도 되는 거냐?"

왜마왕이 아주 심각한 얼굴로 그렇게 말하며 침을 삼킨다. 장팔봉은 어이가 없었다. 그래서 입만 딱 벌리고 있는데, 밖으로 나갔던 왕 노인이 또 한 사람을 데리고 들어오는 것이 아닌가.

마당을 뱅뱅 돌던 마존들이 일제히 멈추어 섰다. 뚫어지게 진소소를 바라본다.

"꿀꺽ㅡ"

누군지 마른침 삼키는 소리가 우렛소리처럼 들렸다.

무정철수 곽대련이었다.

"저건 내 거다. 내가 찜했으니까 아무도 건드리지……."

말을 마치지 못하고 급히 입을 닫는다. 나머지 네 명의 마존은 물론 장팔봉과 왕 노인마저 잡아먹을 듯이 노려보았기 때문이다.

"아니, 그러니까 내 말은 그게 아니고, 거시기……."

"쳐 죽일 색마 놈 같으니."

당백련이 무섭게 눈을 흘겨주고 돌아선다.

"아가리를 찢어버릴까 보다, 그냥."

늘 친하게 지내던 무영혈마 양괴철마저 사납게 째려보고 싹 돌아서는데 곽대련은 죽을 맛이었다. 절로 울상이 되어서 울먹거린다.

"그게 아닌데……."

"왜 왔어?"

장팔봉의 말투가 쌀쌀맞기 짝이 없다. 그는 무릎에 소운을 앉히고 있었다. 사랑스러운 손길로 아이의 머리를 쓰다듬어 주고 있다.

진소소가 물끄러미 그런 장팔봉을 보고 소운을 보더니 긴장하여 바라보고 있는 다섯 마존과 왕 노인을 둘러보았다.

그들이 일제히 그녀에게 눈짓을 했다. 무언가를 재촉하는 것이다.

털썩.

진소소가 장팔봉 앞에 무릎을 꿇었다.

"가가, 나를, 나를…… 용서해 주세요."

"그렇게 간단히 말이지?"

"……."

진소소는 더 말하지 못했다. 눈물만 뚝뚝 떨어뜨리고 있다. 엄마의 그런 모습을 본 소운의 얼굴에서 웃음이 사라졌다. 울먹울먹한다.

장팔봉이 소운을 더욱 끌어안고 잔뜩 인상을 찌푸렸다. 삼절옥당에 무거운 적막이 흘렀다. 그리고 그것을 깨뜨리는 왕 노인의 고함 소리가 갑자기 버럭 들려왔다.

"이놈아, 배고프다! 저녁 준비 안 할 거냐? 앙! 늙은 사부들을 굶겨 죽일 작정인 게냐? 앙!"

'이런, 젠장.'

장팔봉이 그런 왕 노인을 째려보았다. 도대체 분위기를 몰라도 저렇게 모르는 무지한 사부가 또 있을까 하는 원망이다.

"배고프다."

나머지 다섯 마존 사부가 일제히 말했다. 버럭 소리치지는 못하고 슬금슬금 장팔봉의 눈치를 보면서 하는 소리다.

'식충이들. 쯧쯧ー'

눈을 흘기며 내심 혀를 찬 장팔봉이 이번에는 진소소에게 신경질적으로 고함을 질렀다.

"뭐 하고 있어? 주방은 왼쪽이다! 저 노인네들 저녁 굶길 거냐? 책임질 자신 있는 거야?"

"예?"

진소소는 아직도 무릎을 꿇고 있었다. 어리둥절한 얼굴을 들고 장팔봉을 바라보는데, 그 곱고 아름다운 얼굴이 눈물로 얼룩져 있다. 장팔봉이 그녀의 눈길을 슬그머니 외면했다.

"가가ー"

진소소의 얼굴에 조금씩 웃음이 번지기 시작했다. 이내 활짝 핀 모란꽃처럼 환하게 밝아진다.

후다닥 주방으로 달려가는 그녀를 보며 장팔봉이 히죽 웃었다.

"소운아, 엄마가 무슨 요리를 제일 잘하든?"

"응, 엄마가 하는 건 뭐든 다 맛있어."

"그래?"

고개를 갸웃거리던 소운이 정색을 하고 장팔봉을 빤히 바라보았다. 알 수 없다는 얼굴이고 궁금해 죽겠다는 표정이다.

"그런데 아저씨는 누구야?"

"……!"

＊　　　＊　　　＊

오늘도 세상에서 가장 맛있는 저녁을 먹었다.

진소소가 온 뒤로부터 왕 노인을 비롯한 다섯 노망든 마존은 날로 뚱보가 되어가고 있었다.

해가 뉘엿뉘엿 기울어가는 서편 하늘이 붉어지고, 서늘한 바람이 불어온다.

그들은 매일매일의 저녁 식사가 일생 중에 가장 행복한 식사라고 생각한다. 그래서 왕 노인과 다섯 명의 주책바가지 늙은 사부는 오늘도 배를 쓰다듬으며 연신 싱글벙글하고 있었다. 장팔봉도 물론 그렇다.

식사를 마친 후 그들과 장팔봉은 삼절옥당의 넓은 대청에 둘러앉아 있었다. 느긋하게 차를 마시며 잡담을 하는 게 정해진 일과였던 것이다. 그러다가 그 잡담이 서로 삿대질을 하며 악을 써대는 싸움으로 변하는 것도 늘 있는 일이었다. 상대가 따로 있을 리 없다. 지독한 혼전이 벌어지는 것이다.

그런데 오늘은 그렇지 않았다. 그들은 차가 식어가는 것도 모르고 약속이라도 한 듯이 한곳을 바라보고 있었다.

다들 입을 굳게 다물고 있었지만 얼굴과 눈길에는 기쁨이 일렁이고 있었다. 벙긋벙긋 소리없이 웃는 사람도 있다.

그들의 눈길이 집중되고 있는 곳에 소운이 있었다. 팔랑거리며 날아다니는 노란 나비 한 마리를 씩씩거리며 쫓아다니고 있는 중이었다.

나비가 멀리 달아나지도 않고, 잡힐 듯 잡힐 듯하면서 좀체 잡히지 않으니 소운은 약이 올라 죽겠다는 듯했다. 더욱 씩씩 거리면서 콩콩 뛰어다니고 팔짝팔짝 뛰기도 한다.

그 모습을 바라보던 무영혈마 양괴철이 무심결에 말했다.

"내가 잡아줄까? 쉬운데……."

그 즉시 나머지 노인과 장팔봉의 무서운 눈길을 한 몸에 받게 된다. 양괴철이 목을 쑥 들이밀고 불안한 시선을 이리저리 굴렸다.

틱—

그때 가벼운 파공성이 들렸다. 그리고 허공을 팔랑거리며 날던 노란 나비가 산산조각이 되어 흩어진다.

"어라?"

노인들이 일제히 눈을 부릅떴다.

"어떤 놈이 감히……."

미처 말을 마치지 못하고 모두 우거지 삶은 상이 되었다. 그건 장팔봉도 마찬가지였다.

"도 선배!"

그가 버럭 고함치며 자리를 박차고 일어섰다. 그리고 잡아 먹을 듯이 노려보는 곳에 재색 옷의 노인이 서 있었다. 히죽 웃으며 손을 흔든다.

막 삼절문의 대문으로 들어선 무심적괴 도적성이었다.

"여어, 다들 잘 있었나? 내가 왔네."

"저, 저런 쳐 죽일 놈!"

왕 노인을 따라 다섯 마존 늙은이가 죄다 주먹을 움켜쥐고 일어섰다. 그러거나 말거나 도적성은 유들유들하기만 했다.

"그러지 마세. 같이 늙어가는 처지에 말이야. 몇 년 선배라는 걸 대체 언제까지 우려먹을 작정인가?"

"이놈아, 한 번 선배면 영원한 선배라는 것도 몰라?"

"당 형, 당신이나 나나 제 입으로 나이를 밝히지 않으면 아무도 누가 더 나이 먹었는지 알아보지 못해."

"저런, 저 얄미운 놈 같으니."

절세신마 당백련이 수염을 부르르 떨지만 도적성의 능글능글함에는 당할 수가 없었다. 다른 사람들도 마찬가지다.

"잘 있었느냐?"

소운을 번쩍 안아 든 도적성이 장팔봉을 보고 히죽 웃으며 물었다. 장팔봉이 떫은 감 씹은 얼굴을 하고 마지못해 대꾸했다.

"제기랄, 미리 기별이라도 좀 하고 오면 좋지 않소?"

"그러면 이렇게 찾아오는 재미가 없지. 안 그렇소, 선배들?"

"끄응—"

여섯 노인이 일제히 앓는 소리를 냈다. 그들에게 도적성은 최대의 적이었다. 아무리 윽박지르고 인상을 써도 도무지 먹히지 않는 유일한 사람인 것이다.

"이번에는 한 보름쯤 놀다 갈까?"

"헉!"

도적성이 무심코 내뱉은 말에 다들 사색이 되어 숨을 멈춘다.

"에혀— 내 팔자가 그렇지, 뭐."

장팔봉의 한숨에 땅이 꺼질 것 같았다.

불쑥 사천 성도에 있는 구천수라신교 총교당에 가고 싶어졌다. 거기에 가면 교주가 되어 자리를 지키고 있는 백무향이 있고 찰리가화가 있다.

그리고 무엇보다도 그곳에는 이 주책바가지 다섯 늙은 마존 사부가 없다. 게다가 도적성을 보지 않아도 된다. 그게 제일 큰 기쁨이고 행복이라는 생각이 들었다.

"소운이만 데리고 가야겠다."

그의 중얼거림을 막 주방에서 나오던 진소소가 들었다. 서운하다는 듯 원망하는 얼굴로 물끄러미 장팔봉을 바라보기만 한다.

『봉명도』終

❖ 마치면서 ❖

오래 끌어왔던 이야기 한 개를 기어이 끝냈다.

하고 싶었던 말들이야 늘 많지만 쓰고 나면 내가 과연 내 말을 다 한 건지, 아니면 하다 만 건지 늘 헷갈린다.

그래서 만족할 수가 없다.

때문에 〈終〉이라는 한 글자를 써 넣는 게 힘들고 망설여진다. 늘 그렇다.

그러나 그 자체를 다행으로 여기고 기쁘게 생각해야 할 것이다.

만족할 수 없으므로 다음 이야기를 준비할 수 있으니 말이다.

다음 이야기는 이것보다 더 만족스럽게, 하려고 했던 말들을 남김없이 해야겠다는 각오를 새롭게 할 수 있는 건 축복이라고 생각한다.

봉명도를 끝내면서 벌써 다음 글을 쓸 생각으로 가슴이 두근거린다.

부족한 글에 대하여 늘 성원해 주는 편집부 직원들과 그것을 책으로 이렇게 엮어 내주시는 사장님에게 감사하다는 말을 하지 않을 수 없다.

그리고 끝까지 읽어준 독자 제현에게도 진심으로 감사한다.

다음 글은 이번 글보다 나은 것이 되리라고 감히 장담하면서 독자 제현의 건강과 행복을 빈다.

2009년 여름 한복판에서

송진용.

少林棍王
소림
곤왕

한성수 新무협 판타지 소설

감동의 행진을 멈추지 않는 작가 한성수!

구대문파 시리즈의 두 번째 이야기 『소림곤왕』!!
그 화려한 무림행이 펼쳐진다

"너는 지금부터 날 사부님이라 불러야만 하느니라.
소림사의 파문제자인 나, 보종의 제자가 되어서 앞으로 군소리없이 수발을 들고 모진
고통을 이겨내며 무공 수련을 해야만 한다."

잡극계의 천금공자 엽자건!
소림의 파문제자 보종의 제자가 되다!!

역사와 가상.
실존의 천하제일인과 가상의 천하제일인에 도전하는 주인공!
이제부터 들어갑니다. 부디 마음껏 즐겨주시기 바랍니다.
— 작가 서문 中에서.

유행이 아닌 자유추구 —
WWW.chungeoram.com
Book Publishing CHUNGEORAM

覇君
패군

설봉 新무협 판타지 소설

무협계를 경동시킨 작가, 설봉!
그가 다시금 전설을 만들어간다!!

수명판(受命板)에 놓고 간 목숨을 거둔 기록 이백사십칠 회!
생사를 넘나드는 전장에서 매번 살아 돌아오는 자, 계야부.
무총(武總)과 안선(眼線)의 세력 싸움에 끼어들다!

"죽일 생각이었으면 벌써 죽였다. 얌전히 가자."
"얌전히. 그 말…… 나를 아는 놈들은 그런 말 안 써."
무총은 그를 공격하지 않는다. 공격할 이유가 없다.
다른 사람들은 그의 존재조차도 알지 못한다.
오직 한 군데, 안선만이 그를 안다.
필요하면 부르고, 필요치 않으면 버리는
철면피 집단이 다시 자신을 찾아왔다.

나, 계야부! 이제 어느 누구에게도 휘둘리지 않겠다!!

유행이 아닌 자유추구 -
WWW.chungeoram.com
Book Publishing CHUNGEORAM

天劍無缺

천검무결

매은 新무협 판타지 소설

그리고, 전설은 신화가 되어……

한 시대에 한 사람.
언제나 최강자에게로 수렴하던 역사의 흐름이 끊겨 버린 땅.
그 고고한 물길을 자신에게로 돌리려는 욕망의 틈바구니에서
전설은 태어난다.
교차하는 검기, 어지러운 혈향을 뚫고 하늘에 닿아라!

유행이 아닌 자유추구 -
WWW.chungeoram.com
Book Publishing CHUNGEORAM

야차(夜叉) 新 무협 판타지 소설

鬼刀風雲

귀도풍운

원수를 가르치고 원수에게 배워…
서로의 심장에 칼을 겨누는 것이
숙명인 저주받은 도법,

수라도(修羅刀).

그 기원을 알 수조차 없을 만큼 수많은 세월을 이어져 내려온 이 도법은
새로운 피의 숙명을 잉태하였다.

저주받은 피의 고리를 끊어버릴 것인가,
체념한 채로 운명에 순응할 것인가.

유행이 아닌 자유추구 -
WWW.chungeoram.com
Book Publishing CHUNGEORAM